知识生产的原创基地
BASE FOR ORIGINAL CREATIVE CONTENT

颉腾文化
JIE TENG CULTURE

猎天下

第1部

付遥 著

六镇兵起

中国广播影视出版社

图书在版编目（CIP）数据

猎天下. 第1部, 六镇兵起 / 付遥著. -- 北京：中国广播影视出版社,
2021.6

ISBN 978-7-5043-8634-2

Ⅰ. ①猎… Ⅱ. ①付… Ⅲ. ①长篇历史小说－中国－当代 Ⅳ. ①I247.5

中国版本图书馆CIP数据核字(2021)第060889号

猎天下第 1 部：六镇兵起

付遥　著

策　　划：颉腾文化
责任编辑：王佳　刘雨桥
责任校对：龚晨

出版发行：中国广播影视出版社　　　　邮　编：100045
电　话：010-86093580　010-86093583　网　址：www.crtp.com.cn
社　址：北京市西城区真武庙二条 9 号　电子信箱：crtp8@sina.com

印　刷：北京市荣盛彩色印刷有限公司
开　本：880 毫米 ×1230 毫米　1/32
字　数：253（千）字　　　　　　　　印　张：12
版　次：2021 年 6 月第 1 版　　　　　印　次：2021 年 6 月第 1 次印刷

书　号：ISBN 978-7-5043-8634-2
定　价：55.00 元

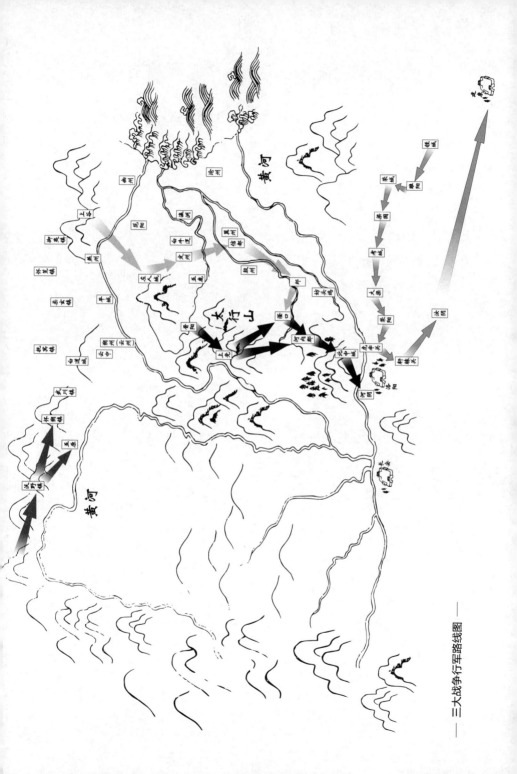

—— 三大战争行军路线图 ——

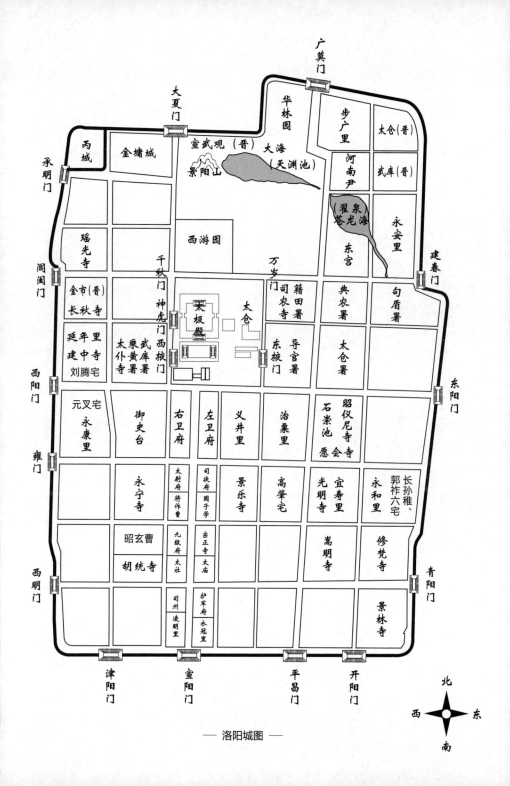

— 洛阳城图 —

目录

第一章

六镇兵起

天下，
是天下人的天下

01 兵起左人城

北魏孝昌元年，公元 525 年深冬。

一座刀锋般的山峰孤零零矗立在平原尽头，孤悬一座黑黝黝的坞壁，横亘半山间。坞壁背靠碧绿深渊，前有易水，桃花林夹岸数百步，中无杂树，寒风凛冽横卷，缤纷落英无迹可寻。坞壁大门至水面之间，初极狭，仅通人，复行数十步便豁然开朗，屋舍俨然，有良田美池桑竹之属。阡陌交通，鸡犬相闻。其中往来种作，黄发垂髫，怡然自乐。

坞壁城墙上并肩站立两人，一个穿着褐色皮甲，身材极高的少年大约十七八岁，那位老者四十有余，眉眼间极为相似。这位少年向父亲大喊："爹爹，那里有两个骑兵，后面还有一辆牛车。"

少年的爹爹名叫杨祯，本是北魏六镇之一武川镇的建远将军。天下大乱之际，杨祯率领百姓，避开四处横行的乱军，在定州左人城附近发现这里三面峭壁，山顶可以耕种，修筑坞壁，开垦田地自保，过上与世无争的日子。他仔细打量，缓缓说道："这两人急鞭快马，在天色将黑之际向南狂奔，肯定有事。"

少年名叫杨忠，伸长脖子望见远处扬起的尘埃："爹爹，后面有追兵。"

左人城外兵荒马乱，杨祯不欲多事，转身要下城墙："天快黑了，走吧。"

杨忠手指逐渐接近的牛车："那女子带着两个小孩，看起来像汉人。"

杨祯停住脚步，眯缝双眼仔细打量牛车："这女子汉人发型，穿着小袄窄袖的胡服，让人难以猜测来历。"他视线向后查看追兵："后面的人马盔甲和兵器各不相同，肯定不是朝廷兵马，应该是葛荣手下的六镇叛军。"

杨忠不肯离开："如果不开门收留，他们就跑不掉了。"

"他们应是从葛荣那边逃亡出来的。"杨祯停住脚步沉思，葛荣骑兵追踪这几人，如果开门接纳，便会给左人城百姓带来祸端。

父亲难得有如此耐心，杨忠趁牛车还在几百步以外，抓紧时间打听："葛荣是何人？"

杨祯目光眯成一条细线，望着远处的河水："他是六镇乱军首领。"

当今南北对峙，南朝经历晋宋齐，皇帝是兰陵萧衍。在北方，拓跋鲜卑在道武帝拓跋珪率领下崛起，太武帝拓跋焘时国势强盛，经过数十年征战，消灭夏、北燕和北凉，定都平城，统一北方，为防御草原游牧民族入侵，沿长城自西向东修筑沃野、怀朔、武川、抚冥、柔玄和怀荒六镇，拱卫平城。杨忠自幼生长在六镇之一的武川镇，十分熟悉那边的情形，连珠炮般不停地发问："六镇是国家屏障，为什么会突然叛乱，侵入中原，烧杀抢掠？"

六镇追兵落日下扬鞭猛抽马腹，纵马狂追。儿子即将十八岁，应该知道世事了。杨祯的声音在初冬的空气更显苍凉："孝文帝倾慕中原文化，亲政后下令穿着汉装，在朝中讲汉话，改胡姓为汉姓，鼓励胡汉通婚，自娶汉女为妃，以示提倡。他不顾王公大臣反对，完成从平城迁都洛阳大业，推行汉化。驻守六镇的军民没有迁走，极端不满孝文帝汉化举措。两年前柔然南侵，怀荒镇兵请求开仓放粮，吃饱肚子打仗，镇将不准许，兵民忍无可忍，杀镇将造反。沃野镇匈奴人破六韩拔陵随后聚众起兵，声势浩大，席卷边城。关陇地区的胡人在匈奴人万俟丑奴统率下举兵响应，一度攻占潼关，逼近京城洛阳。朝廷借助柔然铁骑，平灭破六韩拔陵，将六镇军民流放于河北就食，葛荣便是他们的首领。他们只会放牧不懂农耕，在河北无衣无食。今年青黄不接，当地百姓没有多余粮食接济，他们攻城掠寨，劫掠为活。今年八月，柔玄镇杜洛周聚集胡人起兵，建号真王，攻打燕州和博陵郡，葛荣在定州摩拳擦掌，就要举旗反叛。河北百姓跟随幽州平北府主簿邢杲逃离故乡，流亡于山东青州，黄河以北已经没有百姓的立足之地了。"

杨祯说到这里，想到左人城不可测的命运，望着城墙外的胡骑长叹："我们从武川镇逃避战乱到这里，本想春耕夏收，过上平静的日子，如今葛荣的六镇叛军聚集定州，数量越来越多，像蚂蟥一样扫过河北，百姓遭受劫难，我们再也没有好日子过了。"他停顿一下，悲伤的语气如同迎面而来的北风："葛荣兵起，中原要血流成河了。"

杨忠突然拉住父亲胳膊："爹爹，河水挡住他们的去路了，那辆牛车能过来吗？"

左人城外是一片覆盖着浓密森林的平原，两匹矫健战马飞速奔驰，马蹄击打水洼中的岩石，发出清脆的声响。两人斜挎弯弓，背插乌黑长槊，槊杆上血红色的缨子迎风飘舞，一辆牛车拖累了他们的速度，妇人抱着一双儿女在车上颠簸。

战马上高鼻深目的胡族骑兵，头戴尖顶浑脱帽，上身为胡人常穿的褐褶，下身穿着无口为杀的胡绔，脚下褐黄色羊皮长靴，左手挎盾右手持刀，纵马追上前面埋头奔驰的骑士，逆风大喊："贺六浑，偷偷带着老婆孩子去汉人地方，算个鸟？"

骑在雪白战马上身披黑色鱼鳞甲的骑士猛然收拢缰绳，战马咆哮，扬起前蹄，惊动山谷飞鸟，长吐一口气回答："我是汉人高欢，不是胡人贺六浑，当然要去汉人地方。"

侯景勒住缰绳，一黑一白并骑而立，等候慢吞吞的牛车："大哥，我们从小一起长大，都是好兄弟，没人把你当作一钱不值的汉人。"

高欢想：我是汉人！我祖父高谧官至北魏侍御史，得罪朝廷权贵才被迁居北部边境胡人聚居的怀朔镇，我身上流着渤海高氏的高贵血脉。侯景不知道高欢所想，手指娄昭君劝说："北地马王娄内干把女儿嫁给你，没人把你当汉人。"

颠簸的牛车击踏柔软的草地，穿着窄袖胡袄的娄昭君全力搂住儿女，她父亲娄内干是北地马王，怀朔镇富家子弟都想娶聪慧美丽的娄昭君为妻，送聘礼的人踏破门槛，她对这些纨绔子弟不屑一顾。一天，娄昭君从平城回到怀朔镇，看见在城头执勤的高欢，他相貌奇伟，衣衫褴褛却面带忠厚，产生爱慕之心，派侍女向高欢转达爱慕之情，私下赠予金银财物，让他当作聘礼来求婚。父母迫于女儿压力，答应这桩婚事，娄内干挑选出一匹名叫踏燕的战马送给高欢。他有了战马，开始担任信函使，往返怀朔镇与都城洛阳间，在边镇与京城投递信函。

侯景的话打动了高欢，他心想：我幼年丧母，寄居在姐夫鲜卑人尉迟景家中，沾染当地习俗，与胡人无异。昭君是胡人，我儿子也是胡人，兄弟们也是胡人，我当然也是胡人！他摇头想摆脱这个困扰很久的问题，向南边辨别方向："这里无衣无食，不如带着老婆孩子，渡过黄河，男耕女织，好过那成天打打杀杀的日子。"六镇叛乱后，高欢随六镇军民，被朝廷流放到河北，先跟随杜洛周，又投奔葛荣，看不惯他行事，从军中逃亡出来。

侯景拉住高欢战马的缰绳："那也不需去耕地，不如回到敕勒川，在草原上牧马放羊。"

汉人男耕女织，胡人逐草而牧，我应该选择哪种命运？高欢还是没有答案，举起马鞭指向身后的追兵："我只想独自偷生，葛荣却不放过我。"他一收缰绳，战马腾空停在河边，泥土扑啦啦地砸入湍急的水中。追兵越来越近，高欢手中长槊轻拍马背，踏燕仰天长啸，跃进河中，河水仅及战马腹部。牛车进入河中，左右剧烈晃荡，年仅四岁的男孩儿顺着车板翻滚落到岸边，娄昭君右手抱着女儿，左手伸向儿子，尖声向高欢呼喊："贺六浑，快救儿子。"

追兵铁蹄震动地面草皮，高欢催马过河，竟似不要儿子，反身催促："牵牛车渡河！"

娄昭君跳下牛车，嗓音带着嘶哑地哭着："贺六浑，他是你儿子，要死就死在一起。"

"嫂子，我救澄儿。"侯景将牛车缰绳交给娄昭君，抬起马鞭朝牛屁股抽去，牛车向前一冲，涉水而过。侯景掉转马头来到高澄身边，全身重量移至右侧马镫，将他揽入怀中，随后紧夹马腹，战马腾空跃进河中，渡过齐腰的河水后继续狂奔。

牛车渡河耽搁了时间，追兵从山坡中绕出，距离河边仅有五六百步。高欢举鞭向黄牛身上猛抽一鞭，牛埋头向前冲去："咱们知道葛荣起兵的底细，他绝对不会让我们逃出去报信。"

侯景四处张望，发现远处山间坞堡："嫂子，带着孩子投奔到那座城中。"

牛车怎么跑得过战马？娄昭君搂着两个孩子大喊："贺六浑、大哥，你们一人带一个孩子走，谅我一个女人，他们也不能拿我怎么样。"

"昭君，我岂能舍弃你？"高欢对娄昭君十分感恩，掉转马头望着黑压压的追兵，仰天长叹："苍天在上，高欢今日走投无路，这里是我的绝地吗？"

"咔嚓"一声，一道闪电凌空穿透低沉的黑云，直击地面，雷电在地面层层爆开，狂风贴着地面的草皮横扫而来，侯景右手遮在眉间，大笑："贺六浑，老天听到你的声音了。"

雷电交加，风声呼啸，草皮乱舞，眼前景象恍然曾经发生，高欢在怀朔镇做信函使，路过建兴时，忽然间云雾昼晦，雷声骤起，大雨瓢泼，高欢毫无阻碍策马穿越后云开雾散，仿佛什么事情都没有发生，高欢从此便觉得自己有朝一日必将出头。

侯景策马贴近说道："昭君说得对，把孩子带走，葛荣也不愿意得罪北地马王。"

高欢怔怔抬头仰望天空："等等，将有雷雨。"

葛荣骑兵身贴战马，顶着狂风踏入河中，侯景摸摸脖子上的豆大雨滴，牛车缓慢走向坞堡，暴雨无情蹂躏草地，牛车在泥泞中摇摇晃晃地缓慢前行，只走出百余步，侯景急喊："弃牛车吧，你带昭君，我带孩子们。"

高欢目光移向上游，隆隆奔雷般的声音响起，河水连到天边，仿佛天河泻地，他喃喃祈祷："苍天保佑，让我逃过此劫。"

狂风大作，暴雨倾盆而下，河水从上游盘旋而下，水势猛涨。追踪的胡骑前锋到达河岸，隔着暴涨的河面，拿不准主意，侯景大笑："老天保佑，天降大雨，将追兵隔于对岸。"

高欢目光紧盯上游洪水："他们下水了。"

追兵收拢缰绳，战马昂首踏入河中，在激流中忽高忽低。侯景左肩一扭，反背弓已在手中，反手捏出三支乌骨箭搭于弓上，高欢将他的弓箭向下一压："且慢，将有洪水。"

侯景向上游望去，铅黑的天空下，河面翻滚如同沸水，隐隐雷鸣，地面如同筛子般抖动，一提缰绳策马登上高处。一条银色巨龙仿佛连到天边，呼啸而下，河水中的追兵感到情形不妙，各自扬鞭，来不及躲避，像水中的蚂蚁一样，瞬间被大水吞没，无影无踪。唯独数匹战马穿越出白色巨浪，顽强地冲出河水，继续追踪。

侯景驻马山坡，呆呆看着奔腾的洪水："上天眷顾，我们必然打出一番天地。"

暴雨之后，天气急转，滚动的黑云之间透出星光，高欢顺着通天的河水向上望去，洪水暴淌之处遍布星辰，恍然如梦，高欢踏着通天巨河向上迈去，身体升腾，树林和河流越来越小，地平面变成巨大的球形，泛出蓝色的荧光，消失在无数的星辰之间。高欢踏星而行，仰头望去，繁星在脚下汇集成银河，他一个激灵，仿佛得到一个声音的指引：不要去南边，去秀容草原，你将完成不世的功业。

高欢全身僵直，眉头一拢，难以置信地闭上眼睛，从银河中跌落地面，翻身落马，跪倒在地向天空喃喃祈祷："高欢今日被追杀至此，苍天突降大水，保我无恙，我必不误上天眷顾，以谢上苍。"

侯景被从天而降的洪水吓昏了头，醒悟过来，立即上马飞奔，听见箭头划破冷风的声音，身体向马背上一贴，一支长箭扯着冷风从头顶掠过。他还没来得及庆幸，五六支长箭射到，激出片片猩红血花，马背软垮，将他的身体抛过马头，**重重摔在地上**。在落地的刹那，侯景双手在地上一撑，腰部一挺，翻身站起，战马像小山崩溃一样在面前倒下，马腹插着嗡嗡作响的黑漆漆的乌骨大箭。高欢长吁一声，轻按马头，踏燕已通人性，感到主人拉扯缰绳，双腿一挺，铁蹄铲起一波沙石，停在原地。

侯景嘶声喊道："如果兄弟过不了这一关，明年此时给我祭杯酒。"

几名追兵失魂落魄地从洪水中逃出，摘弓搭箭将侯景射于马下，继续追赶不止，数百步的距离被迅速拉近。又一支黑黝黝的弓箭射入侯景倒地的战马，箭尾羽毛在鼻尖晃动。侯景跳到战马背后，抽出反背弓，从胯下箭囊夹出三支黑亮的铁骨丽锥箭，扣在手掌中，数清楚追兵数目，大声喊道："凭我这张反背弓和乌骨箭，能抵挡一阵。"

侯景将反背弓拉得如同车轮一般，长箭脱弦而出，一名追兵应声跌落马下。高欢回头望见牛车接近坞壁，妻儿暂时脱离险境，转身面对追兵。葛荣的中军久经沙场，绝不好惹，剩余几名追兵不顾同伴被洪水冲走，毫不惊慌，紧追不舍。侯景大叫："贺六浑，你救不了我，留下也是多搭一条性命。"

高欢拨转马头，弯腰摘下弓箭，手中暗握三支长箭："好兄弟，你刚才救下高澄，难道要我抛下你逃生？"

侯景笑声中的狠劲逆风飞扬："哈哈，那就拼一下，看看咱们的造化。"

葛荣的中军骑兵都是一等一的厉害角色，高欢与他们单打独斗都难分胜负，以二敌八更没有取胜希望。只有拉开距离，凭着出众的箭法才能逐一射杀，高欢轻拢缰绳掉转马头，斜刺着策马冲出。踏燕知道主人意图，匀速向前缓跑。侯景拉满弓弦，"哧"的一声，又一名追兵倒在箭下，其余七名骑兵全速冲来，只要四面围住长矟齐下，侯景必将命丧当场，那时再追杀牛车不迟。高欢突然转身，张弓搭箭，瞄准前排追兵，弦响箭出，长箭射入追兵左肋，骑兵坠落马下。剩余几名骑兵吆喝一声，分成两队，三人扑向高欢，另外三人冲向侯景，瞬间将他团团围拢，收起弓箭，从战马鞍桥抽出长矟，居高临下死死看着眼前猎物，夹攻过来。侯景甩手扔掉反背弓，操起盾牌，刀光一闪，拔出腰刀，扯着嗓子喊道："奶奶的，来吧！"

高欢引开三名追兵，稍稍缓解侯景危急，踏燕在附近兜圈，不与追兵纠缠，一支弓箭扣入弓弦，无声无息穿越百步距离，从背后刺穿夹攻侯景的敌兵。侯景眼疾腿快，向高欢射出的缺口蹿出几步，跳出敌军包围，将三面夹击的形势变成面对两名追兵。侯景左盾右刀利于近战，正好克制追兵手中的长矟，紧紧注视逐渐逼近的追兵，稳住形势。

高欢驻马连发两箭，被追兵冲到，乌黑铁兜鍪下狰狞的面目清晰可见，高欢催马就跑，继续兜转。侯景与高欢在战场摸爬多年，明白他的意图，手持盾牌快速后退，等待高欢拉出距离用弓箭攻击。两名追兵在马上格斗不宜，跳下马来，紧握长矟，从两面攻来。敌兵左右保持三步左右距离，既可互相援助又可两面夹击，接近侯景时长矟齐发，欲置他于死地。侯景决不上当，向后退却，拖延时间等候高欢救援，两名敌兵互看一眼，大步逼近。

娄内干是北地马王，从十万匹骏马中挑选出踏燕作为嫁妆赠送女婿，岂是普通？踏燕奋蹄猛冲，与追兵迅速拉开距离，三十步，四十步，五十步。高欢暗扣长箭拉满弓弦，掉转身体避开第一个追兵，长箭腾空而去，埋头狂追的中间的敌兵猝不及防，中箭掉于马下。高欢利用踏燕速度射杀中间追兵，创造出一打一的机会，收回弓箭挂好长槊，摘下盾牌，右手拔出腰刀，掉转马头，猛夹战马肚腹，踏燕一声长啸，四蹄翻飞反冲过来。敌兵凶悍，兴奋地狂啸，紧夹马腹，战马低声嘶鸣，举起长槊瞄准高欢迎面刺来。

两匹战马转眼间相交，高欢轻拨马头，踏燕与他心意相通，将左侧留给敌兵，盾牌直立，挡住敌军长槊来势。追兵经验丰富，改刺为拨，想挑开盾牌。高欢用盾牌护住身体，将全部重量移至左侧马镫，荡开长槊，腰刀挥舞，迎面而上。敌兵手忙脚乱撤回长槊，挡开这致命一刀。两马交错而过，第一个回合不分胜负，敌兵杀得兴起，硬收缰绳，战马前蹄悬空，猛地掉转回身，口鼻呼哧喘着白气，眼前失去高欢人影。

高欢快马加鞭，根本没打算掉转马头再战，埋头冲向第二名追兵，腰刀已到面前。敌兵匆匆举起长槊格挡，哪知道高欢腰刀虚晃一下，闪电般收回，用左手盾牌挡住长槊。两马瞬间交错之间，忽然一支弓箭从侧面飞射而来，正是侯景发出。敌兵连忙去格挡，刀光激闪，高欢腰刀再发，敌兵腰间一凉，赫然看见战马带着下半身向前冲去，上身停留空中，意识到被拦腰斩断，大吼一声坠落马下。侯景用弓箭袭击追击高欢的敌兵，自己形势危急，两名敌兵手握长槊渐渐逼近，坠马的追兵挣扎爬起来，包围而至。侯景逃无可逃，退无可退，扔掉弓箭取回刀盾，大吼一声，一刀砍出。敌兵长槊一挡，顺势刺出，被侯景盾牌挡开，另外一支长槊无声接近。侯景来不及相避，被长槊刺入小腿，他踉跄退后几步，与敌兵拉开距离。两名敌兵不慌不忙左右夹攻。侯景刀盾利于近战,本可以克制长槊,但是两个敌兵配合默契,绝不和他单打独斗,已伤一腿的侯景危在旦夕。

高欢飞速来救侯景,背后弓弦之声响起,无暇多顾,盾牌向身后一挡,催马前冲,五十步,三十步,距离越来越近,背后弓箭风声更紧,他战靴拼命向马腹一刺,踏燕备受主人呵护,从来没有这种待遇,低鸣声音割裂北风,纵身窜出十几步,瞬间冲到敌兵面前。几乎同时,高欢左股一痛,一支长箭贯入,他差点坠落马下。高欢忍着剧烈疼痛贴紧马背,抽回盾牌格挡敌兵长槊,借马力将眼前敌兵撞翻出去。

高欢飞马杀回,形成了二打一的难得机会。侯景顺势一滚,贴近敌兵,吼声震碎魂魄,腰刀一抹,敌兵不及掉转长槊,惨叫一声,扑倒在地。侯景没有丝毫停顿,逼向最后一名追兵,一刀迎面剁下,"叮当"一声被对方长槊挡住,忽然刀光一闪,高欢的腰刀脱手而出,将追兵钉在马下。

两人配合默契,高欢引开追兵,互相用弓箭支援,再用战马速度形成一对一的局面杀死敌兵,此时已占上风。踏燕仰天长啸,侯景拉住身边失去主人的战马缰绳,翻身而上,与高欢并骑而立,冷冷看着最后一名追兵。这名追兵四面看看,孤立无援,不敢恋战掉头就跑。高欢吸口秋冬的寒气,呼出白雾:"比比箭法?"

侯景侧头想想,心中有了主意:"如果我赢了,就跟我去投奔尔朱荣大将军;如果你赢了,就渡过黄河吧。"

高欢刚才恍然入梦脚踏星空,已决定返回北边做番大事,点头答应:"就这么着。"

侯景取出弓箭,望着草地中狂奔逃亡的敌兵:"葛荣中军身披重铠，不易射透。"

高欢不慌不忙取出弓箭搭在弓上，报出距离："一百五十步。"他不敢托大，右手一松，一支黑线扑向敌兵，放下弓箭向侯景说："一百八十步了，你要射中，我便服输。"

话声未落，侯景搭弓上弦，"咻"的一声，长箭追踪而去，两支长箭一前一后、一左一右穿行，同时扎入，敌兵扑通栽倒，高欢佩服不已："后发齐至，你赢了。"

侯景咧嘴笑着催马前行："哈哈，若论箭法，谁比得上我们羯人？"

追兵摔倒后翻身坐起，看着逼近的高欢和侯景，猛然间从马靴中拔出护身匕首，交于左手，寒光一闪，将右手齐腕削掉，咬牙关不发一声，不理逼近的侯景，坐在地上撕裂铠甲内的上衣专心包扎起来。高欢苦笑一声："宁可断腕也不投降，厉害。"

侯景围绕敌兵盘桓一圈："他们连孩子都不放过，这套规矩不适合我们。"

高欢放下断腕敌兵，向远处坞壁眺望："何必斩尽杀绝？他失去右手，再不能放箭，只能做一辈子牧民，放过他吧。"

侯景冲着敌兵大喝："饶了你，滚吧。"这名葛荣中军精兵一声不吭捡起落地的手腕，揣入怀中，将刀枪向地面一扔，一摇一摆向远处走去。高欢跳下马舒服地趴在地上，哗啦掀开锁甲包扎伤口，凑近地面溪水狂饮。侯景天生瘸腿，一拐一拐地走过来，冲着高欢刚包扎好的屁股端了一脚："奶奶的，给我留点水，整条小河都快被你饮没了。"

"怎么能少了兄弟的，有你的。"高欢痛得龇牙咧嘴，笑着说完后拉开裤裆，尿水稀里哗啦像小河一样涌出："不比河水少吧？"

侯景抬脚扑通踩在水中，溅了高欢满身，找另一处干净的河沟狂饮，喝饱之后坐直身体问："愿赌服输，投奔尔朱荣大将军，还算数吧？"

夕阳如血，天空中浮现出几颗明亮的星星，高欢躺地仰望星空说道："刚才那场救命洪水暴发之后，我顺着天河仰望星空，得到神明指引，让我投奔尔朱荣大将军，做番大事。"

侯景跳起："既然生逢乱世，性命朝夕难保，就拿这条贱命赌一次。"

高欢目光迷离仰望星空："要么做乱世英豪，要么血染沙场！"

侯景手指河水对岸："那边还有追兵，葛荣劳师动众，亲率上万大军追踪。"

高欢望着远处的坞壁："葛荣不仅为我们而来，很可能要袭击附近坞壁。"

侯景点头："赶快通知这座坞壁，让他们早做准备，抵御葛荣。"

两人收拾甲胄，上马向坞壁奔去，城墙凌空压来，高欢抬头仰望坞壁城门正中的"左人城"三个大字，赞叹道："坞壁高二十丈，起于易水之滨，东西南三面临山，四绝孤峙，天险峭绝，惟筑北面山墙为固，好一个易守难攻的左人城。"

03 闲门而市

　　杨忠在城墙上将刚才的厮杀情景看得清楚，他在武川时知道北方游牧民族习性，切断手掌，下半生只能老老实实地当牧民，不能拉弓放箭，敌人就会放过他。城下马蹄声音响起，高欢和侯景策马接近坞壁，杨忠一拉父亲："他们来了。"

　　高欢和侯景在城门下与牛车上的娄昭君会合，向上喊道："我们是来自怀朔镇的流民，可否开门让我们进去？"

　　杨忠催促道："爹爹，让他们进来吧。"

　　杨祯望着远方小河对岸的影影绰绰的追兵，低声回答："这会引来敌兵围攻，牵连坞壁内上万百姓性命。"

　　杨忠争辩："他们也是从六镇逃命出来，不能见死不救。"

　　杨祯仍不同意，命令杨忠："我去找你叔父，不要将他们放进来。"

　　杨祯下城，去找负责防御城墙的弟弟杨闵，杨忠向城下高喊："稍候，马上就有消息。"

　　数百胡骑蹚过河水，黑压压向这里驰来，高欢仰头喊道："只求坞壁收留我妻儿，我俩去河边引开追兵。"

　　高欢拨转马头，沿着城墙向左侧驰去，侯景催马跟上，并骑向前："大哥，不进去吗？"

高欢停住战马："万一葛荣倾兵而来，坞壁就有灭顶之灾，昭君他们也没有存身之地。不如引走追兵，然后遣人接回他们，再西上晋阳投奔尔朱荣大将军。"侯景点头同意，两人不由分说将牛车留在坞壁城墙下，催马就跑。

杨忠着急起来，向城下大喊："喂，你们别跑。"两人打马扬鞭，向小河岸边奔驰，去吸引葛荣追兵。杨忠无奈，一溜烟沿着城墙台阶跑下去，命令护卫打开城门，让这辆无篷无盖的牛车进来。娄昭君身着圆领窄袖袍，右衣襟压住左衣襟，双襟在左腋下挽成结。左衽是北方游牧民族的穿法，与汉人右衽截然不同，杨忠佩服父亲眼光老到："你不是汉人？"

娄昭君用流利汉话大方答道："我夫君高欢是汉人。"

杨忠上去拉男孩，高澄极有性格，向后躲开，他从小长在怀朔镇，周围全是胡人镇兵镇将，完全不觉得自己是汉人，警惕说道："你这汉人为何拉我？"

杨忠正在不知应对，杨祯带着一位身板挺拔、留着胡须的四十岁左右精壮男子从瓮城内走出，杨忠让在一边："爹爹、叔父。"

杨祯走到娄昭君身边，微笑说道："收容流民自保，是我建左人城的初衷，无论汉人和胡人，都一概收留，去休息吧。"

娄昭君抓住东张西望的儿子，右手在左胸弯腰施礼谢过。杨祯正要询问追兵情况，城墙上的护卫大喊："坞壁外来了数百胡骑，请坞主说话。"

杨祯向娄昭君示意不要担心，与杨闳并肩向城墙上走去，回头吩咐杨忠："带他们去休息、吃饭。"

杨忠凑到高澄身边，一把揪住他胳膊。高澄猝不及防，跟着杨忠进入坞壁，视线突然舒展，空地熙熙攘攘，百姓摆开摊位，互相交换各自所需物品，高澄大声问杨忠："奇怪，你们闭门做生意吗？"

杨忠领着三人向坞壁深处走去，手指路边："我们自己养活自己，有人耕种，有人打铁，有人酿造，在这里互相交换，你有我有大家就都有了。那是坞壁铁匠老侯，旁边那个坐在车上的瘦瘦小小，干巴巴的，那是他儿子，叫小猴子，像不像？他正在用铁镰刀换秋薯呢。"

"小猴子。"高澄冷不防大喊一声，当作什么都没有发生一般，背手走路。小猴子东张西望，指着杨忠："又乱叫我外号，把那把铁刀还我。"

杨忠看高澄得意扬扬，脑筋一转大声说道："我没喊，谁喊谁是小王八。"

小猴子大声应和："对，谁喊谁是小王八。"

高澄正要出声反击，却被娄昭君拉回身边："澄儿，不要惹是生非。"

高澄被敲锣打鼓的人群吸引："他们在做什么？"

杨忠笑呵呵地说："今天屠户老苏的儿子大苏娶亲，他们去接新娘子呢。"

高澄睁大眼睛嘿嘿笑着说："新娘是谁？去看看。"

杨忠手指半山的房舍："教书先生老林的孙女，门口有两个红灯笼的就是她家。"

高澄翻翻眼睛："屠户的儿子娶亲？新娘肯定五大三粗，不要看了。"

杨忠牵着高澄乐颠颠地说："林林是坞壁里最好看的，她家门口总有好多东西，夏天有西瓜，秋天有秋薯，冬天有从冰缝里打出来的活蹦乱跳的鲤鱼，我和小猴子偷偷躲在树下，一半都落入我们的肚子里了。"

高澄想不明白："哪有这种好事，谁给她送东西？"

杨忠咽咽口水，回味被他偷吃到肚子里的好东西："喜欢她的那些小伙子呗，我们唯独不吃大苏的东西。"

高澄更加糊涂："为什么不吃大苏的，他的不好吃吗？"

杨忠拍拍肚子："大苏是好兄弟，我们专吃他对头的东西。嘿嘿，大苏能娶到林林，我和小猴子也有一份功劳。"

04 偷生乱世

　　杨祯登上城墙，向杨闵介绍所见情形："葛荣骑兵追逐这几人来到左人城，这女子汉话虽然流利，却能听出胡人口音，穿着打扮半胡半汉，来历绝不简单。坞壁内有上万百姓，一定要慎之又慎。"

　　杨闵负责坞壁防御，沉默半晌，答应下来："大哥放心，我小心应付。"杨祯手扶垛口向下望去，数百骑兵簇拥着一名结实得像狮子般的将领，和颜悦色向城下问候："各位军爷辛苦，不知有何效劳之处？"

　　被拥在中间的将领正是葛荣，他是怀朔镇防御柔然入侵的镇将，本姓贺葛，是鲜卑三十六姓之一，孝文帝汉化时改为葛姓。他身边一名黑瘦的裨将向上喊话："我们正在追捕怀朔镇叛将，他们朝这里跑来，可曾见过？"

　　杨祯手指西边，大声回答："确实有两人骑马到此，我们不肯收留，向西边去了。"

　　裨将在葛荣耳边低声嘀咕："这是我们亲眼所见，他们不在坞壁中。"

　　葛荣哼了一声，凛冬将至，这墙高壁厚的坞壁里面定然积攒不少过冬之物，不管高欢有没有进入，都要攻破坞壁抢夺粮草过冬："你跟那坞主说，我们进去搜人，诈开城门。"

裨将心领神会，仰头喊道："我们进去搜查一下，如果确实不在，我们掉头就走。"

杨闵担心葛荣贼兵找到娄昭君母子三人，侧头提醒大哥。杨祯当作没有听见，不露声色大声答应："好，就请各位军爷进来搜查。"

葛荣看出杨闵神情有变，低声提醒裨将："坞壁之中必有玄虚。"

裨将俯身在葛荣身边商量片刻，向上喊话："左人城甚大，我多调些人来，分头搜索。"

杨祯朗声答应："好，左人城敞开城门，请各位仔细搜查。"

裨将哈哈笑道："痛快，稍等片刻。"话音刚落，葛荣掉转马头向小河而去。杨祯默不作声沿台阶走下城墙，杨闵急忙提醒："大哥，葛荣不怀好意。"

杨祯望着忙忙碌碌的百姓，语气低沉："六镇叛军就食河北，像蝗虫一样四处劫掠，既然葛荣兵锋到达左人城，哪有不攻的道理？安排城中百姓收拾粮食，万一有事，大家从后山密道逃命，你集合坞壁中所有能战的护卫，准备迎战。"

战事将起，杨祯在人群中找到儿子，轻轻抚摸着儿子肩膀："葛荣叛军准备进坞壁搜人，你带领那母子三人从后山密道离开，藏起来，如果左人城没事，你们再回来。"

杨忠摇头拒绝："爹爹，我要留下。"

杨祯按着儿子肩膀耐心劝说："你在城墙上被葛荣士卒看见，他们进来便要找你盘问，你年幼不善言辞，如果被看出蛛丝马迹，城中百姓就要一起遭殃，这里有我就可以了。"

杨忠看着父亲花白的鬓角，涌起一股悲情："我把他们藏起来，搜不到就无话可讲。"

木塔在夕阳下拉出长长的影子，延伸到父子二人脚下，杨祯抬头看一眼："哪有那么简单？葛荣率领叛军在河北烧杀劫掠，绝没有好心，定以搜索为名诈开城门，后续大军就会长驱直入，一旦攻破坞壁，这里就变成人间地狱。你还没有成年，不用防守坞壁，快走吧，我要登城准备抵御敌军。"

杨忠答应，转身向家中跑去，穿越熙熙攘攘的集市和密密麻麻的房舍，在伙房找到娄昭君母子。他们奔波几天困乏已极，正在吃饭。高澄动作极快，大声说道："杨大哥，这是什么粥啊？真好喝。"

这是北方百姓家中经常食用的麦屑粥，由整粒麦子磨碎后熬制而成，高澄生长在塞外苦寒之地，食畜肉饮其汁，没有喝粥的习惯。杨忠没有答他，急匆匆说道："葛荣追兵要进来搜你们，跟我走。"

娄昭君十分镇定，左右拉着儿女：没有什么好收拾的，走吧。"

"面饼带在路上吃。"杨忠掀开盆碗找出面饼塞入娄昭君手中，跑出伙房，直奔自己房间，从床底下拽出小猴子送的粗铁刀，系于腰腹间，套上平常打猎时穿着的皮甲，抓起床头上斗笠按在头顶，跑回到伙房，牵着牛车，带着娄昭君母子向山后跑去。高澄又望见挂着两个灯笼的房舍，门前聚集着不少坞民，身体向前一挣："我去看看新娘子。"

娄昭君伸手抓住他的腰带："澄儿，不许乱跑。"

左人城内房舍、仓廪和各种作坊有数千间之多，是坞民起居和劳作之所。杨忠对房舍间小道十分熟悉，左拐右拐，绕出这片房子，停在半山坡上的一棵大槐树下。山顶是一大片平地，坞民百姓在这里春耕秋收，不受战乱影响。杨忠指着大槐树旁边的麦垛说："你们在这里休息一会儿，我到前面看看。"

夕阳西落，天空被映得血红，木塔上的铜钟骤然响起，城内空地聚集起数千左人城的老幼百姓。城墙外的小河在夕阳下绵延不绝，黑压压的六镇叛军正在策马渡河。左人城本是定州附近的小城，杨祯率领流民进驻后，亲手设计和建造，将城墙分为内外两层，正中有门楼，两侧各有角楼，城楼和垛口都开有射孔。内外城墙间是士卒驻防的瓮城。内城有一片空地，平时是百姓交易的集市，空地正中矗立一座高高的五层木塔，既可俯瞰坞壁内部，又可远望。

两名坞壁士卒站在木塔顶层，推动包裹铁皮的木槌，撞击铜钟，悠扬钟声传遍左人城。这是召集百姓的信号，他们从房舍中冒出来汇入小道，涌入木塔下的开阔平地。人群自动分成两群，精壮男子手持刀棍长矛聚集在空地中央，妇女和老幼散布四周。杨忠压低斗笠悄悄混入护卫人群中，忽然望见穿着新郎红袍的大苏，笑呵呵地说："怎么不陪新娘子？"

大苏比杨忠大三岁，平时帮父亲杀猪杀牛，在左人城护卫中当一名头目，他按着杨忠脑袋说道："听说索房来到左人城了。"

索虏本是百姓对入侵中原的辫发胡人的蔑称，大苏口中的索虏便是指葛荣率领的六镇叛军。杨忠点头说："我刚才在城墙上看见了，一场洪水把他们都冲走了。"

　　大苏摆手阻止："嘘，城主来了。"

　　杨祯被簇拥着站在城墙正中，示意钟声停止，百姓们不再议论，安静下来。消瘦的杨祯褒衣博带，长袍大袖被山风吹得呼啦作响，他深深吸口冰冷的空气，压抑住胸口郁闷，向下面的百姓大声喊道："天下大乱，我等相聚于山林险地，凭险依势结壁自守，偷生于乱世，只想过与世无争的日子。葛荣叛军起于六镇，连天蔽地而来，沿路攻城破寨，只为抢掠粮食和妇女，兵锋已到城下，要纵兵攻城。一旦左人城被攻破，我们将失去粮食和蔽体的房屋，老幼和妇女只能饿死在寒风之中。"

　　杨祯停顿一下，长袖在风中猎猎起舞，目光离开人群向远处望去，似乎穿越时空："四百年前，大汉金戈铁马平灭匈奴，让他们内迁中原，不打不杀不虐待，授予田地，教会农耕，将美丽的皇家女儿嫁给他们的可汗，最终却是开门揖盗，作茧自缚。他们如何回报我们？趁晋室八王之乱，五胡并起入侵中原，攻破我们的都城，饮马于我们世代生长的黄河，掠夺奸淫妇女，像屠戮猪狗一样杀死百姓。我们逃入山林，自给自足，闭门而市，只想活下去。索虏正在渡河，将要攻城。我们退无可退，逃无可逃，难道要将脖子伸到他们的刀头下，任由他们砍杀吗？我们坐以待毙？妻子和儿女被他们抢去随意凌辱？被他们烧毁房舍，父母在寒冬中被冻死吗？被他们夺去存粮，我们在冬天大雪封山的山林之中饿死吗？"

头顶斗笠缩在人群中的杨忠热血沸腾，带头大喊："不要！"

杨祯颤抖的声音顺着山风掠过百姓的脸孔，百姓躲避战乱逃命，求生于左人城，杨祯的话勾起他们心中悲惨的回忆，年轻左人城士卒眼中泛着泪光，刀枪向空中挥舞，周围百姓的喊声震动天地："拼了！"

杨祯双手示意安静，百姓激动、喧嚣的声音被压下来，他转身让出位置，杨闵挺身而出，大声命令："妇孺和老人各回居所，收拾衣服和粮食，准备从后山密道逃生。所有可以拿起武器的十八岁以上男子进入瓮城守卫，保护我们的父母妻儿逃生。"

百姓散去，杨祯走下城墙进入瓮城，迎面遇见铁匠老侯，小猴子跟在父亲身后，吃力地捧着一个麻布包，老侯捧起送到杨祯面前："城主，我模仿军中铠甲制式，打造一副两挡铠，防护远好于皮甲，您是百姓的主心骨，一定要保护好自己啊。"

老侯双手将麻布包打开，露出乌黑剔透的两挡铠，与小猴子各自拎起一片铁甲，前后罩在杨祯上身。杨祯托住冰凉沉重的铠甲，老侯双手解脱出来，将肩部的铁环扣牢，用绳索系成活结，再将腰间铠甲系在一起，嘴里不停说道："这副铁甲由巴掌大的铁札先横后纵结成，甲片上排压下排，前片压后片，用掉七百零九块铁札。除了身甲，还有披膊护住臂膀，垂缘防护腰间和腿部。城主，您千万不能出意外。"

老侯将两挡铠整理平帖，退到一边让开道路，杨祯微笑道谢，带着护卫沿着台阶走到城门正中。葛荣军队在暮色中渡过河水。杨闵手指排列整齐的敌军："葛荣叛军至少万人，搜索左人城何用这么多人马？"

杨祯提醒杨闵："今日是左人城存亡的关键时刻，左人城士卒布衣覆体，皂布裹头，仅是普通百姓，从来没有经历战阵，绝非葛荣精兵对手。城墙是唯一凭借，如果城墙被攻破，左人城就濒临绝境。"

杨闵点头："大哥，如何防守城墙？"

杨祯转身面对瓮城："你带领五百护卫携带弓箭，埋伏在城墙上，如果他们夺门，弓箭齐发封堵城门，我带领其余护卫在瓮城中随时支援。"

杨闵答应一声，跑下城墙调集弓箭手，黑暗笼罩荒野，葛荣军队的火把整齐勾勒出方阵，缓慢匀速地向左人城移动，在左人城四五百步外停下来，一小部分高速跳跃着向左人城大门移动。从火光的速度和上下跳动的形状很容易判断出，六镇叛军的骑兵正在飞速接近。

　　葛荣率领骑兵来到左人城下，火把聚在一起照亮城墙，身边
黑瘦裨将向上喊道："请城主打开城门，我们进去搜寻，他们如
若不在，即刻退走。"

　　杨祯仍然面露笑容："开门可以，但要请您的大军退到河边。"

　　黑瘦裨将不敢自作主张，葛荣在他耳边轻轻吩咐："我带大
军后撤，你带二百步兵进入左人城后立即夺门据守，我带骑兵向
里冲，里应外合破了左人城。"

　　黑瘦裨将点头答应："将军放心，小小左人城岂能对抗大军。"

　　葛荣催马走出几步，拨马回来低声叮嘱："擒贼擒王，进门
后别废话，直接动手。"

　　胡角响起，葛荣带领骑兵汇入大军，潮水般向河边退去，裨
将率领两百士卒缓慢向城门行进。葛荣大约走出七八百步，只能
看见墙上火把的亮光，无法分辨垛口。他大声发令："儿郎们，
继续前进，不要停止，听我命令。"

　　这些士卒都是跟随葛荣多年的六镇老兵，阵形没有一丝变化，
伸长耳朵仔细倾听。四周寂静，火把噼啪燃烧的声音清晰可闻，

葛荣满意地说道："手持火把的兄弟们，你们在吗？"

四周士卒低沉的声音响起："在。"

葛荣发出命令："你们不要停止，继续前往河边。手中没有火把的兄弟们，在吗？"

黑暗中传来沉重的回答："在。"

"没有火把的兄弟们，听我命令，我数到三的时候原地停步。"葛荣停住战马，开始压低声音报数："一、二、三。"

话音落地，步兵倏然而止，只有一个身高体壮的士卒没有搞明白他的用意，手持火把停在当地，直到别人推搡才明白过来，向前紧走几步跟上原来队伍。葛荣策马来到他身边，用手一指，身边士卒接过他手中的火把，将他替换下来继续前进。这名士卒违反军规，紧咬牙关一声不吭，葛荣回头看左人城没有发现这边情况，低头问道："该当何罪？"

军司马站出答道："当斩。"葛荣挺腰板腿跳下战马，上下打量，此人身披重铠，脸上横肉纠缠，辫发悬于脑后。这名违令士卒"扑通"跪倒在地："将军，我知罪。"

葛荣用马鞭将他拨出人群，推搡他向前，到达队列最前，用马鞭拍拍他肩膀："任褒。"

任褒抬头望向葛荣："将军，您知道我的名字？"

葛荣收回马鞭："攻打武川时，你第一个冲上城墙，对吗？"

任褒重重点头，葛荣绕到他正面："你打仗勇猛无比，可是我们要令行禁止，你却手举火把突然停下，如果被左人城看出破绽，我们就要前功尽弃，害得大伙全军覆没。"

任褒心服口服，嘴里只是说着知罪，葛荣很满意他的态度，退后一步看着四周军队："我舍不得杀你这样的勇士，你在队列第一排登云梯攻城，如果能活下来，我不但不罚，而且记你首功。"

任褒看一眼左人城上跳动的火把，解下铠甲扔在地上，露出蟒蛇般的肌肉："这身铁铠太沉，妨碍我登城。"

06 内外夹攻

杨祯带着几十名护卫进入瓮城，示意打开城门。"咣当"一声，大门轰然洞开，葛荣军队手中的火把将城门内照得通亮。那裨将身披黑色重铠，手持长槊，满脸肃杀之气，没有丝毫寻人的样子，与杨祯相对而立，数十名弓箭手暗扣长箭，蓄势待发。

杨祯缓和语气说道："将军既要寻人，为何带来这么多士卒？"

对面只有两支摇摆不定的微弱火光，黑瘦裨将无法分辨隐身在黑暗中的杨祯，说道："劳烦城主点亮火把说话。"

左人城士卒手中的七八支火把凑在一起，火焰腾地跃起照亮一片，杨祯身着老侯打造的赤黑两挡铠，在护卫火把的簇拥中十分显眼。城墙上的杨闵发现葛荣军队的后排士卒张弓搭箭，知道情形不妙，起身大喊："快，灭掉火把！"

黑瘦裨将借着光亮，发现左人城城墙分成内外，暗自吃惊，听到头顶有人呼喊，毫不犹豫执行葛荣命令："射，射那黑铠城主。"

弓箭手长箭上弦，如同满月的人弓瞄准，长箭激射而出，直取另一侧的杨祯。几乎同时，杨闵一声令下，弓箭手露出头来，箭雨向下倾泻，将葛荣弓箭手的下一轮攻击压制下来。雨点般的冰冷长箭如同恶灵一般，杨祯来不及躲避，挥动宝剑去磕，尾随而来的长箭"哧哧"射入铠甲，身体被十几支箭矢向后踉跄推倒。左人城士卒反应过来，用盾牌护住他身体，七手八脚将其抬进内坞城门，杨祯用尽最后力气大喊："关门，快关门。"

黑瘦裨将大喊一声，带领前面士卒去夺内坞城门，后面几十名士卒兵反身守卫左人城城门。杨闵看得清楚，嘶声喊道："射，给我射！"

五百名埋伏在瓮城四周的弓箭手现身垛口，居高临下"哧哧"飞射。葛荣士卒在地势上吃了大亏，盾牌无法挡住前后左右的弓箭，被四面八方的箭矢钉在地面哀号不止。葛荣叛军中了左人城埋伏，弓箭被城墙垛口挡住坠落地面，无法夺取内坞城门，黑瘦裨将把剩余的士卒聚集一起，结成盾墙护住身体。弓箭噼里啪啦射在盾牌上，尾翼在空中激烈摇摆振荡。残队缓缓向后收缩，据守城门，等待援兵。

战事开启，河边的葛荣左手在空中一挥，重铠骑兵在鼓角声中天崩地裂地向城门冲去。杨闵望见河边火光跳动，胡骑催动战马呼啸而来，如果冲入城门，左人城失去屏障，城内千余护卫根本无法抵御这些装备精良、如狼似虎的骑兵。杨闵扔掉弓箭大喊一声："兄弟们，跟我杀下去。"

杨闵率领士卒从台阶上向下冲去，进入聚满百姓的内坞空地，他惦记大哥生死，两眼冒火，大声怒吼："护卫在前，百姓在后，冲出城门为城主报仇，开门，冲！"

杨祯被抬入城门，生死不知，百姓怒火冲天，随着护卫向外冲去，转眼间将敌军重重包围，长矛乱捅，刀剑并举。敌军已被弓箭射杀一半，用盾牌围成的圆阵瞬间被冲破分割，失去抵抗能力。杨闵冲在最前，目光搜寻到指挥放箭的黑瘦裨将在几名士卒的保护下左挡右攻向城门后退，再走几步就要逃出左人城。杨闵绕开混战的人群，直取城门，黑瘦裨将虽然身中一箭，盔歪甲斜，仍不逃走，带着十几名士卒拼命抵挡，守住这唯一入城通道。他悍然鼓起全身气力，长槊迎面刺出。杨闵双手各持铁刀，左手挡开长槊，侧身贴近，一脚将他踢飞在地，手起刀落，黑瘦裨将人头落地。杨闵弯腰提起辫发，提向空中怒吼："关门。"

左人城士卒士气大振，一拥而上，将据守城门的敌兵消灭干净，地面已经被马蹄震得上下跳动，葛荣骑兵像黑云般高速压来。左人城士卒手忙脚乱搬开敌军尸体，耳边刺骨冷风骤响，空气像被吸干一般，无数长箭破空而至，几十名护卫如同狂风下的茅草般被射倒在地。杨闵左臂也中一箭，他咬紧牙关勉力支持，全力推动城门徐徐向内，"哐当"关上。杨闵倾力搏杀，手脚簌簌发抖，肺里的空气已被榨干，背靠城门大口喘气，城门上噼里啪啦的弓箭声音响如战鼓。

杨忠紧握粗铁刀混在左人城士卒中，本想冲出去杀敌，看见杨祯身中几箭被抢回来，冲到父亲身边。杨祯看见儿子，脸上有了笑容："你带着母子三人逃走，怎么还在这里？"

杨忠抓住父亲冰凉的左手，心里害怕，向四周喊道："刘御医，快来啊。"

刘御医本是武川镇军医，年轻时曾随孝文帝南征，多次为他治病，军中士卒戏称他为刘御医。破六韩拔陵为首的六镇叛乱被平灭后，他与武川镇军民百姓一起被流放河北就食，仍然忠于朝廷，不愿攻杀当地百姓，跟随杨祯到达定州左人城，平常为百姓看病，救人无数，在左人城中广受爱戴。百姓们将粮食和衣物赠他，使他衣食无忧。百姓让出空地，杨忠单腿跪在地上，刘御医来到杨祯身边，蹲下检查箭伤。他顺着左臂的铠甲披膊上渗出的血迹，找到一个巴掌长的伤口，这一箭插肉而过，并不严重。除了这个伤口，杨祯身上插着四支弓箭，一支深嵌在腿骨之中无法拔出，其他三箭都插在胸前铠甲上，刘御医吩咐四周百姓："快叫老侯来，帮我解开城主铠甲，料理伤口。"

杨祯忍住疼痛，拉着刘御医的手："外面战事如何？"

人群中有人答道："杨闵大哥率领护卫杀下城墙，夺回城门，城主不要担心。"

杨祯觉得不妙，双眼猛然睁开："快通知杨闵速上城墙防守，提防索虏偷袭。"

一名士卒跑去传令，老侯从人群中挤来，手持剪刀横向剪断箭杆，解开铠甲摊放地面，从众人腿间钻出的小猴子抓起铠甲左右打量，手指穿过箭洞惊讶喊道："奇怪，这箭竟能射穿铁札？"

大家关心杨祯箭伤，没人理会小猴子的惊呼，刘御医看了伤口沉吟："城主身上五处箭伤，三箭都是皮肉之伤，拔箭，敷药，包扎，止住流血即可。腿部这支弓箭嵌在骨骼中，拔箭费些周折，却不难治愈。胸口箭伤极深又在要害，拔箭时如果心血上涌，性命就危险了。"

杨忠挺起脖子问："我爹爹有铁甲护身，弓箭怎能射穿？"

杨祯担心儿子责怪老侯，艰难说道："铁铠远好过皮甲，不要乱说，老刘动手吧。"

刘御医先双手不停处理三处轻伤，吩咐老侯："城主胸口箭伤极深，拔箭时血液迸溅，你叫刘离过来帮我，再烧一大锅热水，我在这里为城主拔箭包裹伤口。"

刘离是刘御医唯一的女儿，只有十四五岁的年龄，常在父亲身边为百姓看病，此时挤在人群中看父亲疗伤，怯生生地像小鹿一样走来帮忙。老侯拉着儿子离开人群去烧开水，小猴子怀抱沾满杨祯鲜血的两挡铠，目光僵直，边走边问："爹爹，我编织时甲片重叠，没有缝隙，为何不能挡住弓箭？"

百姓七手八脚帮着老侯父子架起锅来，倒水，烧柴，片刻工夫，噼啪作响的火焰开始舔舐锅底。老侯坐在锅边，心中惭愧，拿过铠甲，借着火光仔细观看，胸口铁札竟被弓箭射出一个比拇指略大的窟窿，小猴子凑到父亲身边，手指慢慢穿过小洞，吸了一下鼻子。老侯当时不在杨祯身边，低声问儿子："葛荣贼兵距离城主多远？"

小猴子当时距离杨祯不远，看得清清楚楚："至少八十步。"

老侯双手托着铠甲，难以置信："索虏簇头居然能够射穿这么厚的铁铠？"

小猴子挤回人群中，片刻工夫钻回来，攥紧拳头伸到父亲面前，手指渐次展开，露出沾着鲜血的簇头。老侯用衣服擦干净，在熊熊火光下观看，簇头前锋和簇刃射出刺眼寒光，他手指抚摸簇头轻声说："这簇头的脊部和翼部色泽乌黑，应该用普通生铁打造，前锋和簇刃闪闪发亮，应是百炼钢。百炼钢和生铁契合，没有一丝缝隙，这种铸造手法实在匪夷所思。"

小猴子常帮父亲打铁，没有听过这种东西："百炼钢是什么？"

老侯说起炼铁就停不下来："用猛火熔化铁石，冷却后取出铁块，这是粗铁，杂质多，刀质极脆而且没有锋利的刃口，这副铠甲用粗铁打制，才会被射出窟窿。将粗铁不断折叠和锻打，打打烧烧，烧烧打打，千锤百炼，粗铁制成百炼钢，只有帝王将相才用得起。"

"可是索虏竟然用百炼钢做了簇头？"小猴子不解，一仗下来常常用掉百万簇头，簇头射出后无法收回，不能反复使用，一般都用粗铁打制。

老侯又说道："这簇头的材质比百炼钢还好，天下锻造百炼钢最好的地方，在江南的东冶铁炉堡，难道六镇叛军中有取之不尽用之不竭的百炼钢？"

小猴子还是没想明白，刨根问底："千锤百炼还不容易？多找些人反复锻打不就行了？"

大锅中冷水渐渐冒出热气，老侯还有时间："你化铁时用什么燃料？"

小猴子经常上山去砍柴："木炭。"

老侯眼中露出兴奋光芒："木炭热量少，我们炉子小，拼命用手拉鼓风箱，鼓出的风力也不够，无法驱走杂质，只能炼出粗铁。要炼百炼钢，还要重建铁炉和鼓风箱才可以。建康东冶有世上最大的熔铁炉，故名铁炉堡。"

小猴子钻回人群拎了一把弯刀回来："爹爹，这是胡人的腰刀，也是用百炼钢打造的吗？"

老侯仔细看着刀身，摊开手掌中的簇头反复比较："刀刃银光闪闪，脊部乌黑没有光泽，两者之间切合得没有一丝痕迹，这种熔铁、淬火和锻造之法，我想破头也想不明白。"老侯从儿子腰间抽出粗铁刀，将六镇腰刀交到儿子手中，小猴子明白父亲意图，右手腰刀向粗铁刀砸去，寒光划过，"叮当"一声，粗铁刀断成两截跌落地面，小猴子呆在当场。

"粗铁刀一击就断，铠甲也被洞穿，如何作战？我做了一辈子铁匠，手艺还不错，现在却连胡人兵器的材质都看不出来。"老侯说到这里抬头仰望繁星点点的天空，沉默半晌摇头叹气："看了这钢铁，我心灰意冷，今生再不想打铁了。"

小猴子没理会父亲，将簇头放在眼前从上向下打量，发现在簇头上刻有一串奇怪的符号，低声自言自语："这文字写的什么？"

城
破
人
亡

杨闵背靠紧闭的左人城城门松口气，一名护卫从瓮城中跑来："杨大哥，城主命你登城防备索虏攻城。"杨闵点头，随即问道："城主伤势如何？"

士卒据实回答："身中五箭，伤势危急。"

"大家跟我登城防守。"杨闵将七八百护卫召集起来，沿着台阶向城墙冲去，忽然空中黑影"扑通"摔落地面。杨闵定睛细看，尸体身披褐色布衣，正是左人城士卒服色，腹间鲜血横流，城墙上大乱，接连几具尸体向下跌落。杨闵心中一惊，难道贼兵攻上城墙了？城墙上为数不多的士卒惊叫声向下飘来："不好，贼兵摸黑架云梯攻城了。"

杨闵冲上城墙，看清形势，数百贼兵趁着黑夜登上城墙，凭借铠坚刀利，低头猛砍，抢下五六个垛口结阵据守。杨闵手扶垛口向城下张望，心中大骇，无数云梯连接一片，架在被夺去的垛口，数千索虏像蚂蚁一样攀在云梯上向城头涌来。左人城士卒不是敌手，节节后退，已不可能将敌兵赶下城墙。远处无数火把正在向左人城跳跃，杨闵中了疑兵之计，葛荣步兵埋伏在城下的黑暗之中，趁左人城士卒全力以赴对付入城敌兵的时候，悄悄架起云梯攻上城墙。自己的士卒只是百姓，铠甲挡不住弓箭，战法也远远不如葛荣，这仗还怎么打？

"通知百姓从后山逃命。"杨闵明白城墙保不住了，左人城将守无可守，举起大刀向身后喊道："我们顶住，掩护百姓退入后山。"

刘御医将杨祯身上的四只簇头拔出，包扎完毕，瞥一眼横贯胸口的长箭，面色凝重："城主，我要动手了。"

杨祯苍白的面孔上挤出笑容："别想太多，动手吧。"

刘御医闭上眼睛，胸口鼓起吸口气，听到身后人声嘈杂："不好，索虏攻破城墙，快从后山撤退。"

杨祯转动目光找到杨忠："你去看看。"杨忠从地面跳起来，传令士卒在远处大喊："贼兵摸黑架起云梯登上城墙，马上就要杀过来了，快从后山撤走。"

"守住大门，能守多久就守多久，保护左人城百姓撤入后山。"杨祯用尽力气，嘶声命令，喘气停顿一下，用最后力气说道："老刘，拔箭。"

刘御医双手缓缓伸向长箭，杨祯意识到性命危在旦夕，用失去亮泽的目光呆呆看着儿子，握紧他的双手："杨忠，你还小，不用与你叔父打仗，带着那母子三人逃离此处，与他们家人会合。你绕道山东，去南方投奔梁国，加入军中，誓要北伐中原，恢复汉人江山。"

杨祯提到北伐，双目顿生光彩，向老侯说："杨忠交给你了，带他走。"

老侯扑通跪倒，眼泪横流："我决不负您所托，有我在，就有杨忠在。"

杨忠的眼泪长流，手握父亲冰凉的双手："爹爹，一起走。"

刘御医将杨忠推开："快走，不要耽误我给城主拔箭。"

杨祯闭上眼睛，缓慢说道："杨忠，跪下，记住爹爹的话。"

鲜血从杨祯嘴中大口涌出，杨忠眼泪迸出，跪地发誓："驱除索虏，重整河山。"说罢放声痛哭，被老侯向人群外拉去，向父亲张望一眼，画面刻在脑中：月光下，长箭簇头亮光一闪，血箭喷出三尺，长箭从父亲胸口拉出，倒钩上带着被刺烂的肌肉。

杨忠眼泪倒流，挣脱出老侯双手，拔出粗铁刀，通红的双眼向城门望去，无数贼兵夺门而入，守城士卒且战且退，哭喊声音响彻四周。为首一名贼兵赤裸臂膀，发辫结于脑后，右手弯刀左手火把，像小山一般压来，杨忠猛地向前一跃，铁刀直奔贼兵肩膀而去。

这为首的胡人正是带头攻城的任褒，他出其不意率先攻上城墙，夺取垛口，沿着城墙攻下内坞城门，如入无人之境。任褒正要喘口气，忽然听到风声一响，他一辈子在战场上混，当即听出此为刀声，火把向上格挡。杨忠双手握刀使尽全身力量，铁刀砍中火把后去势不减，"啪"地拍在任褒左脸上火焰四射。任褒狂吼着向后急退，左脸疼痛钻心，他将火把向空中一扔，怒吼一声，持刀大步向杨忠压来。

杨忠再次冲上，粗铁刀凌空劈下，任褒战刀向上一挑，两刀在空中相交，火星四溅。杨忠手中一轻，粗铁刀断成两截，刀柄还在手中，那半截嵌在任褒肩膀上。任褒在战场上单打独斗从未落败，今日冷不丁先被火把击中，又被断刀刺中肩膀，莫名其妙吃了大亏。他扯下半截铁刀扔在地面，弯刀一挥又向前逼来。杨忠右手一扬，断刀划过黑夜，切中任褒腹部。任褒连续三次被这少年击中，连对方一根毛都没有碰到，铠甲挡住要害，只是皮肉之伤。任褒狂喊一声，怒气更盛，用手按着腹部不退反进，弯刀一抢凌空劈来。杨忠转身向后，周围被七八个胡人围拢。任褒哈哈大笑："抓住，奶奶的，老子要亲手撕了你。"

杨忠赤手空拳被截住无法再退，任褒冲到跟前，左肩一顶将杨忠撞得倒退几步，手中弯刀举向天空，向下滑落。背后传来风声，任褒身体转动躲开偷袭，看清楚背后袭击的是一个汉人老头。任褒前后看看，更恨三次伤他的杨忠，抛下汉人老头，缓慢向杨忠靠近。

杨忠认出救他的老人正是刘御医，他不是在给爹爹拔箭吗？"老刘，我爹爹呢？"

刘御医压抑不住，"哇"的一声吼叫出来，泪珠挂满脸孔。杨忠预感事情不妙，对眼前的任褒不管不顾，带着哭声喊道："我爹爹怎样了？"

"老城主心血迸出，保不住了。"老刘老泪纵横，拔箭的时候，杨祯心口射出血箭，老刘就知道弓箭伤及心脏，性命难保，杨祯气息越来越小。刘御医正要放声痛哭，看见杨忠对上任褒，凶险万分，咽下泪水，抽出一把铁刀去救杨忠。

任褒靠近杨忠，弯刀再次扬起，刀刃在月光下泛出寒光。杨忠听到父亲去世的消息，眼前一黑，膝盖一软朝父亲方向扑通跪下，诡异的弯刀无声无息削落。老侯挤在人群中急得团团转，听到远处杨祯身边一片哭声，又悲又怒又急，大声向左人城士卒喊道："救杨忠，老城主就这一个儿子。"

左人城中杀成一团，杨闵带着几十个左人城士卒从前面退下，听见老侯喊声，冲过来顺着老侯手指方向望去，杨忠跪向去世的父亲，一名高大索虏手持弯刀，带着月光向他头颈划去。杨闵还有十几步距离，来不及将他救出，绝望怒吼一声，看着刀光霹雳般落下。

刘御医距离任褒最近，他不能救活杨祯，心里如同刀绞，发誓不让杨忠血溅当场，两脚一蹬，举起铁刀连扑带砍冲向任褒。任褒只好暂时放下杨忠，弯刀一转，磕飞粗铁刀，腰间一拧，弯刀顺势一横，向杨忠削去。杨忠哭死过去，无心抵御，就要丧命当场。刘御医横下心来，狂喊一声："城主，我随你去了。"

刘御医抱住任褒腰间撞去，任褒被他一冲，冲出几步站定身体，腰间一扭想甩开老刘，却被死死抱住动弹不得。任褒手腕倒转，弯刀向后，刺入老刘身体后被骨骼挡住，任褒手腕一切，再横向一挑，背后血光迸现。

刘御医被刺中肋部，不顾剧痛紧紧抱住任褒，不让他去杀杨忠，目光在四周人群中匆匆寻找女儿的身影。任褒弯刀反复刺入他身体，血液快速向体外涌出。老刘身体冰凉，双眼迷糊，没有看到女儿，仍不甘心闭上双眼。渐失听觉的刘御医耳边响起女儿尖厉的哭声，他眼前一亮，头发蓬乱的刘离就在十几步外，踉跄跑来。杨闵带着几十个左人城士卒紧跟在后，刘御医挤出全身力量，仰天大喊："老城主，我虽没有救了你，却救下杨忠了。"

老刘颓倒在地，刘离看见满身鲜血倒在地上的父亲，惊慌失措，泣不成声："爹爹，别留下我。"

"老侯，带人去救杨忠。"杨闵大刀一挥，命令左人城士卒反击回去，走到刘离身边单手将她抱起，轻轻抚摩她后背，感到她冰凉的身体抖成一团，在她耳边说道："孩子别哭，以后你是我的女儿。"

老侯抢先几步，看见杨忠全身僵硬，眼睛瞪圆望向天空，牙关紧咬，口中急促吐气，下巴和脖子急速抽动。老侯吩咐左人城士卒："先救杨忠。"

他们抬手抬脚，架起杨忠向后退去，左人城士卒听说杨祯性命难保，眼看老刘为救杨忠身中十几刀无法活命，红着眼拥向任褒拼命。任褒不吃眼前亏，暂向后退，与数十名六镇叛军会合，再次呼啸冲来。

杨闵心中仍然冷静，如果拼下去左人城士卒都无法逃命，他左手抱着刘离，大声向左人城士卒喊道："退，不要纠缠。"

"我来断后！"一袭新人红衣的大苏率领左人城士卒冲出来，他今天大婚，还来不及更换铠甲。

老侯拉着杨忠在房舍中拼命奔跑，冷不丁被一个女孩子拦住，门口两盏红彤彤的灯笼随风飘摆，这是正在办喜事的屠户老苏家，他抬头认出屠户老苏和教书先生老林："快跑吧，左人城被攻破了。"

穿着大红喜服的新娘林林问道："看见人苏了吗？"

老侯停住脚步："大苏不是在这里办喜事吗？"

老苏急得双手绞在一起："他听到钟声，就到前面去了。"

老侯向城门匆匆望一眼，那里已经起火："全都乱了，先跑出去，然后再找大苏。"

老林与老苏互看一眼，向女儿喊道："林林，我们先走。"

林林拦住从前面退下的一名士卒："大哥，看见大苏了吗？"

这名士卒手指身后："苏大哥带着十几人还在后面抵挡索虏。"

林林扯掉新娘霞帔，向城门方向跑去，声音向后传去："爹爹，你们先走，我去找大苏。"

弓箭声从耳边擦过，左人城士卒中箭的凄厉喊声响起，林林只有一个念头：我要找到大苏。大苏在私塾中，见到自己都要脸红，林林却早已喜欢上这个喜欢读书的屠户的儿子。大苏也像其他的左人城小伙子一样，在林林家门口送来桃子、秋薯和黄河鲤鱼，然后蹑手蹑脚地离开，杨忠和小猴子从黑影中跑出来，坏笑着将这些吃食搬走，唯独留下大苏的东西，他们爬到旁边大槐树的树杈上，用粗铁刀切开瓜果，皮和果核到处乱扔。林林越来越漂亮，左人城的小伙子们除了偷偷向她家门口送东西之外，开始光明正大地请出长辈带着聘礼来到老林的私塾，笑呵呵进来，叹气离开。爷爷摸不透林林的心思，于是问道：孙女，你到底喜欢哪个小伙子？林林夜间拉着爷爷躲在窗边，手指抱着一篓大桃的大苏。老林满意点头，大苏是一个好孩子。林林向爷爷说了心事，第二天，爷爷去了老苏家里，回来拎着半爿猪肉，笑着挤挤眼睛，这事儿办成了。从此之后，大苏见到林林更加手足无措，面红心跳，不过夜间的瓜果梨桃越来越多，杨忠和小猴子吃得肚儿圆滚滚，嘿嘿笑着，乐颠颠快速跑过。从那天起，林林开始计算日子，时间一天一天过去，大喜的日子终于到了，就是今天，可是自己的新郎在哪里？回忆历历在目。火光一窜，房舍旁影影绰绰，索虏冲到这里了？守城士卒越来越少，大苏在哪里？林林钻入房中，凭借熟悉地形绕开索虏，继续向前奔跑。

林林冲出后门，百姓四散逃跑，唯独一棵大槐树下还有喊杀声音，她悄悄闪过房舍向那里跑去。

林林跑入房舍，抓起一把剪刀，捅开窗棂纸向树下望去，心中猛地一揪，只见大苏和一个同伴背靠大树，被七八个索虏团团围住。凄厉叫声响起，那同伴被弓箭钉在树上，大苏右手持刀，鲜血滴滴答答顺着左腿流淌。刀光一闪，大苏的铁刀断成两截，乌黑长槊凌空刺下，将他左肩钉在树上。大苏放弃反抗，眼光无助地望着天空，索虏刀光扬起，他突然仰天绝望大叫："林林，林林！"

索虏收起弯刀，走到穿着新郎红袍的大苏身边，哈哈大笑："是你的新娘子吗？你们来世再见吧。"

大苏闭上眼睛等待冰冷的弯刀，心中有无限的不舍，林林，你跑出左人城了吗？一声惊叫从不远处传来，他抬头望去，木门中冲出一个跟跄的身影，他又惊又怕："林林，快跑。"

索虏发出哈哈的笑声："哈哈，好美的新娘子。"林林身上一凉，身体被扯翻在地，被索虏扑倒。林林去过老苏家里，看见他宰牛杀羊，并不惧怕血腥，右手一翻，将剪刀刺入索虏右眼，鲜血迸出。她爬起来，只有五六步就能冲入大苏身边，她只有一个念头，我要被他抱在怀中。

侧面索虏长槊猛刺，希望拦住林林，她纵身跃进大苏怀中，长槊贯入她的腰肢。她伸手捂着大苏左肩的伤口，眼泪顺着面孔流淌。大苏大声喊道："不要伤她，她只是一个女孩子。"

　　为首索虏正是任褒，他手捂被刺瞎的右眼，火光照亮狰狞的面目："我当然不会伤她，她马上就是我的女人。"

　　大苏艰难地拔出右肩的长槊，挺在胸前，低头看着林林娇艳的脸颊，这是自己将要娶回的新娘，嘴角浮出笑容："林林，知道吗？能娶到你，我每天都兴奋得睡不着觉。"

　　林林失血的脸孔浮现一抹红色："你好笨，在学堂里，我总给你多添一碗饭，我爷爷都看出来了，你送的瓜果梨桃，让杨忠和小猴子那两个坏小子偷吃不少。"大苏长槊无力地支撑在地面，黑影在火光中晃动，四面索虏渐渐逼近，林林露出笑容："大苏，我只给你做新娘。"说着将火热的嘴唇送到大苏嘴边。

　　大苏亲吻着自己的新娘，忽然，剪刀在火光中寒光一闪，刺入林林的咽喉，鲜血如同鲜花般绽放，林林面孔浮现轻松满意的神情："在你怀中，心满意足。"大苏怒吼一声，眼泪倾泻，他紧紧抱着林林，并将长槊向一名索虏掷去。被刺瞎右眼的任褒摇晃站起来，提起长槊，恶狠狠刺出，穿透林林和大苏的身体，将他们永远连在一起。

老侯和两名左人城士卒紧紧抓住杨忠向后山退去，小猴子不知道从哪里抢来一辆牛车，从人群中挤来与父亲会合，大家七手八脚将杨忠抬到车上。小猴子一甩鞭子，混入周围的百姓妇孺中，穿越房舍向后山驶去。人影闪动，风声、刀声和凄厉的叫喊声回荡不绝，小猴子憋在胸口的眼泪夺眶而出，挥鞭向山中狂奔。

左人城三面环山，峭壁如同刀削，杨祯重筑城池的时候，开出一条暗道通往深山。牛车载着杨忠进入后山，房舍越来越小，慢慢消失在视野中。百姓分散到树林中，喧闹声渐渐远去，只能听见牛颈间的叮当铃声。不知道跑了多久，两名左人城士卒也在树林中走散，黑暗中突然亮光一闪，左人城方向窜出火光，照得半边天空通红。

老侯停下脚步回头望去，喃喃说道："索虏焚烧房舍了。"

小猴子擦擦额头汗水："百姓跑出来多少？杨大哥和刘离去哪里了？"

老侯摇摇头："乱成一团，谁也找不到谁，天亮时再想办法会合吧。"

两人说话间，杨忠突然发疯般跳下牛车，跌跌撞撞向左人城方向冲去。靠在树干上喘气的老侯起身就追，压低声音喊道："杨忠，四周都是索虏，你不能回去。"

杨忠利用地形左躲右闪，老侯体力不支，距离越来越远，急出一身冷汗："你要有什么意外，我怎么向城主交代？"

杨忠满脸泪水，记忆还停留在火光四起的城中，中箭倒地的父亲，凌厉的弓箭割裂空气，挥舞腰刀的索虏、满身鲜血的刘御医，画面都停留在他眼前，杨忠不理老侯的呼唤，埋头弓腰向前猛冲，沿着山坡冲向左人城。

杨忠在树木间连滚带爬地狂跑，冷不防，一道黑影闪电般从大树旁出现，自己的身体被凌空拎起，头眼间金星乱冒。杨忠悬在空中抬腿就踢，却碰不到对方身体，他折腾得耗尽力气，停止挣扎，发现拦住他的并非树木，而是一名全身铠甲的骑兵。老侯上气不接下气追到这里，心中一惊，牛车旁边月光下赫然伫立另一名骑兵，弯刀压在小猴子肩膀。见到弯刀和骑兵，老侯以为必是索虏，拔出铁刀向上扑去。对面骑兵左手夹着杨忠，右手弯刀一晃，粗铁刀飞向月空，老侯被对方肩膀一突，撞翻在地，骑兵压低声音喝道："不要出声，小心惹来追兵。"

这名骑兵摘下兜鍪，转身骂道："葛荣，你奶奶的，老子和你不共戴天，早晚有一天把你的脑袋拧下来当尿壶。"

这两人正是在左人城外的高欢和侯景。他们诱敌不成，眼看葛荣攻打城池，不能从正面进入，只好在四周深林守候。半夜时分，大量百姓从深林中逃出，左人城已经被攻破。他们四处寻找娄昭君的牛车，听到铃铛声音寻来正好截住杨忠。高欢收起弯刀来到老侯身边，翻身下马仔细打量杨忠："我看你面熟，今天下午在城墙上与我们说话的，是你吗？"

杨忠口中呜呜哭喊，老侯看出对方不是敌人，答道："他是老城主的儿子，葛荣攻破左人城，老城主中箭身亡，你妻子和儿女随着百姓逃出来了。"

高欢目光一黯，转身问老侯："左人城已破，你们有何打算？"

老侯想起杨祯所托，回答："我们要前往南方，投奔梁国。"

高欢面向左人城的火光，跪倒在地："我妻子儿女蒙城主相救，大恩铭记于心，无以为报，请受我三拜。"

杨忠扑通跪倒在地泪如泉涌，腰间一紧被提起，高欢按着他肩膀："大丈夫存于世上，眼泪只能往肚里流，你应该为父报仇，别哭了。"

兵荒马乱，高欢和侯景一边护送杨忠赶路，一边向百姓打听娄昭君等人的下落，趁着黑夜逃到树林边缘，听见外面哗哗的流水声，水声响亮，必是大河。老侯对附近地形极熟："这是中山地界，必是易水。"

听到易水的名字，高欢口中吟道："风萧萧兮易水寒，壮士一去兮不复还！这就是燕太子丹送荆轲刺秦王高歌之处！"荆轲刺秦王的故事在燕赵大地广为流传，老侯本是河北铁匠，熟知此事。

侯景从密林的间隙向东边眺望，天边隐隐泛亮，一屁股坐下："在河边休息一阵，天亮后去找嫂子吧。"

老侯饥寒交迫，坐在树下喘气均匀后，掏出一块胡饼放在口中，又将其余的分给几人，问道："河北兵荒马乱，你们去哪里？"

高欢在洪水中梦见踏星而行，立志要做一番大事："几年前，我做信函使的时候路过建兴，大白天突然云雾弥漫，雷声轰鸣，惊天动地。我恍然入梦，仰望天空，仿佛踏星而行，我本以为那是梦境，昨晚葛荣贼兵紧追不放之际，晴朗的天空突然暴雨连天，河水冲没追兵，我仿佛重回梦境。这次我听得更真切，上天让我西去秀容草原，那里将有我的功业，还有一个神秘女子等候我的到来，她将成为我一生的宿命。"

侯景笑呵呵说道："不是嫂子吧？"

高欢笑着，光明磊落说道："这是天意，侯景你亲眼所见，岂为虚幻？"

侯景先点头后摇头："天降大水，我看见了，你踏星而行，没看着。"

高欢决心已定："葛荣摩拳擦掌准备起兵造反，天下大乱，未必不是好事。"

侯景大声赞同："我在怀朔镇长大，左脚底长了肉瘤导致行走不稳，本应是一个街头等死的瘸子，却鬼使神差地被选为怀朔镇兵。别人都说，你个瘸子还能打仗？我骑在马上，谁能看出我是瘸子？"

秋冬的飔飔冷风从深林中划过，老侯裹紧身体："百姓盼望太平盛世，英雄少年却喜欢乱世，天下大乱才能英雄辈出，你们为何要去秀容？"

"投奔肆州刺史尔朱荣。"侯景看一眼高欢，抢着答道。

老侯见多识广，听说过这个名字："秀容的尔朱荣？那个契胡小酋怎么值得投靠？"

小猴子听不明白："爹爹，契胡是什么意思？"

"契胡就是杂胡的意思，连祖先都说不清楚的胡人。"老侯耐心解释。

高欢听出老侯的轻蔑口气："怀朔镇被破六韩拔陵攻破，我先随杜洛周，后跟随葛荣，他们只是四处烧杀抢劫的鼠目寸光之辈。尔朱荣散尽畜牧资财，招合骁勇，结纳豪杰，我在怀朔镇的旧友段荣、刘贵和窦泰投奔尔朱荣，都赞他胸有大志，必成大事，我打算去看看。"

老侯看一眼侯景问高欢："你是汉家男儿，为何与胡人混在一起？还不如与我们一起投奔梁国。"

侯景不服气："胡人怎么了？哪里都有好人，哪里都有坏人。"

"胡人汉人不能和睦相处吗？"高欢的六世祖高隐为大晋玄菟太守，统领鲜卑地域，三世祖高树在后燕为官，后燕皇帝慕容宝兵败，只好归顺北魏被封为右将军。他祖父高谧官拜侍御史，坐法徙居怀朔镇。父亲高湖生性率直，不通家事。高欢出生时母亲便离开人世，被寄养在姐夫家中。他姐夫名叫尉景，是鲜卑胡人。高欢从小到大都和胡人一起舞刀弄枪，改用贺六浑这个胡人名字。侯景是羯人，刘贵、段荣和窦泰都是鲜卑胡人。在高欢最潦倒的时候，娄昭君不顾家中反对嫁给他，她父亲娄内干是北地马王，也是鲜卑胡人，高欢的儿子高澄只会说胡语，不通汉话，只有高欢自己清楚，身体里留着汉人的血脉。

小猴子跳到高欢面前，张开手掌，现出那只射中杨祯的闪亮簇头："高大哥，你见多识广，这簇头有什么来历？"

高欢将簇头举到眼前，指甲轻弹，发出嗡嗡震动空气的声音。

侯景凑过来从背后箭囊拔出一支弓箭，与那只簇头并列一起，形状完全一样，只是尺寸略小。小猴子呀一声，取过侯景的长箭翻至背面，没有找到弯曲像小蛇一样的图形："还是不一样。"

比小猴子还矮的侯景，肩膀却宽了两圈，抓过簇头问道："哪儿不一样？"

老侯也看出不同，手指簇头："你的簇头没有弯曲的文字，簇头用纯铁打制，簇头锋刃乌黑没有光泽，这只簇头的箭锋闪闪发亮。"

侯景解下大弓，开始吹牛："两个簇头都来自塞外，弓叫作反背弓，箭叫作铁骨丽锥箭，与你们中原地区所用弓箭不同。"

小猴子比着两只簇头："人家的簇头箭脊乌黑，四周锋利的地方银光闪闪，因此叫作铁骨丽锥箭。你这簇头全身乌黑，只有铁骨哪有丽锥？叫作乌骨箭还差不多。"

侯景被戳破，不好意思地搓搓手，惊讶地看着小猴子："就是乌骨箭，贺六浑都看不出来，没想到你还是兵器的行家。"

侯景把那只闪亮簇头在衣服上擦得锃亮，放在眼前仔细观赏："难道真是传说中的铁骨丽锥箭？你这么一说，看起来还挺像。"

小猴子得意起来："呵呵，我那眼力还用说？"

葛荣本是防御柔然入侵的怀朔镇将，使用塞外弓箭很合理，老侯问道："胡人弓箭与中原所制有何不同？"

侯景从马靴中掏出匕首，对准反背弓弓弦："切断弓弦，弓会变成什么形状？"

"别，切断了就用不成了。"小猴子舍不得毁坏弓箭。

侯景将手向怀里一探取出两根弓弦，笑着说："塞外射手哪会只带一根弓弦？我身上还有两根，换上可以继续用。"

老侯熟知弓箭，回答道："中原弓箭用桦木所制，切断应该还是弓形，不会变化。"

侯景匕首"哧"的一声，闪电般划断弓弦，反背弓"啪"地跳起，在空中翻一个跟头，失去弓弦牵引的弓身无声无息向外弹开。侯景在空中一抄，将弓身抓在手中，摆在老侯眼前："我们草原游牧部落所用的弓背外侧，朝向敌人的那一面为薄槭树所制，弓背内侧为角制，以雪山牦牛角为最佳，里外材质不同，弓弦断后便向外翻出。中原喜欢用桑木或者桦木为弓身，断了还是以前的形状。再看弓弦，我们用鱼胶将鹿腿后腱黏在槭木弓背，你们的弓弦用牛筋，弹性远不如反背弓。我们的弓臂末端装有弓弰，蓄势减低拉弦之力，六石的反背弓就可以射出你们汉人十石弓的距离。"

高欢笑说："你刚才赢我，竟是弓箭的原因。"

老侯更关心簇头："这支铁骨丽锥箭和乌骨箭形状相同，威力一样吗？"

侯景尴尬笑笑："其实也差不多。"

高欢看出侯景神情有异："差不多？差多少？"

侯景也是首次见到铁骨丽锥箭："除了能够破甲，其他差不多。"

高欢异常惊讶："破甲？一支箭囊插满铁骨丽锥箭的步兵方阵，便可横行天下。"

小猴子不以为然："一物降一物，如果出现这样的弓箭兵，大家赶紧加厚铠甲，总不能乖乖被弓箭射死。"

高欢点头看着小猴子："嗯，此话不错，你还懂些门道。"

小猴子得意笑着，他整天都琢磨打铁炼兵器，老侯不想儿子招摇，挠挠鬓角问：“我打了一辈子铁，从未见过这种锻造簇头的手艺，这簇头来自哪里？”

高欢说道：“草原大漠。”

侯景侧头想一阵：“统治草原的是柔然，葛荣在怀朔镇与柔然交兵多年，使用这种弓箭也不稀奇。”侯景低头辨认簇头：“这不是柔然文字，我听到过一个传说，从怀朔镇向西穿越遥远的大漠瀚海，有一个名叫突厥的部落，他们精于炼铁，世代为柔然锻奴，兵器都由他们打制，也许这簇头出自突厥。”

老侯收起簇头，缓缓抬头：“我要去趟突厥，看他们怎么锻造出这种簇头。”

侯景大吃一惊，阻止老侯：“柔然统治着整个北部戈壁，东起高丽西至阿尔泰山南坡的额尔齐斯河，突厥在柔然最西端，遥遥万里。”

老侯固执坚持：“我做了一辈子铁匠，从来没有见过这样的兵器，两种铁毫无缝隙地结合在一起的熔铁之法，我更是闻所未闻，想所未想，如果不去看看，死都不会瞑目。”

高欢提醒老侯：“城主托你将杨忠送到南方，难道你不去了吗？”

老侯左右为难，看着躺在地上熟睡的杨忠，想起死去的杨祯：“老城主所托，我扔掉性命也要做到。”

小猴子站起来，消瘦的面孔显得更加坚毅，向父亲深拜：“爹爹，我替您去，无论有多远，我都要学会这种铸铁之法，回来让您亲眼看见。”

“学会铸铁之法？打个剪刀、铁犁，可用不着这么好的铁。”

侯景不以为然。

"我编织的铁甲挡不住弓矢，粗铁刀一击就断，在敌人面前手无寸铁。我听左人城百姓说，大苏和林林双双死在索虏刀下。"小猴子眼睛里冒出泪花，今天本来是大苏和林林的大喜之日，"工欲善其事，必先利其器。索虏一定还会向南攻打，如果我不学来铸造之法，如何对敌？我还要看着好兄弟被杀死在眼前吗？"说到这里，小猴子的声音已经嘶哑，泪水滂沱，谁也想不到这个小孩子心里竟有这么深的考量。

高欢不再多说，看出老侯不放心："我陪着小侯去大漠。"

侯景着急问道："你去沙漠做什么？不去秀容吗？"

高欢想起身世，仰头望着星空，这似乎总能给他指引未来的方向："我要去大漠，看看胡人和汉人到底有什么不同。"

小猴子学着高欢说："我也去看看，汉人和胡人打铁和锻造有什么不同。"

高欢不和小猴子拌嘴，扭头向老侯说："北平主簿邢杲率领十万河北汉人流民为躲避六镇叛军，正向山东逃亡，梁军在那里接应，你们从那边去梁国吧。"

高欢望着熟睡的杨忠，牵过踏燕来到老侯身边，抚摩着战马，依依不舍："踏燕是宝马良驹，你们此去江南路途遥远，让它带你们去吧。"

老侯点头答应："天快亮了，你们动身去寻找妻儿吧。"

侯景拿出一个包袱扔给高欢："去秀容草原投奔尔朱荣大将军，你还是脱掉汉人衣服，以后你就是贺六浑，忘记高欢这个名字吧。"

老侯把小猴子拉到高欢面前："我儿子，就交给你了，跟你去闯闯吧。"

朝阳从东边升起，红光洒向树林中。高欢、侯景和小猴子三人并肩走出树林，头戴突骑帽，羊毛胡袄外罩着铁甲，高欢望着在铅灰色土地上流淌的易水说道："葛荣明目张胆攻破左人城，没有顾忌，就要起兵造反了。"

北魏孝昌元年，公元525年冬，葛荣攻破定州左人城。第二年正月，六镇流民首领鲜于修礼起兵造反，改元鲁兴，进攻中山。北魏以杨津为定州刺史，派遣河间王元琛率军驰援，被鲜于修礼击败。五月，北魏再以广阳王、骠骑大将军元渊为大都督，率领章武王元融和将军裴衍救援中山。八月，叛军内部火并，元洪业杀鲜于修礼，葛荣诛除元洪业，统领六镇叛军。九月，葛荣攻击瀛州，击败魏左军都督元融，俘杀元渊，士气大振，自称天子，建国号齐，改元广安。

公元527年正月，葛荣击败赵郡汉人豪强李元忠，克殷州围冀州。七月，相州刺史元鉴据邺城叛魏，投降葛荣。八月，北魏将领源子邕和裴衍攻克邺城，斩元鉴。十一月，葛荣攻克信都，俘冀州刺史、魏宗室元孚及当地汉人豪门潘绍等五百余人。十二月，葛荣击败源子邕和裴衍，再次围攻邺城。武泰元年（公元528年）正月，长史李裔在中山降葛荣，俘刺史杨津，瀛州刺史元宁率部投降。葛荣克冀、定、瀛三州，河间汉人大族邢杲率部曲和乡里汉人百姓十余万户南逃。二月，葛荣杀杜洛周吞并其部众。三月，攻克沧州。至此，葛荣拥有燕、幽、冀、定、瀛、殷、沧七州之地，向南包围邺城，向西进逼山西，兵力极盛，发展成为中国历史上规模宏大的流民起义。

兵器大师

第二章

天下，
是天下人的天下

10 天苍野茫

高欢睁大眼睛仰望帐篷的穹顶，天空繁星点点，像未来一样不可捉摸。他在左人城附近找到妻儿，将他们送回怀朔镇外的塞北家乡，随侯景去投奔肆州刺史尔朱荣。他的好兄弟刘贵极力赞扬高欢，尔朱荣随口问了一句，贺六浑是哪族人？刘贵不假思索脱口而出：汉人。尔朱荣不发一言，将高欢送到秀容山谷中牧马。无论羯人、鲜卑人还是匈奴人，甚至羌人和高车人，尔朱荣都会任用，唯独汉人例外。一个手无缚鸡之力，只懂耕种的汉人也推荐给我？尔朱荣后来这样答复刘贵。

高欢眨眨眼睛，好像伸手就能抓到天空中的星星，再也找不到脚踏群星的感觉，那是遥不可及的梦境吗？他身体蜷缩在羊皮毯子里，压紧脖颈间的皮毯抵挡无处不在的冷风，也许我不属于这里，他缓缓闭上眼睛，只有在睡眠中寻找那个梦了。

地面震动，北风吹散马蹄声。高欢将耳朵贴在地面，四匹战马正在向帐篷奔驰。他在秀容草原的朋友不多，在大雪刚落的深夜，谁会来到山谷中的牧场？第四匹战马踏地的声音极轻，说明骑马之人重量不沉，是孩子还是女子？高欢掀开羊皮毯子，盘腿坐起，马蹄声倏然停止，一阵笑声伴随交谈声音传进帐篷。侯景和刘贵带着雪花进来，高欢在嘴边竖起手指，示意不要打扰酣睡的小猴子，目光绕过他们向后看去，没有其他人跟来，侯景将身上雪花拍落一地，压低声音说道："真邪，山谷漫山遍野都在下雪，唯独你这里能看见星星。"

刘贵有着面饼一般的圆脸，掀开羊皮毯子用手一摸："凉得像冰窖一样，怎能睡觉？"

高欢打量一身新装的侯景："呵呵，突骑帽和细鳞甲，不错不错。"

侯景不好意思："我拉你来秀容草原投奔尔朱荣大将军，你被弄到这山谷看马。人家既然瞧不上，咱们就不伺候了，我和刘贵商量好了，明天离开秀容，到哪儿不能活？"

刘贵嘿嘿笑着："就是，占山为王还不容易，混个山大王当。"

高欢拉开帐篷钻出来，果然还有两人在帐外雪地上堆积枯草，刘贵钻出帐篷，手指正在点火的发辫结于脑后、四十岁左右的大汉说道："大哥，介绍一位好朋友给你，这位就是草原上大名鼎鼎的斛律金。"

高欢右手抚在心口，弯腰施礼："阿六敦是草原上的雄鹰，没想到今日相见。"

阿六敦是斛律金的胡人名字，他是高车族首领，高祖倍俟利率领部落内迁，依附北魏道武帝，赐爵孟都公。杜洛周起兵时，斛律金带领部众，引兵南出黄瓜堆想平定叛乱，被击溃打散，只好投归尔朱荣。斛律金转过身来，火光照亮他苍老面孔上坚挺的胡须，叹气说道："我本想为朝廷讨灭叛乱，却在黄瓜堆一战把部众都打没了，草原上再也没有阿六敦这号人物。"

刘贵劝慰："尔朱荣大将军听说你来投奔，甚是大喜，遂起奏朝廷，册封你为别将，你就要东山再起了。"

高欢趁他们说话的时候，注意到斛律金身边身材窈窕的女子，脸上蒙着薄纱，牵着一匹漂亮的小红马，侯景和刘贵要离开秀容，怎会带一个年轻女子出来？斛律金在熊熊的火堆旁边支起胡床，全身舒泰："我满脑子中晃动的都是战死的那些孩子们，他们祖辈在一百年前就跟着我爷爷在草原上放牧，我部族尽失，册封还有什么用呢？我和你们一起走。"

高欢将双手靠近火堆取暖："你们来这里，要逃跑吗？"

侯景、刘贵和斛律金一起点头，高欢将目光转向红衣女子，等她回答。女子目光一敛，犹豫片刻，轻轻举起右手，食指和拇指拉起面纱右下角，掀起面纱。纤细的下巴，骄傲的嘴角，轻巧的鼻头，一双黑漆漆的眼睛，如同牡丹盛开在黑夜中。篝火向上一跳，想看清她绝世的面容，她缓缓将面纱系在左肩，轻轻点头："我也要离开。"

"为何？"高欢压住惊讶。

侯景被提醒，侧头问刘贵："是啊，她没有道理走啊？"

刘贵摇头，发现这确实是一个需要问清楚的问题："小歌，你为何逃走？"

这名被称作小歌的女子明眸一闪："我想去看看外面的世界。"

刘贵"啊"了一声，表示明白，侯景替她解释："嘿嘿，我小时候也成天想逃出去，看看外面的花花世界，被我爸爸抓回来揍了一顿。"

高欢不认为如此简单："你家人放心吗？"

尔朱歌撇撇嘴角，平息心中委屈："爹爹太忙，没时间。"

刘贵笑着点头："用脚跟想想也知道，尔朱荣大将军哪有时间出去玩？"

她是尔朱荣的女儿？高欢仍然觉得她的动机绝不简单。"既然大家想走，去哪里？"高欢看出尔朱歌的犹豫，心里一定隐藏秘密，换种方式继续测试，只要说出目的地，便能猜出她逃跑的原因。

斛律金双手拢向篝火，声音更响："我们敕勒人在几百年前居住在漠北大湖四周，不断向南迁徙，因车轮高大故有高车之名。在我出生那年，首领阿伏至罗率众十余万西迁，在车师建立高车国，我听族人辗转相传，得到这个消息，我想去高车国看看自己的国家。"

侯景摇头取笑斛律金："没理想，没志气，西域鸟不拉屎，有什么意思？"

斛律金的目光消失在无尽的黑夜中："听我唱一首敕勒歌吧，那是我族人聚居的地方。"

尔朱歌眼睛亮起来，她本名尔朱英娥，从小酷爱唱歌，族人都叫她小歌，反而原来的名字没有人叫了。侯景来到战马边，从背囊中取出一只羊腿："你们唱歌，我烤羊腿。"

尔朱歌将羊皮水囊递给斛律金："大叔，喝口水再唱。"

斛律金举起水囊，猛喝一口，想起昔日与族人一起唱歌放牧的情形，他们都战死在黄瓜堆，双眼含泪，声音悲切，连侯景都停住手中匕首。一阵大风席卷悲切颤抖的歌声，篷顶积雪漫天飞扬，雪花从四周倾泻而下，歌声描绘的景色仿佛出现在几个人眼前。

敕勒川，阴山下。

天似穹庐，笼盖四野。

天苍苍，野茫茫。

风吹草低见牛羊。

　　歌声停歇，斛律金老泪纵横，沾满衣襟。众人都为他难过，侯景低头将沾满胡椒、盐巴和孜然的羊腿架在火上，来回翻动。炭火从四面舔舐，羊肉的香味扑鼻而来，削弱了歌声的悲情，几人各想心事，黑夜中只有火焰噼啪燃烧的声音。一个黑影从帐篷中钻出来，高欢笑着说："小猴子，把你吵醒了？"

　　小猴子眼睛直勾勾盯着羊腿，口水挂在嘴边："我是睡神，吵不醒，肉香才能让我睁眼。"

　　尔朱歌沉浸在歌声中，想象着天苍野茫的情景，锅盖一样的天空覆盖无尽的草原，牛羊穿梭其中，隐约浮现在草地中。她揽住斛律金的胳膊，放开歌喉，用同样的歌词却唱出欢快的曲调。高欢走到战马旁边，从鞍桥的行囊中抽出一支碧绿的玉笛，笛声围绕歌声欢快起舞。侯景的小刀在笛声中轻快地上下舞动，烤熟的羊肉从流油的羊腿上滑落，匕首一翻，凌空接住抛起，高欢抄在手中塞入口中。刘贵把烈酒灌入胸膛，腹中升起热气，将酒囊传给高欢。高欢掂掂重量，里面至少有七八斤，仰头喝下一口，递向尔朱歌，微笑轻轻指点斛律金。尔朱歌会意，抛下浅浅微笑，将羊皮酒囊递给斛律金，停住歌声，手掌伸到高欢面前："给我看看笛子。"

　　尔朱歌爱不释手，小猴子笑着说："高大哥，大男人留着笛子做什么，送给小姑娘吧。"

小猴子和高欢、侯景一起来到秀容，和众人早都混熟了，尔朱歌抬头看高欢怎么回答，高欢取回玉笛，轻轻抚摩："我出生的时候，母亲难产去世，这是她的遗物，我吹起来仿佛看见母亲的眼睛，好像她又回到我身边。"

小猴子做个鬼脸，向尔朱歌笑着说："既然是他母亲的遗物，那就没办法了。"

尔朱歌起身走到侯景身边，将酒囊递过去："侯大哥，你去吃吧。"

侯景将羊腿交给尔朱歌，拿着酒囊坐到高欢身边，尔朱歌笑着问："你刚才说，斛律大叔没理想，没志气，你打算去哪里？"

侯景双手并用，将羊肉和烈酒送入口中，口齿不清："我要去中原的花花世界，先去洛阳再去梁国建康，纵横宇内，搞他个地覆天翻，不枉此生。"

尔朱歌看向刘贵，刘贵极力推荐高欢，高欢却被打发到山谷中养马，心中觉得歉疚，心灰意冷："我要回老家，讨老婆生孩子。"

尔朱歌目光转向高欢，刘贵和侯景都是父亲手下将领，却在这个马夫面前毕恭毕敬，口口声声叫他大哥，他有什么神奇的魔力？轻问："你呢？"

高欢仰面一躺看见繁星点点，指了一下小猴子："受人之托，带他去个地方。"

小猴子抱着羊腿不等别人问，头也不抬："我要去漠北极西的突厥，寻找炼铁之法。"

刘贵就把小猴子当作寻常小孩子："我在秀容找个好铁匠，

何必跑那么远去学？"

小猴子摇头，说出志向："我要打造出最锋利的兵器，打败葛荣。大苏、林林、杨忠、刘离和我住在左人城，自己耕种自己打铁，惹谁了？可是葛荣那些人冲进我们的城池，杀死老城主，杀死刘离的爸爸，林林和大苏也死在一起。我明白了，这是乱世，必须要有世上最锋利的兵器，交给最勇敢的士兵，才能保护你的爸妈和朋友。"

小猴子这番话说出来，众人唏嘘不已，都觉得这个小孩子不一般，刘贵仍然劝说："小侯，你知道草原多大吗？遥遥万里，沿途是寸草不生的戈壁，我们这些人都算见多识广，从没有走过那么远。"

"不管多远多难，我都要去。"小猴子十分执拗。

高欢两手一摊："大家要去的地方都不一样，是不是各奔东西？"

刘贵放下酒囊："难道你留在此处一辈子养马？"

高欢摇头："不是尔朱荣大将军不用我，只是我有点担心他。"

尔朱歌正在用匕首切肉，好奇听他们议论父亲："我父亲有什么好担心的？"

高欢坐直身体，面对刘贵："跟你说心里话吧，我曾经投奔杜洛周和葛荣，他们只知抢掠烧杀，早晚必亡，我想看看尔朱荣大将军，再作决定。"

高欢一番话打消了刘贵的顾虑，刘贵频频点头："既然如此，我们就不走了。"

侯景和刘贵混得不错，本不想走，转身劝斛律金留下："你的族人只是被打散，杜洛周与你同族，不会屠杀他们，还不如留在这里收揽部众。"

斛律金低头犹豫，尔朱歌着急起来："你们刚才还说带我走，怎么变卦了？"

小猴子挺身而出："我带你走。"

侯景嘴里嚼着喷香的羊肉，舍不得将香味放出口中，嘴里嘟囔："等雪停了，草地绿了，我们大家带你出去玩，现在天寒地冻，有什么好玩的？"

尔朱歌另有苦衷，撇撇嘴角，固执坚持："你们不走，我一个人走。"

刘贵继续劝说："我还是想不通，尔朱荣大将军对你爱如心肝，你为何要偷偷跑掉？"

"他总自作主张，以为对我好，我一点儿都不开心。"尔朱歌眼圈通红，显然有心事，抱着斛律金的胳膊摇晃："斛律大叔，带我去大湖吧，我避过风头再回来。"

斛律金苦笑摇头："我可不敢招惹你爹爹。"

尔朱歌闭上眼睛，一滴泪水顺着脸颊滑下，在嘴角下结成冰粒，直到众人吃完烤羊肉熄灭篝火。她必定遇到难以化解的大事，才要逃出秀容草原，高欢将帐篷让给尔朱歌，把干草和铺盖移到帐篷门口，悄悄压上门帘。小猴子舔舔满口的肉末，一沾干草立即昏昏入睡。

不出高欢预料，众人正在酣睡的时候，身下帐帘被轻轻抽出，尔朱歌蹑手蹑脚向马棚走去，她父亲是手握重兵的肆州刺史，什么事情让她漏夜出逃？尔朱歌手提缰绳，红马踏在积雪上发出轻微咔嚓声音。她走出数百步，翻身上马，轻拢缰绳放马奔驰，不时回头观望，渐渐在黑夜中消失不见。高欢起身走入马房，解开缰绳，学着她的样子牵马步行，雪地上的马蹄印让尔朱歌无法遁形。距离稍远，高欢翻身上马，挥鞭纵马，身后马蹄声音传来，一匹战马迅速逼近，小猴子大声吆喝："高大哥，那个好看的小姑娘要去哪里？"

小猴子一阵风超过高欢，沿着雪中蹄痕追下去，高欢挥鞭驱马跟上，一前一后在白茫茫的雪地上飞驰。天色放亮，高欢和小猴子追出数十里，仍不见尔朱歌踪迹。小猴子像模像样地学着老骑手的样子，前倾身体高速奔驰："她万一跑出草原，没了雪上马蹄印记，就找不到她了。"

尔朱歌一直向北，那里只有一望无际被大雪覆盖的草原，没有人烟，很容易追踪，高欢越过小猴子："她总要下马休息，我们片刻不停，肯定可以追上。"中午时分，两人终于在一个草坡追到尔朱歌，她孤零零坐在羊皮褥子上，伸长脖子安静地眺望。马蹄声将她惊动，慌张的双眼望着远处奔驰而来的高欢和小猴子，走到小红马旁边，准备逃跑。高欢停住，远远喊道："小姑娘，草原上到处都是狼群，单身行走十分危险。"

尔朱歌拉着缰绳："无论多危险，我都要逃走，休想将我带回去。"

高欢向前几步接近尔朱歌："要去哪里？"

"不知道去哪里，只想在草原上躲一段时间。"尔朱歌掉转马头，扬鞭策马。高欢和小猴子无奈，一路追着尔朱歌，稍微接近，她就打马狂奔。这样走走停停几天之后，高欢露出笑容："猜猜我们到哪里了？"

小猴子没有骑过这么远的路，屁股已被磨破，龇牙咧嘴："到处都是白雪，我哪分别得出来？这草原上的大风可真邪乎，刮得我脸蛋就像茅坑里的石头一样。"

高欢第一次听到这样的比喻，大笑，马鞭向前一指："前面就是怀朔镇。"

11 昆仑黑奴

风声呼啸，高欢和小猴子把全身上下捂得严严实实跟在尔朱歌后面，在怀朔镇没有遮挡的土街上策马行走，无边无际的大雪从缝隙往身体里钻。尔朱歌策马来到一个酒馆前，跳下红马，推开大门，夹杂着酒香的热气扑面而来。她看着不干不净的土炕，犹豫要不要坐下。小猴子抢先几步，甩开袖子在炕上擦擦，尔朱歌指指对面，小猴子眨眨眼睛，这是尔朱歌第一次让他们接近。酒保跑过来，左手端盘牛肉，右手举着胡饼，两臂间夹两碗烧刀烈酒，小猴子满脸好奇："我们还没点菜，怎么就上了？"

酒保眼睛瞪得更大："大雪封路，只有牛肉、大饼和烈酒，没得选。"

小猴子摇头叹气，往嘴里扔一块牛肉，灌了一口烈酒，忙不迭说："嚯，你这是酒吗？这是牛肉吗？"

这酒肆是怀朔镇的百年老店，从来没有人说过半句酒肉不好，酒保瞪着眼睛问："不是酒是什么？不是牛肉是人肉吗？"

小猴子绽开笑容："这不是酒，是天上的玉液琼浆，那也不是牛肉，人间哪里有这么好吃的肉？高大哥，小姑娘，来，尝尝，我让爹爹干脆开个酒馆，中原哪有这么烈的酒？"

酒保才明白人家在夸自己，笑出声来："嘿嘿，我们这酒在六镇首屈一指。"

小猴子搂住酒保肩头，从怀里掏出布包，小心翼翼解开，露出簸头："小兄弟，你见多识广，帮我看看这上面写的什么？"

酒保抓过簸头看了半晌，摇摇头："我叫老板帮你看吧。"

小猴子不信地哼一声："你们老板行吗？"

酒保同样哼一声："西边的波斯人，东边海岛中的倭人，南边的梁人，我们老板什么人没见过？还有全身赤炭乌黑的昆仑奴，你们听说过吗？"

小猴子摇摇头："别诳语，我们左人城中什么人没有？鲜卑、匈奴、柔然、高句丽，金发碧眼的我也见过，世上哪有全身黑炭一般的人？"

酒保"砰"地一拍桌子，从地上拎出满满一坛烧刀子："要是有，你全喝。"

小猴子赌酒保在冰天雪地中不可能找出这样一个人，"啪"地拍了桌子："好，一言为定，给我找来。"

酒保二话不说，转身挑帘进了厨房，拽着一个光着膀子、全身黑炭一般的人出来，推到小猴子面前。不光小猴子下巴都要惊掉，连高欢和尔朱歌也吓了一跳，这人头发卷曲，乌亮的头顶几乎顶到天花板，除了嘴角露出雪白的牙齿，全身黑得如同掉到墨水中染过。酒保得意扬扬："这是我们老板收留的昆仑奴，在店里劈柴烧火。你输了，喝酒。"

"你才输了。"小猴子举起酒坛咚咚灌下去，他喝酒认输，嘴上却不认，"这昆仑奴的牙齿和手掌还是白的，并不是全身乌黑。"

尔朱歌露出笑容，眼睛眯成一条细线："你的嘴比牙齿还硬。"

小猴子的兴趣转移到昆仑奴身上，站起来只及他胸口，仰头问："能说汉话吗？"

昆仑奴瓮声瓮气回答："一点点。"

小猴子拉着昆仑奴坐下，打听他的来历，酒保抢着说："他来头可大了，昆仑山以西数万里的波斯国向朝廷赠送神兽，派出先遣大臣去洛阳交涉。他们一行人去年五月路经高平，遇到胡琛起兵，队伍被冲散。昆仑奴本是波斯国士卒，叛军裹挟来攻打怀朔镇，被我收留在这里养伤，他来自昆仑山以西，我们就叫他昆仑奴了。"

尔朱歌摇头不满："什么昆仑奴，就叫昆仑吧。"

小猴子长吁口气："杨忠说起塞外的奇事，我们都以为他吹牛，今天才大开眼界。"

小猴子酒醒爬起来的时候已是第二天清晨，摇头晃脑高兴地说："这酒真好，一点儿都不头痛，我得给爹爹带些酒曲，他一直想开酒馆。"

"该走了。"高欢起来整理行囊。

小猴子惦记着簇头上的奇怪文字："簇头上的符号问清楚了吗？"

高欢扬手将裹着簇头的布包扔回给他："你睡得泼水都不醒，我把簇头给老板看了。"

尔朱歌整理好行囊，准备动身："你一沾酒就钻到桌子底下，你喝醉之后，酒馆老板认出那是突厥文字，那个如弯曲小蛇一样的字体，是从更西边的地方传过来的。"

小猴子打开布包，簸头闪闪发亮躺在里面："上面写的什么？"

高欢将行囊向背后一甩："老板说这个字符读出来的发音是綦母。"

小猴子仍不明白，跳下土炕抓起包裹，追上高欢和尔朱歌："是个老太太？你们打听出来她在哪儿吗？"

尔朱歌不计较他一口一个小姑娘："这种文字的字母可以发音，却不能从中判断出含义。"

小猴子眨眨眼睛："到哪里去找锻造簸头的人？"

高欢试探尔朱歌的逃亡意图是否坚定，装作要出门的样子："向西去寻找突厥人吧，只要找到说这种语言的人，就知道綦母的含义了。"

小猴子到了门口又回来坐下："出了边镇就是柔然的地盘，你们会说柔然话吗？"

柔然和北魏鲜卑同源，语言也相近，高欢坐回炕上向尔朱歌说道："你爹爹为找你，估计已经把秀容的每个草坑都翻遍了，我们去突厥寻访簸头的主人，不能带你去。"

尔朱歌着急起来："去哪里都行，我就是不回去。"

小猴子将马鞭放在桌子上，做出不急于出发的表示，与高欢一唱一和："你说出为何逃跑，如果有道理，就带你去，否则各走各路。"

尔朱歌不吃这套："不带就不带，我自己在草原里玩。"

高欢猜测尔朱歌的出逃动机，突然提问："难道你爹爹要逼你嫁人？"

尔朱歌脸色突变，瞪着高欢："你如何知道？"

高欢知道猜中了，笑着说："女孩子早晚要嫁人，在外面躲几个月也没用，跑也跑不掉。"

尔朱歌被勾起伤心事："爹爹要我参加皇宫采选，只要皇帝找到妃子，我就能回去了。"

小猴子出起主意来："你打扮得又丑又老，选不上就行了。"

尔朱歌已经完成皇宫采选："我几个月前被送到晋阳，七八个老太婆一拥而上对我仔细打量，又摸又捏，我回家后，爹爹兴奋地告诉我选上了，我才知道是怎么回事。"

"选上了？"小猴子惊讶过后开心地笑起来："哈哈，皇妃是我的好朋友。等我回去告诉杨忠和刘离，他们一定羡慕得鼻涕泡都要飞出来，快，题记留念。"他脱下外套只剩粗布裤子，向掌柜要来笔墨，缠着尔朱歌题名。尔朱歌被他喜出望外的样子逗笑，提笔在他背后写下"小猴子"三个字。

小猴子乐颠颠地让高欢看："写了吗？"高欢点头，小猴子又问："写的什么？"

高欢看一眼尔朱歌，侧头笑着说："题名了。"

小猴子兴冲冲地跑到门口，掉转身体，朝向门外刀子般的寒风，冻得龇牙咧嘴，尔朱歌咯咯地笑着问高欢："他做什么呢？"

高欢也笑出声来："他想把墨迹吹干，再穿外套，保护你的字儿。"

小猴子搅热了气氛，三人吃了早饭，在马匹上挂满食品和羊皮水袋，咯吱咯吱踏着膝盖深的积雪，顶着风雪离开怀朔镇，穿过刀削般的大青山，进入茫茫无尽的草原。小猴子扭头回望，背后是中原，离开自己生长的土地，不知道要多久才能回到这片土地，爸爸，你到梁国了吗？刘离你在哪里？左人城的百姓还好吗？你们逃出葛荣的追击了吗？老城主去世了，杨大叔断了一支臂膀，他也和你们在一起吗？

枋头坞

　　一支长长的、松散的队伍在冷风中向南缓缓行进，每家每户推着小车子，上面坐着老人和孩童，这正是从左人城逃出来的百姓。葛荣攻破左人城，得到粮食，就举旗造反，在定州与朝廷的军队作战，好在左人城百姓得以逃脱。天气越来越冷，不断有老人和负伤的年轻人死去，被草草埋在土里。人们已经流干了泪水，默默举哀，继续赶路。

　　一条通天大河出现在眼前，黄河水裹着冰凌奔腾不息。岸边一座巍峨的大山平地拔起，松柏苍郁，孤峰凌云，山势奇特，气象峥嵘。

　　刘离走到一辆推车前，扶起杨闵，幸亏这一路有刘离照顾，一直高烧不止的杨闵才能够坚持到这里。他在刘离的搀扶下走下车，向黄河望去，这条大河不是这几千老弱百姓能够跨越的。杨闵望向那座大山，喃喃说道："这就是大伾山吗？"

　　山峰孤起，在平原上十分突兀，相传大禹治水到过大伾山，这是黄河转折点，南控黎阳津，为大河南北要冲，凭山为基，东阻于河，历来为兵家必争之地。当初东汉光武帝刘秀以河北兵力攻取天下，就在这里驻守保障河北，曹操和袁绍官渡之战，以此为制胜之地。

"杨大哥，咱们怎么办？"屠户老苏匆匆跑来，他失去了儿子，这在逃亡队伍中并不算最悲惨的遭遇，他还有一个小儿子。

杨闵踉踉跄跄向后走去，解开推车上的麻袋，双手捧出一把种子，无论饿死多少人，他都没有拿出这些仅存的粮食，冬天要过去了，再不安定下来播种，几千人都会被饿死。"我们就在这里安定下来。"杨闵定下神说。

天下杀成一团，十室九空，土地荒废极多，杨闵唤来百姓，鼓起力气喊道："咱们从左人城逃到这里，前面是黄河，我们渡不过去，再不耕种，就没有粮食吃了，我想在这里留下来，你们说行不行？"

"索虏会不会追来？"老苏如同惊弓之鸟。

"北边邺城有朝廷人马防守，听说赵郡大族李元忠和冀州高翼举兵反抗，葛荣暂时过不来。"杨闵一路上不断探听消息，葛荣现在还在北边的定州作战，距离这里数百里。百姓饥寒交迫，如同木偶一般跟着杨闵，都没有主意。

"在这里安定下来吧，等天气缓和了，就要开始播种了。"杨闵坐回车上，大伾山是军事要地，绝不能以筑城安居，要找一处易守难攻、不容易惹人觊觎的土地，隐居下来。左人城百姓停止了向南逃亡的脚步，年轻人到处寻找荒无人烟的山区，不几日，终于传来了好消息：在大伾山不远处的太行山余脉，有一处名为枋头的地方，那里人烟稀少，地势孤绝，正好安身。

东汉建安九年，魏武王曹操在黄河水口埋设枋木以成堰，遏淇水东入白沟，以通漕运，这里便是枋头。这里水运便捷，群山连绵，左人城数千百姓翻山越岭，终于到达了山间平地，杨闵跪下，抓起一捧土，任其从指间流淌，几个老人点点头，土地肥沃，山势不绝，这是一个拒险安定的好地方。

"枋头坞！天地护佑，让种子在这里发芽，让孩子们在这里长大，让年轻人在这里生儿育女，让老人们埋骨于此，我们就留在这里。"杨闵跪倒在这片土地上，伏地祈祷。

　　风，风，风，草原上的大风就像有十万条鞭子迎面抽来。顺风的时候，小猴子像飘在空中，两腿像风火轮一样转个不停，好像贴着草地滑行。现在是迎风，小猴子将全身缩成一团，弓着腰，像夜里入室偷盗的小偷慢慢移动，后来干脆趴在地上不走了。

　　"走不动了。"小猴子大喊，高欢听不见，邪乎的大风把声音吹得无影无踪。小猴子停下来趴在高欢耳边重说一遍，把耳朵贴到他嘴边。高欢凑到尔朱歌耳边说了几句，转回来对小猴子说："抱一起歇会儿吧，如果风把我们吹上天，咱们三个也分不开。"

　　小猴子蹭到尔朱歌身边，取出大块毡布将三人绑在一起。尔朱歌双手抱在胸口，身体蜷缩在高欢身边。大风绕开毡布划过，不再刺骨疼痛，小猴子不断重复把嘴送到耳朵的动作，声音才不被大风掩住："哪里才能找到那老汉？"

　　他们从怀朔镇出来将近一个月，由东向西横穿草原，以为能找到认识簇头文字的人，可是草原地广人稀，碰见人都不容易。他们一直向西，遇到帐篷就进去打听，小猴子将常用的漠北语言练得滚瓜烂熟，不用尔朱歌出面就能打听出来。几天前，他们终于打听到附近草原上有一个无所不知的汉人老头，便朝这个方向一路寻来。

小猴子从毡布中露出一对眼睛，东张西望："那边有个草坡，我去看看。"

他像破茧而出的虫子，从毡布底部爬出来向高处跑去。尔朱歌困极睡着了，小巧的舌尖香甜地舔舔嘴边，一道细细的"小溪"缓慢流淌，接近弯曲可爱的下巴。高欢举起右手，食指伸到她下巴弯处，心中略微犹豫，要不要帮她擦掉睡梦中偷偷流出的口水？高欢轻轻摇头，暗笑自己过于小心翼翼。食指如钩，扫过那道"小溪"。尔朱歌睫毛一动，眼睛瞪着高欢的手指，猛地将他推出毡布，右手拽出马鞭，指向高欢："你想干什么？"

一阵大风猛然袭来，将毡布呼啦刮起飞向空中，蹦跳着跑回来的小猴子向上一蹿，仍然没有抓到，急得大叫："连毡布都看不住？以后怎么扎帐篷？"

高欢不理在空中盘旋的毡布，向尔朱歌解释："小姑娘，你误会了。"

小猴子大声催促："先追毡布，一会儿吵架。"

高欢从腰间解下刀鞘，吓了小猴子一跳："和小姑娘动手？高大哥疯了吧？"高欢右臂一轮，刀鞘直向天空中，砸在毡布正中，被缠绕在中间向地面坠落。小猴子冲上去按住毡布，一屁股坐下去才放心："我就走了一会儿，就闹起来了？来，我给你们评理。"

尔朱歌手指高欢："他动手动脚。"

高欢百口莫辩，低头看见枯黄的草根下有一只斑斓的草蝎子，用脚悄悄探进草丛，轻轻踩住："你睡觉的时候，不知道从哪里跑来一只草蝎子，往你脖子里钻，我抬手要打掉，你就突然醒了。"

"胡说八道。"尔朱歌挥动鞭子，脸色突变："那，那个草蝎子去哪里了？"

"你刚才去拿鞭子，它就钻进你脖子里面去了。"高欢手指尔朱歌脖领，装作关心："有没有觉得身上不对？哎，你肩膀那里还在一拱一拱的。"

尔朱歌吓得眉毛、眼睛和嘴巴都移了位置，小猴子拍手哈哈大笑："这就是传说中的花容失色吧？"

尔朱歌全身扭动，瞪小猴子一眼："帮我。"

"快拍，嘿嘿，这就是传说中的手舞足蹈吧？"小猴子仍然在欣赏尔朱歌扭动的样子。

"啊？那不粘到我身上了吗？"尔朱歌举起双手又放下，想起黑黝黝的蝎子被拍成烂泥黏在身上的样子，表情更恐怖。

高欢向前一步，右脚虚踩着草根里的蝎子："我帮你把蝎子轰出去。"

"你快动手吧。"尔朱歌没了主意，跑到高欢身边。

"它爬到这里了。"高欢故意捉弄尔朱歌，手指她胸口表情严肃。

"不管哪里，帮我抓啊。"尔朱歌身体扭成一团，没有看高欢手指哪里。

"真的？"小猴子看看尔朱歌的胸口，伸出爪子。

尔朱歌"啪"地拍开小猴子的右手，瞪着他说："你干什么？"

"好痛，帮你抓蝎子，你怎么打人？"小猴子甩着胳膊跳离尔朱歌身边。

尔朱歌才明白那只不存在的蝎子爬到要害处，顺着胸口向下抚，想把蝎子赶下去。高欢忍住笑，口气轻松："向下跑到肚子了，是不是很痒？"

尔朱歌拼命点头，手捧肚子跳起来在空中扭动："是啊，好痒。"

"哎，不动了，蝎子跑了吗？"高欢像模像样，低头看看脚下的蝎子。

小猴子凑到尔朱歌身边："哎，我怎么没看见呢？"

尔朱歌停止扭动腰部，一滴眼泪顺着脸孔流下来，哭着用手指着翘翘的臀部："它去哪里了？会不会去这里了？"

高欢肯定地点头，尔朱歌"呀"一声放声哭出来，高欢心中不忍，手指她小腿："蝎子顺着腿爬下去了。"

"你腿太长了，蝎子得爬三天三夜。"小猴子抱着尔朱歌的小腿，也不知是拍还是揉。

尔朱歌抬起右腿摆动，要把蝎子甩出身体，高欢移开右脚，放出那只被轻轻踩在脚底的草蝎子："是左腿，快到脚后跟了。"

尔朱歌双腿交替踩向草地，小猴子眼尖嘴快，指着地面的草蝎子："这里，出来了。"

尔朱歌长嘘口气，顺着小猴子指的方向看去，一只草蝎子在草地上拼命逃窜。小猴子一脚下去，"吧唧"一声，草蝎子汁水四溅，地面只有黑乎乎的蝎壳。

尔朱歌整理好乱成一团的衣服，牵着战马登上高处，向小猴子手指方向望去，一顶孤独的帐篷矗立于无尽草原中，篷顶几乎捅到铁黑色的天空。他们欢呼一声，跌跌撞撞蹚过齐腰的枯草，掀开帐篷沉重的帘子，一位穿着汉人衣服的老者盘腿静坐在羊皮褥子上，花白的胡须盖住五官。小猴子手指着老人汉服，用胡语大声喊道："你是哪里人？"

老人的目光透过发须："你是汉人，为何胡言胡语？"

小猴子连忙改口："老先生，我都快忘记汉话了，我来自中原，可以借宿一晚吗？"

老头手指羊皮褥子让三人坐下："草原上的牧民都叫我老汉，我也习惯了，你们就歇在这里吧，说说中原的事情。"

小猴子改了个称呼，用甜言蜜语套老汉的来历："老人家，您十几年没说汉话，那就是来漠北十几年了吧？"

老汉的目光像消失到无尽的远方："老汉我叫作李筌，天监十四年，柔然遣使向梁国献马和貂裘，请求结盟夹击魏国。皇上答应，柔然使者高兴而归，可是那年正月十三日，魏国宣武帝元恪辞世。皇上至仁，不愿加兵，让我和柔然使节一起北上解释。为了绕开魏国地盘，我们从建康出发绕道益州，经过西域和吐谷浑到达漠北。我见到柔然可汗，说明我国暂不与魏国交兵的意愿，却传来梁国和魏国在益州打起来的消息，柔然可汗认为我出尔反尔，勃然大怒，将我拘禁起来。时间长了，他忘记此事，我只能留在大漠。"

小猴子对老汉的经历感叹半晌，掏出一袋烧酒："老人家，尝尝这最后一袋烧刀子，没有它，我们就不能穿过冰雪覆盖的茫茫草原。"

老汉抓住酒囊向嘴里灌一口，仰头靠在帐篷上，把酒含在口中，让烧刀子一滴滴地从嗓子眼渗入腹中："好酒，这十几年喝奶茶，没尝过酒味了。"

小猴子和老汉拿着酒囊互相灌了几口，热气腾腾，小猴子从怀里掏出簌头："老人家，向您打听一下，您知道这文字的意思吗？"

老汉扁嘴品尝烧刀子，上下左右翻弄簌头："你算问对人了，这突厥文字是綦母两字。"

小猴子早能拼出这个发音，却不知道含义，不懈追问："这是什么意思？"

老汉向后一靠："汉朝击败匈奴，匈奴一部分内迁中原，还有一部分向西逃得无影无踪，只有少数留在大漠，这綦母就是遗留在大漠中最后一批匈奴人的姓氏之一。"

高欢深入草原，就为探访大漠风云，详细问道："綦母是匈奴姓氏，为什么用突厥文字？现在统治大漠的是柔然，这柔然、匈奴、突厥之间到底是什么关系？"

老汉将烈酒渗入食道，暖气从腹中升起，他很久没有说汉话，开口滔滔不绝："匈奴本是漠北游牧民族，秦始皇命蒙恬北击匈奴，却之七百余里，修筑长城，胡人不敢南下牧马。"

怀朔镇南边数里就是秦代古长城，高欢露出向往的神色："我幼时经常爬上怀朔镇附近的长城。八百多年过去了，长城依然坚不可摧，秦始皇真是武功赫赫的千古一帝。"

老汉举起烈酒大喝一口，豪气顿生："秦末乱世，匈奴渐渐坐大。刘邦建立汉朝，亲率大军征讨匈奴，在白登被冒顿单于三十万骑兵围困七昼夜，用计逃脱后与匈奴和亲。汉朝文景诸帝沿用和亲政策，休养生息，积蓄实力，汉武大帝登基后展开反击，卫青在元朔二年占领河套地区，霍去病在六年后夺取河西走廊，追击匈奴至狼居胥山，扫平匈奴王庭，匈奴被打得一路向西逃跑。宣帝时期，郅支单于日益强盛，囚禁汉朝的使者江乃始，杀死使者谷吉。汉朝三次派出使者索要谷吉等人的尸体，郅支单于非但不给，还侮辱和嘲讽大汉使节。汉帝派遣陈汤与甘延寿率领少数护卫军队出使西域，沿途调集屯田士卒和车师国军队，率领各族联军四万人，直抵郅支城，用火齐攻，陈汤亲自击鼓助威，汉军突破木栅冲进土城。军候杜勋刺死郅支单于，割下他的首级，从狱中解救出汉朝使节，搜出谷吉的文书和信件。诛杀郅支单于的妻妾、太子以及王公等共一千五百多人，北部匈奴被大汉击溃，余部不知道逃到哪里，再也没有出现。"

老汉闭着眼睛，沉浸在大汉雄风中，"甘延寿和陈汤以少击多，阵斩郅支单于，在奏折中说：臣闻天下之大义，当混为一，匈奴呼韩邪单于已称北藩，唯郅支单于叛逆，未伏其辜，大夏之西，以为强汉不能臣也。郅支单于惨毒行于民，大恶逼于天。臣延寿、臣汤将义兵，行天诛，赖陛下神灵，阴阳并应，陷阵克敌，斩郅支首及名王以下。宜悬头藁街蛮夷邸间，以示万里，明犯强汉者，虽远必诛！"

小猴子拍着羊皮褥子大喊："好！"

老汉长叹一声："汉朝覆亡三百年，中国之人犹自称汉人，可见当年大汉神威，草原上的人称我为老汉，我便欣然接受。"

高欢生长在胡人聚居的怀朔镇，没有听到过汉朝的辉煌："大汉军力如此强盛？"

老汉精通历史，点头补充："几年后，汉朝西域都护被乌孙围困，请求支援，汉帝召见陈汤，请他出兵。陈汤劝皇帝无须担心。胡兵五而当汉兵一，何者？兵刃朴钝，弓弩不利，今闻颇得汉巧，然犹三而当一。"

高欢难以相信，如今汉人在胡人眼中只是被驯服的羔羊，那时一名汉兵可以敌得过五名胡兵。老汉脸上浮现骄傲的神情："大汉威名远扬，草原上的游牧民族只知大汉，而不知三国和东晋。"

高欢关心大漠的历史变迁："北部匈奴被甘延寿和陈汤击溃，南部匈奴呢？"

老汉长出口气："南部匈奴在呼韩邪单于率领下归附汉朝，学习农耕。汉元帝送王昭君出塞和亲，嫁给呼韩邪单于，与南部匈奴修好。东汉末年黄巾和董卓之乱，南匈奴归附汉丞相曹操，被分成五部。晋室八王之乱后，匈奴五部大都督刘渊在成都王司马颖手下为将，乘乱攻占洛阳和长安，灭西晋一统中原。南部匈奴多次与大汉和亲，刘渊身上流淌着汉室血脉，自称汉王，率领各族胡人联军，匈奴已经难以作为一个独立的部族出现了。"

小猴子惦记簇头，把话题向突厥上面扯："匈奴与主宰草原的柔然和突厥有何关联？"

老汉手握簇头，看一眼靠在高欢身上酣睡的尔朱歌："柔然是东胡之裔，鲜卑一支，匈奴别种。匈奴被大汉击败后，草原产生新的英雄木骨闾，他是犯下死罪的鲜卑奴隶，逃亡后隐匿在大漠溪谷间，集合一百多名逃亡者在大青山游牧。他的子孙自称柔然，在不断的征战中吞并了东胡鲜卑、敕勒、匈奴、突厥的六十多个种姓，势力遍及大漠南北，北达瀚海，南抵阴山北麓，东北连接高句丽，东南与契丹为邻，西边臣服葱岭南路诸国。"

小猴子仍不明白簇头上的文字，不再绕弯："老汉，怎么能找到炼制这簇头的人？"

老汉打量簇头上的文字："匈奴被汉朝征服，除了内附和西逃，还有一个叫作綦母的部落留在草原中，辗转流落变成突厥一部，成为柔然锻奴，他们的名师大匠在炼成的兵器上铭刻姓氏，只要到达突厥锻造之所，就可以找到他们。"

老汉解开了小猴子寻找数月的谜底，但仍不放心："突厥部落在哪儿？"

"喝了烧刀子，奶茶就更不是味儿了。"小半袋的烧刀子被饮得干干净净，老汉只好抓起奶茶饮了一口："这要从突厥的历史说起。"

"好吧，您慢慢说。"小猴子差点晕倒，老汉十多年没说汉话，说起来就停不下来，小猴子滑倒在羊皮褥子上闭眼睡觉。

老汉清清嗓子面向聚精会神的高欢："突厥祖先居住在西海之右，以阿史那为姓，被邻国攻击，其族尽灭，只留下一个十岁男孩。敌兵不忍杀害，削足断臂弃于草泽中。一只母狼以肉喂养，男孩成年后与母狼交合，母狼怀孕。敌兵听说突厥少年没死，军队再次杀来，野狼如有神助般向西跑去，流落在高昌国西北山上。山有洞穴，穴内有茂草，周迥数百里，四面俱山。野狼藏匿其中，生出十个男孩，繁衍生息成为部落，突厥便在牙门建狼头纛，表示不忘本。"

小猴子猛然睁开眼睛，这老汉太能吹牛，把我当傻子？老人一本正经继续说："你们想想，周围数百里，四面俱山，这是什么形状？"

小猴子突然插话："我们左人城也是四面俱山，就是左人城形状。"

老汉不理小猴子捣乱："这叫作金山，四面如环形似兜鍪，俗号兜鍪为突厥，从此就有了这个名字，世居金山之阳，为柔然锻奴，在那里就可以找到锻造簇头的突厥人了。"

小猴子忍不住插话："用兜鍪当部族的名字，不愧为锻奴。"

老者枯瘦的手指向西边："你们将马匹换成骆驼，离开草原向西进入茫茫的戈壁，沿着瀚海沙漠行走一个月，可以到达母狼产子的金山，山脉环抱中有一条变换颜色的河流。"

"变换颜色？"小猴子不能相信。

老汉露出向往的神色："河水两岸是无尽的森林，春夏秋冬不同颜色的树木映射在河水中，在阳光下泛出五颜六色，流出绿洲后恢复银色，一个大湖被包裹在这金山银水间。"

高欢被他的描述打动："漠北瀚海还有这么好的地方。"

老汉摆手说："大湖就像一颗宝石镶嵌在金山银水间，你们亲眼所见后，才知道什么是人间仙境，母狼产子的山洞就在湖边，是突厥人世代居住的故乡。"

尔朱歌对这些话题没有兴趣，靠在高欢身边安静睡去，发出呼气声音。高欢扶她平躺在羊皮褥子上，轻微的动作把她从睡梦中惊醒。她揉揉眼睛，听到帐篷四面风声如刀，向高欢嫣然一笑，闭目继续睡去。老汉目光发亮，看着尔朱歌，旋即转到高欢身上："女娃娃是胡人，那个活蹦乱跳的小娃娃是汉人，我却看不出来你是汉人还是胡人。"

高欢挣扎在汉胡两种身份间，叹气说道："汉人、胡人，世上就这两种人，我却搞不清楚自己到底是什么人。"

老汉摇头："不对，世上不只是汉人和胡人。"

小猴子突然插嘴乱说："还有男人、女人，大人、小人，加上汉人和胡人应该有六种人。"

老汉脑筋一转，剧烈摆手："不对，七种人。"

"还有什么人？"小猴子瞪着眼睛问。

"猴人。"老汉笑道。

小猴子无语，仰天长叹："苍天啊！"

小猴子遇到敌手不再捣乱，斜靠帐篷，上下眼皮打架。高欢等他安静下来，回到困扰自己的问题："为什么世界上不只是汉人和胡人？"

老汉谈兴不减："还有一种人，他们体内流淌着胡人血液，却改胡姓为汉姓，穿着汉人的长袍宽袖，只会讲汉话，他们是汉人还是胡人？"

北魏从草原入主中原，孝文帝仰慕中华文化，三十年前迁都洛阳，推行汉化，高欢立即明白："这是魏国朝廷那些王公大臣，论血统他们是胡人，言谈举止习惯却是汉人。"

老汉手指自己又指高欢："最后一种人包括你我，祖先是汉人，流落胡人地区，吃、穿、说话和胡人没有区别。"

高欢第一次听到这样的说法，困扰他很久的问题似乎有了答案，老汉看出他目光中的困惑："这不重要。"

高欢摇头："我不明白。"

老汉开口解释："你现在是什么人并不重要，关键在于你想成为什么人。"

高欢的眼睛清澈起来，恍然大悟："老人家说得对，我不想不伦不类，两头不讨好，我要恢复祖先的血统，成为真正的汉人。"

"还是叫我老汉吧。"老汉纠正后继续说，"这不由你，当年大汉击败匈奴，胡人内附，渐渐汉化。现在天下南北对峙，强者为王，百姓只是筹码，哪由我们来选？"

高欢投奔杜洛周、葛荣和尔朱荣，东奔西跑只为做番大事，向这个见识长远的老汉虚心请教："您看天下大势如何？"

"北强南弱。"老汉吐出四个字就不再多说。

高欢心中疑惑，汉人数量远超胡人，为什么被胡人侵入？请教老人："五胡中任何一个部族的人数都不及汉人十分之一，陈汤又说，一个汉人可以打得过五个胡人，为什么会有五胡乱华，汉人丢失中原腹地，偏安东南？"

老汉很喜欢与高欢对谈的气氛，身体前倾："我年轻时，甚至四五十岁出使柔然的时候，也觉得窝囊，遥想当年大汉金戈铁马，气吞万里，却落得河山破裂，中原不保，汉人为何打不过胡人？"

高欢说出自己的观察："汉人老婆孩子热炕头，像温顺的绵羊一样，早已丧失了如狼似虎的强横精神。"

老汉点头同意："遥想当年大汉，班超、张骞不畏艰险，四处探险世界，卫青和霍去病深入大漠极北之地，汉人血气方刚，哪像现在龟缩江南？但这只是其中一个原因。"

高欢大声回答："晋室八王之乱，精兵强将互相征伐，消耗殆尽，否则岂容五胡作乱？"

"胡人在大汉武力下臣服百年，如果没有魏蜀吴的三国和八王之乱，胡人岂敢踏入长城半步？"老汉靠回帐篷，口气渐转平淡："但我来到大漠后才明白，这都不是汉人暗弱的最重要原因。"高欢实在想不出其他的缘由，老汉继续说下去："我现在才明白，汉人的实力本就远远不及胡人。"

　　高欢被这个答案吓一跳，露出难以置信的表情："汉人实力不如胡人？"

　　"汉人的人数和地域都不如胡人。"老汉拿起酒袋往羊皮毯子上一放，指尖指点："汉人居于中国，就像这毯子上的小小酒袋。"

　　高欢不服，与老人辩论："神州浩土，以汉人世代所居的中原最为富庶。其北是千里雪飘、万里冰封的苦寒之地。东为浩瀚大海，秦皇曾入海求仙，一无所获。南边十万大山连绵不绝，酷热难耐，遍布瘴气，丛林猛兽横行。西南是无顶连天的雪山高原，无地为耕，空气稀薄，西北便是戈壁大漠，百年无雨，干旱至极，蛮荒之地。故中原腹地，地域不如东海、北寒、南蛮、西荒，却是人杰地灵、上天赐予汉人的神州故土。"

　　老汉摆手，指尖划过羊皮毯子："这里是大汉都城长安，从此出发向西北，经朔方是匈奴故地，浑邪部、斛律部和浑卜焦部游牧塞上，在塞下，党项、舍利、仆固、野刹、桑乾、节子等部牧其原野。从长安向北二千七百里外为漠北，回纥部在瀚海，多览部在燕，思结部在卢山，同罗拔拽古部在幽陵，同罗部在龟林，訇利羽在稽田，奚结部在鸡鹿州。阴山、羊那山、龙门山、牛头山、铁勒山、北庭山、真檀山、木剌山、诸真山都是漠北部落居地。

长安向东北，经过晋阳出塞北为柔然重地，北去居庸关为关外东胡所有，契丹和回纥居之，渡辽水尚有契丹、室韦、渤海、靺鞨、高丽、黑水。出长安向西南，经郁标、柳谷、彰豪、清海、大非海、鸟海、小非海、星海、泊悦海、万海、曰海、鱼海，入吐蕃。长安西出玉门关，有高昌、突厥、疏勒、鄢耆、碎叶、于阗、黑海、雪海、大宛、月支、康居、大夏、奄蔡、黎轩、条支、乌孙等国。从剑南道出大散关，经甘亭关、百牢关、越剑门关、松岭关，出蚕涯关，为杂羌六十四州，入吐蕃南出邛莋，开通越嶲，度泸河、云南关，西南外杂蛮记六十州路，入甘河、夜郎、滇池、身毒、天竺国，去长安三万五千里南翻大庾岭，经南海，距离长安五千六百里有铜柱、林邑、九真、日南、高真腊、铜勒、交趾等国。出潼关经东莱，距离二千七百六十里，渡过沧海到达北济国和新罗国，又东南经利磨国，可到倭国，海行不计里数。"

这都是高欢从前闻所未闻的，他望着羊皮毯子上的酒袋清醒过来："难道我坐井观天了？与胡人的地域相比，中国只相当于羊皮毯上的小小酒袋？"

老汉喘口气："西域数千里外还有一个叫作大食的国家，骑兵数十万，足以抗衡中原大国，中国就像大海中的小舟，随时都有颠覆的可能，汉人却夜郎自大，必招致大祸。"

老汉遇到可以倾谈之人，将多年的想法托盘而出："除了地理，气候更使胡人立于不败之地，他们居于苦寒之地，冬季风雪蔽日，只能放牧无法农耕，习惯春耕秋收的汉人无法生存。秦始皇仅能修筑长城自守，雄才大略的汉武帝击溃匈奴后，不得不将士卒撤回，不能长期占据草原。除非忍无可忍，汉人绝不愿出关扫荡胡人，匈奴牧马塞外便立于不败之地。中原物产丰富，气候宜人，粮食、酒浆、丝绸和女人，胡人闻所未闻，见所未见，财富、美女、佳酿吸引百国千部的胡人，浩浩荡荡、源源不断地蜂拥进入，像蝗虫一样，秋冬劫掠汉地，汉人难道不是岌岌可危？"

高欢听老汉分析得如此透彻，脊背渗出冷汗："难道中原还将经受五胡乱华那样的磨难？"

老汉口气更加沉重："比五胡乱华更大的磨难将降临汉人头顶，草原的游牧胡人早晚有一日将席卷海内，世上没有汉人生存之地。"

高欢想到现在的形势，问道："难道胡人将跨越淮河、长江攻入建康，汉人将亡？"

老汉仰头沉思一阵儿，回答高欢："那也不一定，天下有三股势力，互为犄角，从四周包裹中原的胡人实力最强，侵入中原定都洛阳不断汉化的魏国居于其次，逃亡江南的汉人实力最弱。不过胡人内部矛盾重重，天下形势诡绝。"

"胡人之间？"六镇造反就是胡人间自相残杀，高欢被老人提醒，若有所悟。

"北魏孝文帝迁都洛阳，推行汉化，消弭胡汉矛盾，却矫枉过正，六镇军民深受歧视，不满现状，破六韩拔陵起兵反叛，万俟丑奴在关陇攻城略地，鲜于修礼和葛荣在定州左人城举兵，流放于河北的六镇胡人纷纷归附。天下大乱之际，秉持朝政的胡太后大兴土木，骄奢淫逸，魏国处于风雨飘摇之中，随时土崩瓦解。这是汉人唯一的机会，如果胡人间分出胜负，倾力南下，汉人便将失去最后的家园。"

高欢反驳老汉："破六韩拔陵和鲜于修礼已经战死，杜洛周被葛荣袭杀，葛荣四处杀戮，不能成大事，魏国推行汉化，失去以往金戈铁马的气势，胡人群龙无首，岂能南下攻梁？"

老汉闭上眼睛："据我所知，有一人暗蓄实力，全力收揽天下俊杰，武川镇的贺拔三兄弟、怀朔镇的刘贵和司马子如、敕勒部的斛律金、魏国武卫将军费穆、上党刺史元天穆都络绎不绝纷纷投奔，聚拢在他的战旗之下。"

高欢明白老汉所指，此人就是尔朱歌父亲，肆州刺史尔朱荣，他低头看看靠在自己膝盖上酣睡的尔朱歌。她睫毛一动，眼睛睁开，脸颊带着温润颜色，浅笑着注视自己，高欢帮她压紧毛毯。尔朱歌听着风声，好奇地看着这个高大的牧马人，侯景和刘贵这样骁勇的战将都心甘情愿以他为兄长，他还拥有草原胡人所不具备的细腻的体贴，在这一个多月的旅程里，他的照顾无微不至，她甜蜜地躺在他的臂弯里，不知不觉在呼啸的风声中闭上眼睛，含着笑容进入香甜的梦乡。

老汉的谈兴终于被渐渐袭来的困意征服，彻夜长谈消耗了他的体力，他闭上眼睛缓缓入梦。高欢头脑却掀起风暴，困扰他的问题终于有了答案，我既不同于中原农耕的汉人，也不同于在草原上游牧的胡人。一个难题解决，另一个难题暗暗升起：命数操之在我，我想成为什么人？放弃渤海高氏的血统？不！放弃妻子儿女和兄弟，成为一个老婆孩子热炕头、不伦不类的普通农夫？不！高欢走到帐外，仰头望着笼罩四野的苍穹，天空点点繁星没有给他答案，这个问题在他脑中盘旋：过去无所谓，未来才有意义，我将怎么选择？

冬去春来，夏至。

漠北冬季和春季比中原漫长得多，此时刚露出夏天的迹象，草根从底部绿到空气中，小动物忙碌起来。尔朱歌坐在骆驼上，哼唱着从斛律金学会的那支歌，离开秀容越远，心情越好，爹爹的胡子都气得翘起来了吧？尔朱歌转瞬决定：他生气去吧，我才不愿意牺牲一辈子换他开心，向高欢招手，"高大哥，那里有一只沙兔呢。"

进入戈壁的时候，尔朱歌舍不得卖掉小红马，就寄养在牧民家中，高欢和小猴子的两匹马加上尔朱歌将身上所有值钱的物品，换来两峰骆驼。小猴子兴致勃勃地蹦上去，欢呼着向戈壁冲去，高欢为难地看着尔朱歌，手指骆驼："要不我和小猴子挤在一起？"

尔朱歌嫣然一笑，扳住驼峰跨上骆驼，将左手递来，高欢明白了她的意图，跃上驼峰，从后抱住尔朱歌细细的腰肢，幽香从她身体里流淌出来，听到她开心的笑声："笨汉。"

尔朱歌与高欢挤在一峰骆驼上，变换着不同的曲调和节奏，用不同的方法演绎着从斛律金学来的那首歌，高欢抚笛伴奏，连小猴子都常常听得忘记催动骆驼。高欢习惯去夹马腹，才醒悟过来坐在骆驼上，这一瞬间，那只沙兔消失在草棵之中。尔朱歌逃离了皇家采选，再过几个月时间，皇帝找到妃子，就可以名正言顺地回到家乡了。干涸戈壁的遥远尽头是旅行的尽头，也是她快乐的终点，高欢矛盾万分，伏在尔朱歌耳边："小歌，我们出来半年，已经躲开采选，该回家了吧？"

尔朱歌用手搭在眉间挡住阳光："我要去看看金山银水和那个大湖。"

小猴子听到了高欢和尔朱歌的对话："嫁给皇帝有吃有喝，尊崇至极，为何要跑？"

尔朱歌笑着摇头："我是草原上的百灵鸟，自由自在地生活，无论鸟笼多华丽，我也不愿意进去。"

茫茫戈壁太阳高悬，小猴子被烤得发起蔫来，不再骑着骆驼手舞足蹈向前冲，尔朱歌受不了从冷到热的变化，发烧后身体虚弱。早上启程的时候，还能坚持坐在骆驼上，现在只能软绵绵地靠在高欢怀中。高欢撩下她的面纱，遮住阳光，拿出水囊递到她嘴边。尔朱歌嘴唇轻轻沾了几滴水珠，拧紧皮囊还给高欢："最后一袋水了？"她舔舔嘴边的水滴，他们沿着瀚海走了两个月，仍然看不到河流："会不会走错？"

高欢将水囊小心翼翼地系在驼峰上，手指阳光："我们面对夕阳，方向肯定没错，继续向西就可以遇到那条河，有了河水，便不用担心。"

尔朱歌看着高欢干裂的嘴唇，感到地面的震动："高大哥，听到声音了吗？"

高欢跳下骆驼，耳朵贴在地面仔细分辨，马蹄震地如同洪水，他向后眺望，视线的尽头腾起烟尘，骑兵还在数里之外，小猴子也发现大地颤动："高大哥，怎么回事？是草原部落间打仗吗？去看看。"

　　高欢制止小猴子，骑兵从东向西，尾随而来，谁在大漠中追踪自己？高欢搀扶尔朱歌跳下骆驼："小猴子，你装扮成草原牧民，他们不会欺负你。"

　　高欢拉着尔朱歌，踩着坑洼不平的戈壁走到沙包后面隐藏起来。天边扬起的烟尘越来越近，闷雷般的蹄声由远及近，戈壁滩上出现一道排山倒海的黑线。小猴子掉转身体，倒骑在骆驼上，不慌不忙凝视着冲向天空的尘土。骑兵队伍也发现了两峰骆驼，数百黑袍黑甲铁黑兜鍪的骑兵分成两路，将骆驼团团围住，激起重重沙尘，一匹战马出现在眼前，小猴子舌头抹过干裂的嘴唇，打量着端坐在战马上的黑铠将领，只能看见兜鍪中露出石雕般苍白的面孔。小猴子在沙漠混迹几个月，与当地牧民一模一样，不担心被看出破绽，挺起胸膛笑着招手。

　　黑甲将领两边嘴角向上一翘，两颊肌肉随之跳动，藏在兜鍪中的眼睛眯缝起来，露出笑容，让小猴子心中仅剩的恐惧烟消云散。那人马头一转，侧面朝向小猴子，右手从马鞍上取出羊皮袋向下一扔，满登登的皮袋在地上晃动，那是满满一袋水。黑甲将领嘴角一动，用胡语问道："小兄弟，有没有看见其他人？"

　　小猴子十分机灵，熟练答道："很多从西向东的商队。"

　　"有没有看见一个穿红衣的小姑娘？"黑甲将领不关心商队。

　　小猴子跳下骆驼抱住水袋，眉开眼笑地摇头，黑甲将领表示明白，随即伸出左手，食指和中指交替上下弹动，做出行走的手势，右手轻轻在前面划过，点点头，将右手变成大拇指向上的手势。小猴子看出这是鼓励的手势，笑着答道："前面有一条河吗？多谢。"

黑甲将领笑容更明显，露出一排雪白的牙齿，挥动马鞭，战马加速奔驰，骑兵队伍从小猴子身边绕过，渐渐消失在远方的戈壁中。

尔朱歌全身僵硬，目光直刺高欢："他们是谁？"高欢从战马和甲胄上判断，那是来自秀容的人马，却不知具体是谁，摇头表示不知道，尔朱歌将高欢推出几步："骗我。"

高欢不知道哪里被她看出破绽："你认识他们？"

尔朱歌点头回答："他们怎么知道我去金山？"

高欢避而不答，继续劝道："小歌，你在草原和沙漠中躲避几个月，难道要一直流浪下去？有没有想过，你父母每天忧心忡忡，为你担惊受怕，难以入眠？"

"你骗我！"尔朱歌忽然从心底涌出来了怒气。

高欢离开怀朔镇酒馆的时候，将尔朱歌去突厥的事情写入信中，请老板转交给侯景。侯景和刘贵弄丢了尔朱歌，把这封信交给尔朱荣，可以减轻罪责，往返穿越大漠至少半年时间，足够尔朱歌躲开皇家采选，这是两全其美的做法。那队人马来自秀容，说明刘贵肯定将信件交了尔朱荣，那一定是前往金山迎接尔朱歌的契胡骑兵："我没有骗你。"

"你为什么这么做？"尔朱歌也很奇怪，为什么在乎眼前这个男人是否欺骗自己。

"我做了什么？"高欢就是不承认。

尔朱歌不信，她逃离家乡时，对强迫她采选入宫的父亲一肚子怨气，几个月下来怨气消失，仅担心回去后被选入皇宫。"采选结束了，皇帝找到妃子，你可以回去了。"高欢又找出了一个理由。

"哼，你放不下自己的梦想，你和那个老汉聊天的时候，我听到了，你的野心在中原，你要追逐你踏星而行的梦想，你怎么肯和我一直在大漠流浪？"尔朱歌一下子猜透了高欢的企图，她不愿意讲的是，将自己交还给父亲，是一个不大不小的功劳。她不再理睬高欢，走到小猴子身边高兴起来："是水吗？"

小猴子蹲下去解开羊皮袋，兴冲冲说："整整一袋水，够用几十天了。"

高欢跟来劝说："我们出来四个多月，就算返回秀容，还要在大漠中再走两个月，早过了采选的日期。"

小猴子将水分到腰间的水袋中，尔朱歌接来，舌尖轻轻舔了一小口，随即收好，跨上小猴子的骆驼，向西边冲去。小猴子有些发呆，尔朱歌一直和高欢乘坐骆驼，现在这是怎么回事儿，高欢得罪了尔朱歌，走过来说道："老汉把金山银水说得那么好，看看再回家。"

"你们怎么了？"小猴子极其聪明，哪儿能猜不出来。

高欢被尔朱歌说中心事，不愿意再提，喝了一口水："刚才那人还说了什么？"

"他没说什么，不过我明白他的手势，他左手中指和食指交替，意思是我们在戈壁中行走，右手一横表示河流，他的意思是说，只要继续走下去就能遇到那条河流。"小猴子大口猛喝，将嘴唇上的水珠全部扫入口中，将水袋系在骆驼上自言自语："他们的兜鍪、铠甲和兵器制式都是魏国制式，戈壁滩深处怎么会出现这样一支装备整齐的军队？那首领送我们水，人很不错。"后半句他喊向了尔朱歌。

尔朱歌听到了，骄傲说道："知道那个黑甲将领是谁吗？那是我爹爹。"

小猴子多聪明，立即明白过来，笑着大喊："哈哈，你爹爹收到了我的信啦，我多有先见之明，如果半年前不写信，今天就要在沙漠里渴死了。"

小猴子出来替自己背锅，高欢佩服极了。果然尔朱歌满腹疑虑地下了骆驼，上了高欢的骆驼并从背后紧紧抱住高欢。小猴子传来意味深长的目光，绝不是小孩子能拥有的眼神。

"看，前面是什么？"几天后，无精打采的小猴子手舞足蹈，高声叫喊，却听不见回答，扭头向依偎在高欢怀中的尔朱歌叫道："别腻歪了，抬头看。"一条长河在沙漠尽头蜿蜒流去，在阳光下闪闪发光，小猴子从骆驼背上跳起，打开皮袋大口痛饮："不用提心吊胆啦，大口喝水！"

尔朱歌提醒小猴子戈壁中常有海市蜃楼，不要把水喝完。他已经跳下骆驼，蹦蹦跳跳，手舞足蹈向河水冲去，"扑通"溅起水花。高欢催动骆驼向河边冲去，忽然听见尔朱歌的"咯咯"笑声，身体失去平衡，被她搂着翻滚坠落河中。高欢躺在水边，看着尔朱歌与小猴子在河里尽情嬉闹。尔朱歌是对的，她的生命在这里，不应该属于皇宫。高欢做信函使的时候多次往返洛阳，策马在永宁寺塔下的铜驼街上，曾经越过高耸的宫墙眺望皇宫，多少欢笑和快乐都被厚重墙壁紧紧压制？尔朱歌如果踏入那个大门，就将失去笑容和歌声。尔朱歌和小猴子折腾累了，躺倒在草地上让太阳将衣服晒干，高欢嘴里嚼着甘甜的草根，说出忧虑："我们出来几个月，能够避开皇宫采选吗？"

笑容立即从尔朱歌脸上消失："不知道。"

高欢提醒尔朱歌："前面不远就是金山，你爹爹就在那里等你。"

尔朱歌反问："我们怎么办？"

"绕开金山，躲开你父亲，就不用担心被选入皇宫了。"高欢决心已下。

尔朱歌眼睛一亮："你怎么办？你在秀容的兄弟，你的家人，你踏星而行的梦想，都要放弃吗？"

尔朱歌等着高欢答复，只要他点头，她就和这个男人永远逃离那个囚笼般的皇宫。高欢闭上眼睛，陪她生活在草原上？尔朱歌是每个男人梦想的完美女人，为她放弃那个踏星而行的梦想吗？高欢的回答熄灭了尔朱歌眼中的光彩："你说得对，去金山见你爹爹吧。"

高欢向骆驼走去，尔朱歌茫然若失地说："这里不可以牧马吗？有什么不可以抛弃？"

高欢攀上骆驼，来到尔朱歌身边伸出手来："小歌，即便回到秀容，我也不会离开你。"

尔朱歌得到承诺，被高欢托起侧坐在驼峰，深深蜷入他怀中：

"你这个笨汉，有一种方法，即便我回到秀容，也可以不去皇宫。"

高欢茫然不解，尔朱歌脸色一红，像西边的落日下的红云："笨汉，自己想。"高欢望着她脸颊的红晕，脑中轰然想到答案，身体如火燃烧，口中无语。尔朱歌缩在高欢怀中，脸色更红："就是那个办法。"

三人顺着河流行走，草木茂盛，夕阳中一座金色山脉凌空压下来，河谷两岸是无尽的绿色，河流进入戈壁后银光闪闪，高欢仰望山脉说道："像兜鍪一样的金色山脉和银色河流，这里就是野狼繁衍突厥子孙的地方吗？"

小猴子视力极好，手指山坡道："河水右岸有个山口，竖着黑色大旗，上面绣着白色的图形，肯定是突厥的狼头纛。"

"不急。"高欢没有拿定主意，策马走开。

金山处于东西交会之处，东来西往的客商络绎不绝，三人作为远方客人受到突厥人欢迎。他们避开秀容人马，找到仙境般的湖边，搭帐篷居住下来。在这里生存一点儿都不难，难怪那只母狼跑到这里养育突厥人，小动物排队向刀箭上撞，野果不用采摘就向头上飞，小猴子叹气一声，这才是天堂！找只母狼做老婆都值了。尔朱歌笑着看一眼高欢，若有所指："是啊，在这里随便嫁了也不错。"小猴子进入草原半年，对草原上男女随心所欲的交往方式不以为奇，高欢明白尔朱歌婉转劝自己留在这里，当作没有听见，弓箭瞄准一只在树丛中跳跃的野鹿，弓弦一响，野鹿应声倒地。

以小猴子的个性，很快就找到一个牧人兼猎人成为他的第一个突厥朋友，几天以后两人就无话不谈。小猴子掏出捂了半年的簇头打听，突厥人哈哈大笑，将他领到山中库房。小猴子从来没有见过这么多弓箭，他的突厥朋友随便抽出一支，簇头闪闪发亮，尾部刻着莫名其妙弯弯曲曲的文字，却与自己的簇头不同。小猴子一支支去找与那簇头形状一样的文字，那突厥人摆手说："那簇头以前有过，以后就再也没有了。"

"为什么？"

"綦母怀文要走了。"

"綦母怀文？"

"就是锻造簇头的人，是我们中最懂得冶铁和锻造的人，他要去东边万里之外的中原大国，一队远道而来的骑兵首领说服他，去看看能够容纳百万人的大城。"

战马缰绳拴在树上，自由自在啃着长至小腿的苜蓿草。小猴子将木柴堆起，点起篝火，嘴里唠叨着从突厥朋友那里得到的消息。尔朱歌无心听下去，靠在树下向高欢说道："这里真好。"

"嗯，真好。"高欢走到尔朱歌身边，靠着大树坐下。

尔朱歌的肩膀从树上移动到高欢脊背，瀑布般的长发顺着胳膊流淌，声音撩动着他的心跳："想一辈子留在这里。"

高欢矛盾得要爆裂，与天仙般美丽的尔朱歌留在这里？妻子、儿女、侯景和刘贵朋友怎么办？踏星而行的梦想怎么办？他压住巨大的诱惑提醒："难道不想你的父母吗？"

尔朱歌失望地坐直身体，离开高欢："好，明天就去找爹爹，回秀容。"

"我要留在这里学习打铁。"小猴子在火光中仿佛看见了杨桢、刘御医、大苏和林林的面容。

"你一个人留在这里？不行。"尔朱歌十分担心，在她心中，小猴子是保护自己一路西来的伙伴，她不想抛下他。

"老城主的铁甲是我编制的，我爹爹告诉他，铁甲能够挡住索虏的弓箭，可是，这个簇头射穿了铁甲，刺入了老城主的心脏！"小猴子内心燃起熊熊大火，将铁丝上的鹿肉在火上左右翻弄，脸上却泪水横流，他将悲伤压在心底，此刻爆发出来："我要打造出世上最锋利的兵器和铠甲，我要交给我们的战士，他们为了保护百姓可以战死，但绝不能因为兵器而死！"

"让他留下吧，他不是普通铁匠，他将成为独步天下的兵器大师，他是非凡的。"高欢知道小猴子学习锻造的强烈决心，同意小猴子独自留下。

小猴子抹去泪水望向尔朱歌："我打听到你爹爹扎营的地点了，就在河边两个狼头蠹后面的山坡上，他们找不到你，打算明天回去了。"

"我们商量一下。"尔朱歌牵着高欢向湖边走去，吸了口空气中甜美的花香。

高欢手指高悬空中的明月："中原的月亮只有烧饼那么大，这儿是不是比盾牌还大？"

尔朱歌的心仿佛融化在湖中，手指湖边的一棵倒地巨树："到那里歇歇吧。"

尔朱歌跳过低矮的丛林，坐在树干上缩进高欢怀中，长长的睫毛扑闪，望着泛着月光的湖面。高欢解开斗篷将两人裹在一起，左手一揽，尔朱歌身体横在膝盖上，怦怦心跳声从她纤细柔软的躯体上传来，她迎面望向高欢，目光可以滴出水来。高欢扶向她的秀发，她摇头拒绝，嘴角微露的笑容却暴露出她的矛盾，高欢压住她的手背，顺着秀发触到额头，她全身轻轻抖动，额头火焰般滚烫，高欢划过她的面孔托住下巴，身体膨胀起来，钻进尔朱歌内衣，光滑的脊背簌簌颤抖。高欢翻身将她压在身下，宽大的树干像大床一样托住两人身体。

尔朱歌手腕横在高欢鼻尖，挡住他的亲吻："那只蝎子。"

高欢双手就要攻陷她坚挺的胸口，这句话像冷水把他身体中的火焰浇灭："那只蝎子。"

尔朱歌凝视高欢："那只钻进我身体里的蝎子。"

"怎么？"

"钻进我领口了吗？"

高欢怔怔无言，尔朱歌声音冰冷下来，笑容从嘴角收起，腰肢一扭从高欢身下翻起，俯视他的目光："蝎子根本没有钻进我的身体，是吗？"

高欢不敢欺瞒，点头承认："我并非轻薄。"

"你只是要抹去我嘴角的口水？"尔朱歌鼻头耸起，露出淘气的笑容。高欢拼命点头，她"哼"一声："这么可笑的借口，我会相信吗？"

高欢百口莫辩，尔朱歌凑到高欢耳边："我将一切都交给你以后，不许对我耍花招。"

高欢点头答应的时候，尔朱歌已将他的耳垂含在口中，口中声音越来越小："还有，你要轻一点，温柔一点。"

尔朱歌明天要去见父亲，今晚将身体交给高欢，逃避皇宫的办法就是失去处子之身，她融化在他僵硬的怀抱中："笨汉，我不知道该怎么做了。"

"做什么？"高欢不情愿成为帮助尔朱歌逃离皇宫的工具。

尔朱歌向下移动，肩膀一拱，胸前软绵绵的两团滑入高欢的双手。被欲火点燃的高欢明白了暗示，疯狂地侵略她的每一寸身体，翻身将她压在身下，一只手深深探入尔朱歌的要害，头埋进她柔软的胸脯，右手轻轻一拉，内衣像一片云彩遮住月光滑向湖面。

"烤好了，香喷喷的烤鹿肉！"小猴子不早不晚，出现在丛林边。

尔朱歌全身一惊，滑出高欢怀抱，斗篷裹在身上，向小猴子的方向望去。丛林在月色中摆动，脚步声越来越近，高欢低头苦笑，整理衣服。尔朱歌脸颊火热，向小猴子喊道："你等等，我们马上就去吃。"

"我把烤肉带来了。"小猴子的声音清晰传到耳中，丛林里面出现一个跃动的黑影，他已经到了几十步外。

尔朱歌手忙脚乱地将褪下的衣物划落在树干下，高欢沉稳地将她揽在怀中，手掌托着她的下巴，将她的目光转向空中明月："明月有圆有缺，人有分有合，顺其自然，何须萦怀？"

沉重的预感压在尔朱歌的心口，让她难以呼吸："希望皇宫采选已经结束。"

尔朱歌为躲避入宫与我欢好？我仅是山中牧马人，她真的愿意与我留在金山银水？这个想法困扰着高欢，想到这里，他迎着她的目光仔细看去，要分辨尔朱歌的真实意图。

尔朱歌感到高欢身体僵硬，却不知原因："你的目光变了。"

如果直接询问，尔朱歌断然不会实说，高欢侧面刺探："明天不去见你爹爹。"

尔朱歌茫然不解："那我们怎么办？"

"向南去高昌国，在草原上自由自在。"高欢抛出测试题目，等候着她的答案，望着尔朱歌眼中泛出兴奋的光芒："我们离开家乡和家人，离开过去的一切。"

光芒在尔朱歌眼中消散，她声音冰冷下来："永远吗？"

高欢点头："你可以回去，我却不能，逃离就是背叛。"

尔朱歌难以下定决心："我们多虑了，皇宫采选应该早就结束了。"

高欢看出了尔朱歌的动摇，她在利用我逃开皇宫采选？勉强笑着。尔朱歌看出他目光绝不简单，摆脱高欢怀抱要开口询问，小猴子的身影伴随着肉香到达树边："真是好地方，湖色、月光、巨树、流着口水的烤鹿肉。"

尔朱歌笑出声来："流着口水的烤鹿肉？应该是流着口水的小猴子。"

小猴子不由分说挤进两人间，将鹿肉递给左侧的尔朱歌："尝尝我的手艺。"

尔朱歌用匕首切下一片鹿肉放在口里轻轻嚼着，仔细分辨味道："这是什么味道？你在鹿肉里面放了什么调料？"

"盐。"小猴子故意装糊涂，当地突厥人烤肉的时候都放入一种奇怪调料，小猴子偷偷抓了一大把放入口袋。

"还有什么？"高欢抓起烤鹿肉放在口中大嚼，尝出与众不同的香味。

小猴子掏出一把深绿色的颗粒，说道："安息茴香，从西域传来，烤肉的时候细细涂抹可以祛腥解腻。"他不知趣地横插在两人中间，尔朱歌还沉浸在甜蜜中，手臂从斗篷中悄悄伸出，绕开小猴子消瘦的身躯，冰冷的纤纤小手轻轻滑进高欢温暖的手掌中，目光越过小猴子的侧脸，向高欢粲然一笑，听着精力充沛的小猴子不停唠叨。

"也不知道我爹爹和杨忠有没有到梁国？"小猴子忽然说出这么一句，便沉默下来。

16 攻守兼顾

　　暮春三月，江南草长，杂花生树，群莺乱飞，此时南方正是梁武帝萧衍在位期间，富庶安定。"五十年中，江表无事。"此时正是江南好。永嘉之后晋室东迁，在淝水之战抵御了前秦苻坚的大军，这只是昙花一现，刘裕从北府军中崛起，废掉东晋皇帝，定国号为"宋"。刘裕出身贫寒，不重用名门大族，兵权交于皇子，没重蹈宗室割据的覆辙，但皇子们争权夺利，相互残杀。刘裕死后，文帝刘义隆在位三十年，好大喜功，贸然北伐，北魏太武帝拓跋焘铁蹄南下，抵达长江，刘宋战略优势丧失。宋文帝在公元453年被儿子所杀，宋孝武帝和宋明帝先后为帝，两人对诸将疑忌，相互残杀。南兖州刺史萧道成形成势力，在公元470年灭宋建立齐国。萧道成宽厚为本，提倡节俭，要求其子不要手足相残。武帝萧赜遵其遗嘱，南朝出现一段稳定时期。武帝死后，齐国走上刘宋灭亡的老路，杀戮兄亲和叔侄。东昏侯萧宝卷疑心过重，几乎将朝内大臣全部处死，江山动摇，公元501年雍州刺史萧衍起兵攻入建康，结束齐国统治。东晋持续104年，波及都城建康附近的内战在十次以上，刘宋60年间有四次，南齐国祚只有24年也有四次战乱。萧衍称帝至今，境内只有江州陈伯之的反叛和益州刘季连的拒命，迅速被平定，而且从未波及京城建康。近几年北魏渐衰，无力南侵，梁国更加安定。在那个大分裂、大黑暗的杀戮时代，这段和平时光十分珍贵。杨忠扛起包裹，劝说老侯返回北方，寻找儿子和左人城百姓，老侯叹气一声："我知道儿子，他说去大漠寻找那个簌头的来源，他就一定会去。"

杨忠感慨，老侯何尝不是如此，在父亲临死前答应将自己护送到梁国，便陪着自己跋山涉水，进入山东，渡过黄河和淮河，终于来到了魏国和梁国边境。"我打算用这些钱在这边盘个酒馆。"老侯说着掏出一袋子钱币。

"嚯，当真不少。"杨忠看了一眼，那是一大捧铜币。

"不瞒你了，我儿子看上刘离了，给我一大袋子铜钱，央着我向刘御医提亲，我就等着林林和大苏婚礼那天向老刘说这事儿，谁想到，葛荣那天就杀来了。"老侯一路都在念叨儿子，今天才吐出这件事儿。

"他看上刘离了？还攒了这么多钱？"杨忠真没想到小猴子竟有这么多的心思。

"他说你也喜欢刘离，要抢在你前面提亲，动手要趁早。"老侯笑了一半突然叹气。

杨忠真的没有这个心思："你拿彩礼开酒馆，他会不会跟你急？"

"将在外君令有所不受，哈哈。"老侯哈哈大笑起来，在家里其实是儿子做主，就连为杨祯打造铁甲也是小猴子的主意，"走吧，前面就是寿春关中侯的军营了。"

收容北方流民成军是南方政权的常见做法，最有名的便是北府军。公元 377 年，前秦一统北部中国，东晋在空前的军事压力下，诏求良将镇御北方。名臣谢安推荐侄子谢玄担任建武将军、兖州刺史，坐镇广陵，这里聚居大量从北方逃避战争的流民，谢玄选拔骁勇建立一支军队，名为北府军，在淝水之战中击败前秦，一战成名，后来北府军参军刘裕起兵，南征北战，称帝建立刘宋，更将这支北方流民组建的军队推向巅峰。

杨忠将老侯安顿下来，前往军营，人声鼎沸，北方大乱，流民更多，填满校场，左右各有两幅大字，分别挂着"保境安民"和"驱除索虏"的旗帜，似乎在考察流民的志向，投军的数百流民们纷纷选边，或左或右。

"听说是在选将，这几天来了好几百人，一个都没选出来。"众人议论纷纷。

"保境安民是防守边境，不让索虏入侵，驱除索虏便要北伐中原，如今北方丧乱，正是大举北伐之时，我选右边。"一人冲入校场，站在驱除索虏旗下，点将台上毫无动静。

杨忠走到正中，不左不右，点将台跳下一人，眼睛大如铜铃："你，选边。"

"我就在这里。"杨忠执拗地站在中间，四面流民议论纷纷，大都是不屑。

"为何？"点将台又站起一人，杨忠抬头望去，此人约莫四十左右，儒雅之气即便在银铠包裹下也不曾褪去，这铠甲是他从未见过的制式，也不知道用什么材质打造，要是小猴子在此，必能看出来。杨忠拱手回答："驱除索虏是攻，如同战刀，保境安民是守，如同盾牌，您可曾见过只握盾牌的士兵，或者只有刀没有盾的士兵？”

　　“你竟懂得奇正兵法，甚好！”那人点头，命令道：“今天这些流民归你统领，入营！”

难逃宿命

清晨破晓，高欢和尔朱歌沿着河水找到山路间的狼头矗。这是十字路口，前进是父亲和家乡，回头是高欢和金山银水。尔朱歌停下脚步望着高欢，在朝夕相处的旅途里，她深深喜欢上这个与众不同的牧马人。流落金山银水，亡命天涯是两人的唯一机会，他却不能放弃家人和兄弟，更不能放弃那个踏星而行的梦想。尔朱歌停下脚步："你发誓，回秀容之后，无论遇到什么样的磨难，永远不抛弃我。"

高欢抓起她的手掌举向空中："我发誓。"

尔朱歌伸出手来："我要凭证。"

高欢从怀中掏出母亲传下来的玉笛："这就是我的信物。"

山坡上传来马蹄声，远处露出骑兵的影子，尔朱歌挣扎在逃亡和回家之间，幽怨地看一眼高欢，留在道路正中等待父亲。一名黑甲黑袍的将领与一个陌生突厥人并骑而行，缓缓地走在数百骑兵队列的最前方。突厥人粗壮的肩膀顶着圆圆头颅，溜光的头顶上只留一束头发，结成发鞭披在脑后，两撇黑胡子好像镶嵌在面团般的脸孔上，唇下留着月牙形的黑硬胡须，右耳穿孔，佩戴一只金色的耳环。他身穿两边开衩的麻布编织，齐至小腿的宽松长袍，腰带挽结垂在身前。中原汉人喜欢把弓箭背在身后，突厥人却把弓箭系在腰带，垂在左腿前，箭筒横吊在腰背间，簇头斜向右下。骑兵队伍中一声惊呼，一匹战马飞奔而至，马上那人双手轻按马头，凌空飞越而下，掀开兜鍪露出刀刻般的面孔，拉着尔朱歌的胳膊笑道："好妹妹，终于找到你了。"

他目光扫到高欢，向他胸前猛推："你是那个拐跑我妹妹的牧马人？"

高欢双臂一分挡住他的双手，那人手腕一翻，闪亮的匕首已在高欢眼前。尔朱歌大声呵斥："吐沫儿，与他无关。"

被称为吐沫儿的正是尔朱荣的堂侄尔朱兆，他年少时极为骁猛，善骑射，能手格猛兽，曾随同尔朱荣游猎，到达穷岩绝涧，战马踏岩踌躇不前，尔朱兆当先带路，一往无前。成年后作战时必引三千铁骑作为先锋，屡立奇功。尔朱荣特加赏爱，任为爪牙，驾驭极严。他们曾在路边遇二鹿，尔朱荣欲取鹿为食，令尔朱兆上前。停马燃火等待之际，尔朱兆擒获其一，得意扬扬。尔朱荣大为不满，责问何不尽取两鹿，杖之五十，尔朱兆对叔父尊崇备至，毫无怨言，甘心受杖。

尔朱兆收回匕首，脸上肌肉跳动："滚开。"

尔朱歌牵过战马，把缰绳交到高欢手中："我们一起回去吧。"

高欢牵着战马，当尔朱兆不存在，注意力集中在另一人身上，那个从头至尾一句话没有讲的黑甲将领，他就是尔朱歌的父亲，肆州刺史尔朱荣，他要投奔的人。尔朱荣一言不发看着高欢，似乎要搞清楚这牧马人与女儿间的关系。片刻之后，目光转向女儿露出笑容："小歌，让爹爹看看，有没有少一根头发？"

尔朱歌翻身上马，催马来到父亲身边："不但没少，还多了好几万根呢。"

尔朱荣马首一转，将尔朱歌介绍给身边的突厥人："綦母先生，这是小女尔朱英娥，从小喜欢唱歌。小歌，突厥锻造的兵器锋利难当，綦母先生是其中的佼佼者，与我们一起返回秀容草原。"

"您来接我，还是来接綦母先生？"尔朱歌扬着下巴向父亲撒娇。

尔朱荣收到刘贵转来的信件，知道女儿去了金山银水，突厥锻造的兵器举世无双，便率领两百契胡铁骑赶赴金山。綦母怀文让他如获至宝，不虚此行，见到女儿更加高兴："女孩子别骑马，乘追锋车。"

"你是贺六浑？刘贵和侯景的朋友。"尔朱荣目光转向高欢，记忆里依稀有些印象："多谢你一路照顾小歌，上马入队，随我回秀容。"

高欢拱手答应，策马进入队列，尔朱荣笑着向綦母怀文说："此次离开金山银水，綦母先生不知何时才能重返故乡，我们与金山银水辞行吧。"

两匹雪白战马仰天长啸，追锋车猛然停在铜驼街正中，金履鞋从车内探出，霞帔凤冠的尔朱歌缓慢走下车架，踏上步辇。尔朱歌在突厥部落与父亲见面之后，上了追锋车中，向东到达怀朔镇时兵分两路，尔朱兆趁夜南下渡过黄河直奔洛阳，将她送入宫中。背后是高耸的洛阳城墙和阊阖门，面前是躲也躲不掉的皇宫高墙，这是她逃脱不了的宿命。她轻叹一声，抬头望向黑沉天空，高耸的永宁寺塔冰冷地俯视她的面孔。尔朱歌不得不忘记草原上自由的日子，大漠、戈壁、沙兔和那个难以忘记的牧马人。皇宫侧门缓缓而开，步辇摇晃而出，将尔朱歌吞噬，缓慢进入金碧辉煌的宫殿的阴影中。

霞帔凤冠的尔朱歌与年轻皇帝元诩坐于太极殿，接受群臣朝贺。胡灵太后端坐正中，她才是帝国的主宰，统驭万方十二年，这是一场政治联姻，手握重兵的尔朱荣成为年轻皇帝对抗胡太后的外援，元诩要夺回皇权，胡太后会双手奉还吗？

小猴子留在金山，穿着突厥衣物，说着越来越熟悉的当地语言，摇身一变，成了地道的突厥人。他用一个月时间当锻工，一个月后成为冶工，突厥朋友们都觉得他疯了，这是一点技术含量都没有，又累又危险的烧铁工，没人愿意干。小猴子却乐此不疲。突厥人的冶炼之法完全不同，这就是他们炼出锋利兵器的原因。别人吃饭时，小猴子在炉边转来转去，敲敲打打，仔细研究，蹦蹦跳跳回到湖边帐篷，盘腿坐在帐篷中，好像父亲坐在对面，自言自语地向老侯描述冶炼和锻造的每个细节，接着又和虚无的父亲讨论如何造出中原从没有的兵器。日子一天天度过，他和虚无的老侯一遍遍地讨论冶铁和锻造，直到有一天突然闭口，再也说不出一句话来，该说的都说完了，没有什么可以聊的了，他和虚无的老侯互相呆呆看着，找不到可说的事情。虚无的老侯突然想到，回到中原后就可以给儿子娶媳妇了，笑问："还记得刘离吗？"

小猴子从梦中惊醒，小伙伴们的样子飘浮在眼前。刘离更小更瘦更像小猴子，却没人这样叫她。自从那天晚上老侯在小猴子的梦中提起刘离之后，他每天都在被窝里想起左人城的伙伴们，心中发慌，像有只猴子七上八下在心中跳来跳去，他终于在梦中问道："爹爹，我什么时候回家啊？"

梦中的老侯爱怜地看着突厥装扮的儿子："你已经找到了簇头起源的地方，该回家了。"

小猴子高兴地从梦中跳起来："爹爹，我还想尝尝怀朔镇的烧刀子，见见那个全身黑炭般的昆仑奴。"帐篷内一片空白，没有父亲的身影，强烈的思念揪住了小猴子的心肺，他收拾行装，准备踏上回家的路途。第二天日出时分，小猴子爬到金山巅峰，俯瞰森林和河流，喊道："我要走了，再见，突厥朋友们，祝你们击败欺压你们的柔然，横扫大漠。"

此时，突厥人还处在最原始的阶段，在大漠西边的金山银水间逐水草放牧，为统治草原的柔然锻造铁器。他们还不知道未来的命运，更没有建立起席卷大漠的强大骑兵，他们弱小得不懂得反抗，还不知道富庶的中原城市，铁骑更没有侵入繁华的中原腹地。

小猴子转向东方，沐浴在金色光辉中："高大哥和好看的小歌，你们到哪里了？"他掉头转向东南，那是中原的方向："爹爹、刘离、杨忠，我要回家了，你们在哪里？"

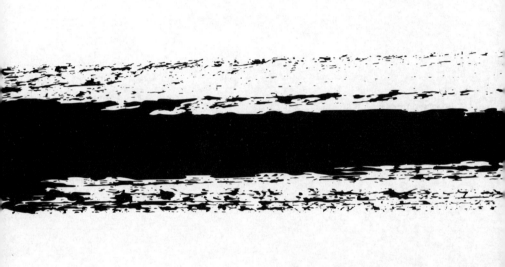

南北对峙

第三章

天下，
是天下人的天下

18 二丈长槊

杨忠斜靠城墙，左手拎着马鞭，嘴里叼着带泥土的草根，指挥两队士卒演练："索虏持槊骑战，不善近身格斗，一旦落马，就像切萝卜一样将他们砍翻。"

左人城被葛荣军队攻破后，老侯将杨忠送到南方，加入梁军。在这几年时间里，杨忠多次参与南北大战，从一个瘦高的少年成长为肩宽体阔的游骑校尉。杨忠趁着没有仗打，带着手下士卒在城北校场练兵，马鞭向空中一挥，"啪"地挽出鞭花，大声命令："索虏攻！"

右侧士卒模拟魏军，手持一丈二尺长木棍模仿敌军长槊，列阵缓慢前行。另一拨士卒模拟梁军，竖起大盾挡在面前，杨忠大声指点："记住格斗要诀，先格，用盾牌挡开长槊，后起身，荡开长槊，顺槊杆向前冲入半步，最后就简单了，切萝卜，手起刀落，切头切腹切屁股都随便。说来说去，就是一个字，近！只要近身，死的就是索虏。"

话音未落，两队士卒相交，右侧士卒的木棍齐刷刷攻来，左侧士卒用大盾罩住全身，看准木棍来势轻松荡开，揉身前行，举起木质大刀翻飞乱砍。一名瘦高精干的士卒捂着裆部倒地，杨忠笑得前仰后合："就这样，大眼，让你切头切腹切屁股，你怎么切老马的小鸡鸡。"

这名梁军士卒名叫宋景休，浙中东阳人，双眼大如灯笼："老大，我让索虏断子绝孙。"

杨忠指着地上打滚的士卒："好，就让他们没子没孙，去给他揉揉。"宋景休瞪大眼睛："揉哪里？"

杨忠呵呵笑着说："砍哪儿，揉其他地方管用吗？"

宋景休手中木刀拄地，大声回答："拼得今晚做噩梦睡不着觉，老马，给你揉揉。"

被砍倒的士卒名叫马佛念，是杨忠手下斥候骑兵头目，三人在几次大战中从死人堆里摸爬出来，结成生死之交。马佛念每到危急关头，总能够未卜先知般出谋划策，化解战场危局。他从不争功，战后将功劳推给杨忠，让杨忠升至游骑校尉，他仍是一个小头目，让杨忠始终猜不透他参军的动机。

宋景休摸向倒地的马佛念裤裆，被一脚踢开，马佛念大喊："敢碰我，剁了你。"

两队士卒笑得东倒西歪，宋景休转向杨忠："步战，短兵有利，可魏国骑兵纵马硬冲，阵形必乱，步兵就敌不过骑兵了。"

杨忠士卒都参与过涡阳大战，尝过骑兵苦头，宋景休问到要害，安静侧耳细听。杨忠手持马鞭，跳到高处回答："要对付骑兵，就要让他们从马上下来。"

马佛念起身，拍掉身上尘土，右手摘掉兜鍪，露出唇上两撇黑亮的胡须："魏兵又不是咱们的儿子，不听话，他偏不下来怎么办？"

"挑下来。"杨忠马鞭指向校场武库:"取长槊,试试新家伙。"

一组士卒跑步去校场武库,转眼间扛出长槊,槊杆长有两丈,像小树一般,枪尖硕大和小臂相仿,枪尖下面伸出巨大弯钩在阳光下银光闪闪,杨忠抓起一支在手中掂量:"就用这些长槊将契胡骑兵从马上挑下来。"

宋景休瞪大眼睛:"太长了吧?这新家伙能顶我两个。"

杨忠左右各持长槊:"我们以往所用长槊为丈二,这新家伙二丈,整整长出一个人的高度。"

马佛念走近打量:"这新家伙与骑兵搏杀毫不吃亏,近战就盘舞不开了。"

杨忠将长槊向空中一挺,模拟挑骑兵的姿势:"兵种相生相克,练好新家伙,再练习关中侯的新阵,兵器与阵法攻杀配合,就能击败魏军骑兵。"梁军士卒取来长槊,杨忠宣布:"天子亲临涡阳,犒劳涡阳大捷,这几日就要大阅兵马,大家要加紧练习。"

士卒交头接耳议论新的长槊,宋景休抓起一支:"皇上亲自阅兵?"

杨忠将长槊交还身边士卒:"我等要为皇帝演练阵法,这几日好好练习,不许出丑。"

队形刚散,校场外传来马鞭声响,一名斥候飞奔而入,遥遥禀告:"城下出现数百魏国骑兵,追逐十名骑兵护送的追锋车,正向城门奔驰。"

追锋车是魏国贵族所乘,杨忠唤来一名士卒,飞马去城中通报关中侯陈庆之,随后跳上战马,将校场内上卒召集在一起,命令:"上马,去看看。"

　　涡阳处于南北对峙的边界，战事频仍，故此城墙完备，物资
丰富，钟楼位于四条大街交会之处，顶部悬挂一口大铜钟，百姓
小民按照暮鼓晨钟作息，可以望见东西南北四座城门，每逢战事
便成为调兵遣将的场所。钟楼主殿四周挂起红彤彤的灯笼，显示
贵客临门，正殿第三层，关中侯陈庆之席地而坐，手持黑子低头
苦思冥想，对面正是老当益壮的梁国天子萧衍。

　　萧衍出身兰陵萧氏，为西汉相国二十五世孙，在南齐时官至
雍州刺史，南齐永元二年，起兵攻讨南齐东昏侯萧宝卷，建立南
梁。他登基以来，国力蒸蒸日上，魏国却因为六镇叛乱而陷入混
乱，萧衍来到涡阳慰劳，隐隐观看天下形势的想法："二十几年
前，你还是朕身边伴读书童，朕问你想学什么，你只学围棋和兵
法。你如今从手无缚鸡之力的书童，成为独当一面的大将，际遇
只有卫青可以相比。"

　　卫青少年时是西汉平阳公主的骑奴，他的三姐卫子夫被汉武
帝看中，卫青平步青云，横扫匈奴，成为西汉名将。陈庆之抬头
叹气："陛下让我两子，我始终未能赢得一盘。"

　　萧衍举起茶杯润润嗓子："你用兵之法远超朕了，朕心中极

为遗憾。"萧衍继续说："你四十岁时，朕才让你带兵打仗，若让你二十年前投身疆场，天下已平。"

陈庆之恭敬答道："陛下过奖。"

萧衍将茶杯放在鼻边，闻着淡淡的香味："并非朕言过其实，去年春天，你与领军将军曹仲宗联合进攻涡阳，我诏令寻阳太守韦放与你们会师。营垒未立之时，魏军五万增援，前锋抵达距城四十里的驼涧。你意欲迎战，韦放认为魏军前锋精锐，战胜不是大功，失利则涣散士气，应该以逸待劳，暂缓出击。"

陈庆之望着茶杯中水汽悠悠升起，回忆那一战："魏军远来疲惫，离涡阳尚远，必然放松警惕，在茂盛的林中扎营，夜间不易察觉，应趁他们没有与城中敌兵会合，出其不意挫其锐气，我决定冒险一试。"

萧衍用赞赏的目光看着白衣白袍的陈庆之，数年战争没有磨砺掉他身上丝毫的书卷气，闭目想象涡阳大战的情景："你亲率两百轻骑突袭魏军，击溃敌军前锋，挥师涡阳，背靠涡阳与魏军对峙。从春至冬交战上百次，将士劳苦不堪，魏军在涡阳城后修筑十三个城垒，打算截断你们退路。曹仲宗得到消息，唯恐腹背受敌，军心动摇，意欲撤军。你在辕门手持节令诸军的节仗，慷慨陈词：'我们围攻涡阳一年，耗费辎重粮草，大家毫无斗志，只知临阵退缩，岂为报国之举？我等应趁魏国大军集结，置之死地而后生，与他们决战。如果有人想跑，我奉皇上密旨，绝不放过。'曹仲宗不敢后退，你夜间出动骑兵，战马衔枚，突击索虏，连克四座城垒。魏军涡阳守将见救援无望，率城中三万多人请降。你把俘虏编成队伍命他们回营，擂起战鼓，大声呐喊，紧随于后，势如泰山压顶，魏军城垒先后崩溃，被斩杀无数，涡水为之断流。"

陈庆之思绪回到一年前爆发的南北大战中，胸口起伏不定，萧衍站起身走到书桌之旁深思许久，提起朱毫，奋笔疾书：

> 本非将种，又非豪家，
> 触望风云，以至于此。
> 深思奇略，善克令终。
> 开朱门而待宾，
> 扬声名于竹帛，
> 岂非大丈夫哉！

陈庆之壮心激荡，他攻下涡阳后就地练兵，早有北伐中原之意，现在魏国大乱，时机渐渐成熟，只待禀报皇帝，便直捣中原，此时萧衍来涡阳慰劳，正是请命提兵北伐之时，拱手陈词："晋室东迁，中原成为胡人牧马之地，百姓流离失所，尸骨相望，黄河两岸炊烟断绝。臣练兵多日，现在魏国大乱，葛荣、万俟丑奴和邢杲叛乱丛生，北伐中原在此一举，臣愿领麾下精兵驰骋河洛，光复中原旧地。"

萧衍目中精光一闪，缓缓从书桌上拿起一本经书，喝口茶水，说道："子云，你随朕几十年，从没有隔阂。朕修习佛法，以慈悲为怀，不能执意杀戮，北伐必将涂炭生灵，朕于心不忍。你守好边境，不要让百姓丧亡于战火，就足够了。此为朕亲手所抄的《大涅槃经》，拿去看看吧，消除你杀伐之气。"

陈庆之接过经书，无言以对，只好说道："谢陛下。"

萧衍继续下棋，他心静如水。陈庆之焦虑不安，手持黑子心乱如麻，北伐中原是他的终身梦想，却被当场拒绝，是否再谏？门外响起"噔噔"的脚步声，斥候禀报："魏国骑兵直奔涡阳而来，从城上观望烟尘，至少三百人马，游骑校尉杨忠带兵迎战。"

陈庆之豁然站起，拱手面向萧衍："陛下亲临涡阳，非同小可，我登城备战。"

萧衍看着门外的士卒问道："那游骑校尉带了多少人马？"

"只有五十。"

萧衍站起身来说道："登城，看看魏国兵马。"

却月阵法

　　杨忠率领骑兵，飞奔到城门外数里的一处高地，看见远方尘土飞扬，十几名骑兵围绕一辆追锋车，向涡阳北门狂奔，烟尘渐渐接近，不到城门就会被追上。杨忠转身大喊："魏国正好送来给我们练兵，听我号令！"

　　马佛念轻声提醒："克制骑兵之法，还没有演练纯熟。"

　　杨忠微微一笑："哪里有比战场上更好的练兵场所？"

　　这些梁兵都是百战老兵，见到尘土飞扬并不惊慌，排成整齐的长蛇阵。杨忠环首百炼刀向前一举，大声命令："兄弟们，冲！"

　　这支逃亡队伍的首领是一位英姿勃发的中年人，名叫元颢。他披挂骑兵短铠，战马口吐白沫，就要支持不住，早没有了亲王的气势，不顾一切逃往涡阳。一队骑兵迎面而来，梁军大旗迎风招展，战马交错，对方仅有五十多人，刚放下的心又提了起来："孤是魏国北海王元颢，投奔梁国，后面有魏兵追杀。"

　　杨忠对元颢的身份不以为意，马佛念却大惊，向杨忠讲述了元颢极为不凡的来历：他是北魏献文帝拓跋弘之孙，北海平王元详世子，孝文帝元宏之侄。孝文帝临终时任命元详为司空辅政，升迁为侍中、大将军、录尚书事、太傅、司徒，位望兼极，参决军国大事。风光无限引来了巨大的危机，公元504年，外戚兼尚书令高肇诬陷元详恃势骄奢，贪得无厌，公私营贩，广占第宅，夺人居室，以谋乱罪免为庶人，后被宣武帝密令杀死，四年后追复其本封，葬以王礼。元颢心有大志，袭封北海王爵位后，担任西道大行台，平定宿勤明达叛乱，授尚书右仆射，迁车骑大将军，开府仪同三司，有平定关陇叛乱的战功。河阴之变后，元颢与帝氏血缘极近，是最有可能成为皇帝的宗室之一。

听到这里，杨忠颇为吃惊，如此贵重的皇室亲王，怎么会南投梁国？他向远处观看，追兵绕出森林，尚在七八百步外，元颢的十几匹战马已经脱力，再也无法奔驰，他心一横，大声命令："下马，结阵！"

梁兵下马将战马拴在阵后，排成长蛇阵面对敌兵，元颢来到杨忠身边："将军，下马做什么？你们打不过。"

杨忠扫一眼他身上被灰尘遮挡的名贵短铠，目光转回追兵："你们的战马跑不动了。"他想起高欢和侯景在左人城下的战法，两人数量远远不及葛荣追兵，却一分为二，互相用弓箭支援，击杀了九名敌兵。数百步外追兵兜鍪上跳动的红缨清晰可见，杨忠没时间详细解释，命令马佛念："老马，你换上他们的铠甲，带这辆追锋车缓慢后退，吸引敌军分兵，待我竖起令旗，再来会合。"

马佛念答应一声，脱下铠甲与元颢随从交换，匆匆出发。魏兵渐渐接近，在烟尘下现出身形，杨忠急速下令："大眼，结阵拦住敌军，不能让他们冲破，把新家伙先藏起来。"

宋景休将环首刀系于腰间，率领二十名梁兵向前几步，半跪将巨大长槊向地面放倒，箭囊置于面前，取下斜挎背后的长弓，长箭搭在弓上，簇头向下，蓄势待发。其余梁兵将元颢等人围在中间，刀盾横于地面，长箭指向天空。杨忠布阵已毕，回头看见涡阳城头步辇和扇盖云集，知道萧衍登城观战，大声鼓励士气："皇帝陛下亲临城门，为我们助威了。"

萧衍手扶垛口俯瞰："这人胆子不小，竟敢下马背城迎战，叫什么名字？"

陈庆之拱手禀报："此人名叫杨忠，从北方逃亡军中。在涡阳之战中，我率领他的两百骑兵奔袭驼涧，击破魏军前锋。"

萧衍吩咐左右："将步辇移至城头，朕要亲自为这名游骑校尉助威。"

陈庆之遥望烟尘滚滚的敌人骑兵，认出杨忠布阵的架势："胆大，相生相克之法还没有练好，就要与魏军交兵。"

萧衍坐于步辇之上，细看着杨忠布阵："相生相克？我早想看看，今日适逢其会，真刀真枪打一场，远好过校场上的花架子，你说说，这到底是什么样的阵法？"

陈庆之研究历代战例，尤其与漠北游牧骑兵之战，总结出一套克制骑兵的相生相克阵法战法："霍去病和卫青凭借骑兵马踏匈奴，晋室东迁，国家失去北方牧场，没有战马，骑兵战法已经不能为用，相生相克正是此种情形下，克制胡骑之法。"

萧衍遗憾说道："我军凭借河流和城池与北兵对峙，守且不足，谈何进攻？"

陈庆之自幼跟随萧衍，从不避讳："不然，曾有一位大英雄反戈一击，气吞万里如虎，横扫河洛攻入长安，陛下想必知道此人。"

"南宋武帝刘寄奴。"萧衍向城下战场一扫，北魏追兵逼近到梁兵阵前数百步，停下战马观察眼前的奇怪阵势，萧衍慢吞吞问道："刘裕为何能屡克胡人铁骑，直捣长安？"

陈庆之目光不离战场，这是相生相克战法首次临敌作战，五十对三百，人数相差悬殊。他压制心中紧张，为萧衍详细描述刘裕北伐的经过："东晋义熙十二年八月，刘裕发兵五路，逆黄河西上，攻打后秦，北魏司徒长孙嵩率领步骑十万屯驻黄河北岸，监视晋军动向。八月初八，刘裕水军进入黄河，他亲自率步兵沿河西上。北岸魏军见此情景，数千骑兵随刘裕水军西行，袭扰迟滞晋军。刘裕派遣白直队主丁旿，率七百人和战车百乘，抢渡北岸，布下弧形阵形，两头抱河，形似新月，故称却月阵。丁旿在阵中竖起一根白耗令旗，通知船上晋军，刘裕再派宁朔将军朱超石，率两千兵士携带大弩百张，上岸接应。每辆战车增设二十名士卒，在车辕张设盾牌保护战车。魏军见晋军立营，恍然大悟，开始围攻。朱超石以软弓小箭射向魏军，向其示弱。魏军认为晋军人少兵弱，三万骑兵三面而至。晋军改换大弩猛射，发射集束，杀伤魏军。魏军兵源充足，愈战愈多，双方距离缩短，晋军弓弩失去作用。晋军将士将所携带的千余张长槊截断为三尺，锤击杀敌，一根断槊便能洞穿三四名魏军。阵线狭窄，魏军向前被杀伤越多，终于抵挡不住，一时崩溃，死者相积，晋军阵斩魏将阿薄干，朱超石和胡藩等率骑兵追击，激战竟日，大破魏军，斩获千计。刘裕沿黄河顺利西进，于四月下旬到达洛阳，沿渭水而上，攻占长安，灭亡后秦。"

萧衍突然打断："刘裕的却月阵为何昙花一现，此后无人使用，让人疑惑丛生。"

陈庆之坦然回答："却月阵要掌握制水权，凭借河水保障阵形后方和侧翼安全，战船可以增援，只有背靠大河，有水师助战，才能使用。"

却月阵对地形要求太苛刻了，陈庆之继续谈出此阵的缺陷："却月阵防守时威力巨大，追击时遭遇强敌，就有被歼灭危险，故难以移动，只能被动挨打，兵器配置细致入微，稍有不慎便全军覆没，这就是却月阵再也无人能用的原因。"

萧衍不解问道："既如此难用，为何又提到却月阵？"

陈庆之到关键处越说越慢："却月阵暗含兵种相生相克之法，只要能练出这种战法，即能战胜骑兵。"

萧衍手指城外杨忠的阵形："这游骑校尉布出的可是相生相克之阵？"

陈庆之点头应是，萧衍追问："何为相生？何为相克？"

涡阳城下，马佛念率领小队骑兵飞奔。魏军将领果然中计，分出骑兵绕开梁军阵形，追踪而去，剩余两百多名骑兵聚拢一起，缓慢向前移动，像一道铁板向梁军阵形压来。

陈庆之俯身解释："陛下请看，强弩克制骑兵，两军相接，我军长槊克制骑兵，敌军骑兵如果下马步战，我军身披重铠步兵持刀盾，克制手持长槊的步战敌军。后排士卒乱箭齐发，大量杀伤。弓箭克制骑兵，重铠步兵克制弓兵，骑兵克制重铠步兵，循环往复，就是兵种相克。"

萧衍曾经战阵，仍然继续追问："何为相生？"

陈庆之手指杨忠阵形："敌骑在三百步外，我军士卒弃刀枪用弓箭，射杀敌军，此为枪兵生弓兵。索虏骑兵接近战阵，我军弃弓箭用长槊，待与敌军相交，长槊兵又生刀盾兵，此为兵种相生之法。"

涡阳城外的梁军布成阵线，前三排士卒半跪躲在金花狮子盾后，长槊躺在地面，后排士卒弓箭虚张，簇头指向天空。杨忠策马入阵，缰绳交给身边士卒，解下环首刀扔在脚下，卸下背后箭囊，右手扣上三支长箭，大声喝道："听我号令，一箭一个，不许虚发。"

魏国骑兵放缓速度，抵达阵前两百步，领头将领打量这奇怪的阵势，按照以往打法，梁国步兵绝不敢硬抗五六倍的魏军骑兵，眼前梁兵搞什么玄虚？魏将令下，骑兵缓慢压上，在两百步左右开始加鞭，要在最短时间冲过弓箭覆盖的距离。梁军士卒首次在平原用步兵硬挡铁骑，马蹄震天动地而来，不禁胆寒，杨忠冲到阵前："射倒几个记在心里，论功行赏，不许抢别人的。"

宋景休呼呼大叫："我簇头上刻着一个宋字，别跟我抢。"

魏军奋鞭加速，速度提升，烟尘翻滚，马蹄震天，面目狰狞，长槊平伸，槊尖在阳光下熠熠闪耀，风驰电掣像恶浪般压来。杨忠转过脸来，对元颢说："大王，手痒了吧？"

元颢伸手向贴身护卫："拿弓箭来。"

护卫从马背上解下两头尖尖，样式简陋，却比梁军弓身长出半截的大弓递过来，元颢抽出五支弓箭扣在手中，向杨忠说：

"来，比比。"

魏国骑兵到达两百步距离，宋景休着急喊道："两百步了。"

杨忠等魏兵更加接近，大声命令："搭箭。"

梁兵长箭向地，留着发力余地，元颢轻轻一笑，暗笑梁军弓小箭软："进入我反背弓射程了。"

"一百六十步，满弓。"杨忠眼睛死盯黑压压的敌兵，报出距离。

梁兵大弓拉圆斜向天空，蓄势待发，敌军骑兵逼近一百五十步，马蹄把大地震裂，梁军阵形就像浪中的小船，左右摇摆。"放箭。"杨忠话声未落，元颢弓弦已响，弩箭割裂空气的声音"砰砰"响起，嗤嗤破空。元颢长箭一路领先，像领头大雁一样，在空中划出弧线，向追兵罩去。长箭像生了眼睛一般，直奔魏军将领而去，避开护甲直奔喉咙，一箭贯穿，为首魏将大吼一声栽倒马下。梁兵长箭随之而到，密密麻麻泼在密集骑兵队列中，箭箭都不落空，北魏骑兵纷纷中箭，翻落马下，一轮弓箭射倒四十余骑。

杨忠大声叫好："大王好箭法，还有百八十骑。"

敌军骑兵加快穿越箭雨，梁军张弓搭箭，毫不停留又射出一轮箭雨，这轮几乎平射，又快又准。"一百四十骑。"第二轮弓箭又射倒四十多名魏兵，杨忠一边开弓一边报数。元颢曾为魏国骠骑大将军，率领军队平息叛乱，射杀昔日同胞，心中不是滋味，手中却毫不停歇，梁兵还在拉弓的时候，他的第三支箭孤零零升上天空。

"一百骑。"杨忠转眼射出三箭，魏兵不断掉落马下，距离越来越近。

"三十步。"几轮箭雨下来,大半魏兵坠于马下,无主战马嘶鸣,绕开梁军阵形,风驰电掣向后冲去,近百骑兵穿过箭雨,向阵前冲来,身后是陆续赶来的落马魏兵。杨忠头顶兜鍪红缨被骑兵带起的大风扬起,魏兵长槊几乎伸到鼻尖,杨忠厉声命令:"前排弃弓,取槊,持盾!"

前排梁兵被魏军骑兵压得喘不出气来,抛下弓箭,噼里啪啦竖起盾牌,抓起长槊紧靠一起。魏兵仓促间来不及应变,催马向梁军阵形冲来,吐口唾沫都能砸到梁兵,杨忠判断魏兵来不及变换方向,断喝:"挺槊!"

长槊密密指向天空,槊尖寒气逼人,指到敌兵鼻尖。魏兵马槊略短,只好横扫,对方槊尖晃动,指向要害,魏兵来不及躲避,连人带马撞进阵中,瞬间被挑于马下。"挑人不挑马。"杨忠极爱战马,失去主人的战马沿着梁兵间的空隙向后冲去。

梁军突然变阵,魏军被没头没脑地挑于马下,折损大半,骑兵之后还有数十名落马的魏兵挺槊赶来,数量仍远超梁兵。杨忠不敢大意,命令前排持槊梁兵后退,重铠刀盾梁兵暴露出来,左手挽着高达胸口的金花大盾,紧密相连,宛如一堵小墙挡住步战魏兵。杨忠提醒士卒:"记住口诀,格挡、起身、切萝卜,跟我冲!"

梁兵提起狮头盾,右手挺环首刀,呐喊猛冲,盾牌猛烈撞击魏兵长槊,压向地面,闷头贴近敌兵身体,按照杨忠所教口诀近身肉搏,刀光闪耀,像切萝卜一般,将长槊掉转不灵的敌兵砍翻在地,宋景休率领后面的梁兵挺起长槊,从间隙中偷袭魏兵。

杨忠抽出环首刀,提起盾牌,看一眼元颢:"几个了?"

元颢扔下弓箭提起长矟："射了四个。"

"我也是，平手，再比比？"

"好，赌一百两黄金。"

"我穷，赌酒。"杨忠没好气说道。

"一言为定。"元颢提长矟上前搏杀，被卫兵拉住。那卫兵急忙道："大王万金之体，不可冒险。"

元颢推开卫兵再向上冲，又有亲信卫兵将他夹在中间，他冲出内线，迎面一名魏兵手举长矟刺来，元颢挑开矟杆，挺身就刺，一支长箭越空而出，贯入魏兵胸口。元颢的亲卫怕他受伤，张弓搭箭将敌兵射倒。杨忠的声音传来："又倒一个，五个了。"

元颢眼看打赌要输，跨一步突出阵线，又有魏兵被刺倒，他挺矟反攻，他的亲卫拥至面前替他挡住，抢着将敌兵砍倒。杨忠又在大喊："砍萝卜，倒，六个了！"

杨忠挤到最前方，高举环首刀大喊："跟我来，把他们割开。"

宋景休抛下长矟，提起刀盾，率领梁兵挤到杨忠身边，砍出一条血路，将敌兵拦腰分成两段。七八个魏兵被切割出来，梁兵四面包围，刀枪齐下，魏兵鲜血四溅，被砍倒在地。杨忠解决这些魏兵，回头望着被几名亲卫护在当中的元颢大喊："北海龙王，我八个了，你几个？"

元颢的敌兵都被身边卫兵抢走，哭笑不得："还是四个。"

杨忠奇怪嘟囔："弓箭不错，矟法太差。"

魏兵从元颢头顶的金色兜鍪认出他的身份，绕开梁兵，包抄到侧面，猛然呐喊："杀！抓住北海王！"

21 惊世奇缘

　　元颢和亲信卫兵被包围，左支右绌，狼狈不堪，左臂被槊尖划伤，鲜血迸出。元颢身边一名身材娇小的护卫被魏兵长槊横扫，撞出几步，跌倒在地，兜鍪甩落一边，乌黑长发飘逸，遮住面容。魏兵大步赶来，长槊高高举起，明亮刺眼的槊尖向下刺去。她左手撑地，右手举刀格挡，"叮当"一声，胳膊被震得向下一低，弯刀脱手而飞。她就地一滚，被魏兵战靴一脚踩住胸口，全身窒息，失去反抗之力，丝毫不能动弹，口中悲痛呼喊："子攸。"

　　元颢来不及去救，狂吼一声："明月。"

　　杨忠发现情况危急，连奔几步，侧面冷风骤起，寒冷凉气切肤而来，如果回身格挡，便无法救出倒地的女子。他一咬牙关，不顾侧面长槊，向前一纵，环首刀没入魏兵背后，救下那女子。杨忠大腿一凉，长槊刺入，双腿失力，身体没了重心，跌跌撞撞向前扑倒，软绵绵地压在这个名叫明月的女子的身躯上。杨忠低头一看，心神被弯月般双眼摄去，淡雅幽香透鼻而入，呐喊和砍杀声音忽然远去，杀戮和流血黯然失色，从战场消失无踪。

　　明月姓吕，小名桃儿，父母是山东北海郡平民，小时双目明亮如月，大家将她称作明月，生于北魏永平三年，今年十八岁。她姐姐天生丽质，嫁给宗室北海王元颢为妃，生育世子难产而死，明月跟着姐夫逃亡梁国，被魏军截杀。此时被杨忠小山一样的身体压下来，她睁开眼睛，一个陌生的穿着梁国制式铠甲的健壮梁兵压在身上，失魂落魄地看着自己，不知道背后长槊已至。一名魏兵扑身而上，向发呆的杨忠狠狠刺来，明月急得大喊："笨蛋，快起来！"

明月将杨忠掀翻，长槊"扑哧"扎在地面。杨忠呆呆看着从下翻上的明月，眼睛、眉毛、嘴唇和瀑布般在空中展开的秀发，刻入脑海。明月抢过他的环首刀，斜着一扫，魏兵被砍中小腿，栽倒在地，明月从地上跳起，飞起一脚，踢中杨忠屁股："傻瓜，不要命了吗？"

宋景休带着一群梁兵汹汹冲来砍倒敌兵，见杨忠沾满鲜血，惊慌叫嚷。杨忠全副身心只有明月的笑容，直到她转身离去，大腿疼痛钻心，咬牙忍住，找到踏燕，翻身上马，察看战场形势。魏兵三五成群被梁兵围在中间，将被消灭殆尽，零星魏兵跳上战马夺路而逃。胜负已分，杨忠解下颈间布带将大腿伤口包扎起来，命令梁兵高举令旗，蓝边红底的三角令旗在空中迎风招展。远处诱敌的小队梁兵见到旗帜，合兵一处，兜圈向敌军背后抄去。魏军极怕被截，再无斗志，向后奔逃。

杨忠惦记打赌的事情，转身问元颢："我九个了，你呢？"

元颢被围在中间无法杀敌，抽出弓箭不停射出："六个。"

"北海龙王只会射箭，不会格杀。"杨忠叹息，向元颢身边的明月望去，她的一双明亮眼眸也望向自己，心中剧跳，慌忙将目光躲开。

诱敌的马佛念本是骑兵，向己方阵形冲回，魏军骑兵跟随而至。梁军步兵重新面向敌军结阵，盾墙林立，长槊置于地面，半开弓箭，簇头向下，只待马佛念等人回阵，就开弓放箭。魏军看出形势不妙，在弓箭射程外拉住缰绳，几个头目模样的魏军将领商量对策。

杨忠策马出列，在阵前兜一圈，环首刀向地面上魏兵尸体一指："索虏入侵中原，占据咱们世代居住的土地，今天还杀到这里，凭借的就是骑兵。他们说我们胆小，只敢躲在城墙上射箭。今天在涡阳城外，咱们没有退回城内，真刀真枪硬打一仗。他们留下了一百多具尸体。"杨忠掉转马头，环首刀向空中一举，声音传遍战场："他们不敢过来，就杀过去。"

梁兵士气大振，仰天大吼，杨忠维持阵形，缓慢向前，踏出一步大喝一声，杀声震天。魏兵左右张望，眼看要进入弓箭射程，不敢恋战，掉转马头，铩羽狂奔。杨忠见魏兵已退，弓箭裂空而去，口中大喊："兄弟们，弓箭。"

魏兵如同雨中浮莲般在箭雨中东倒西歪，数量仍然不少，追击必然散乱阵形，容易被反扑，杨忠收拢缰绳停住战马："不要追了，让他们把消息带回去吧，只会让索虏闻风丧胆。"

梁兵各举刀枪，扯破嗓门，疯狂大喊，恐惧和受伤的疼痛都爆发出来。元颢难以置信地看着这些曾经是敌人的梁兵，如狼似虎的喊声让他冷毛倒竖。他常听说梁兵不堪一击，只敢凭城据守，这群疯狂的梁兵居然在平地硬撼五六倍的魏国骑兵，死伤数目不到十人，大多是挨了一刀一枪的轻伤，上百名魏兵的尸体倒成一片，断槊横立，夕阳西下，残阳如血，这实在超出他的预料。

杨忠喊到窒息，嗓子要冒出烟来，解下牛皮水袋不停气灌下，梁兵纷纷牛饮，体力恢复。战场杀气消散。有人骑马，有人挂刀站立，不少人抢着去照顾满身鲜血、负伤倒地的同伴。大多数人的肚子被水灌满，拉开裤子倾泻，闭着眼睛全身舒泰的时候，听到风声突起，顿时额头火热。明月眉立目瞪站在面前，杨忠被她绝世容颜吸走灵魂，不知躲闪。明月右手再迎面击来。杨忠不明所以："为何打我？"

梁兵大战后只顾拉开裤裆方便，忘记战场上还有女子，慌手慌脚提起裤子。明月怒吼道："你们！"明月被杨忠救下，看着他如狼似虎杀入敌阵，威风凛凛地大声发令，本对他心存感激，没想到梁兵下马饮水，突然拉裤裆，明月避开视线，受到莫大侮辱，按照她往常的脾气，早就举刀就剁，出拳已算杨忠福气。这个银甲白袍的梁军校尉瞪着黑亮的眼睛，也不约束部属，明月的火气被再次激起，拔出腰刀迎头劈下。杨忠手忙脚乱架住，不提防她左手一探，掌心亮晃晃的匕首袭来。杨忠身经百战，右肘一沉，挡开她小臂，顺势一推，明月轻飘飘地飞出几步。杨忠出手如飞，梁军士卒大声叫好。杨忠双手一挡一推，又有好几人掉了裤子，杨忠这才明白，大喊："提裤子，成何体统！"

铠甲沉重，先去掉上身重铠，才能剥下铁披膊，手忙脚乱地系上裤子。杨忠命令："收拾战场，把伤了的兄弟照顾好，把跑散的战马追回来带入城中。把魏兵尸体埋了，都是爹妈养的，别让夜里的野狼叼了。"

这场遭遇战只有一顿饭的时间，四处响起伤兵凄惨的喊声。一名瘦小的梁兵躺在地上，手腕被长槊洞穿。杨忠跳下战马，取出牛皮水袋将伤口清洗干净，解下颈间的布条进行包扎。明月吃了大亏，要上前找杨忠缠斗，却被元颢拉住。明月瞪着杨忠气呼呼地说："这家伙占我便宜。"

　　元颢在她耳边轻轻地说："梁国皇帝萧衍就在城墙之上，不要因小失大。"

　　战场整理完毕，杨忠命令："咱们打得漂亮，班师也要威武雄壮。不能走的重伤员上中间马车，大家跟我上马，鱼丽阵形入城。"

　　宋景休和马佛念得意扬扬，并骑跟在队列后面，马佛念乐得嘴都合不拢："老大战场上被一个小女子揍了，还是第一遭。"

　　宋景休嘿嘿附和："谁知道这里面有女的，不怪兄弟们，更怪不着老大。"

　　马佛念的两撮黑胡子笑得拧在一起，连连点头："她是谁啊？火气这么大。"

　　宋景休笑嘿嘿地说："那些人叫她郡主，这是什么来头？"

　　马佛念抿嘴想着，两撮黑胡左高右低："皇帝的女儿叫作公主，王爷的女儿叫郡主，她是不是那个北海龙王的女儿？"

　　宋景休摇头晃脑："这北海龙王没我帅，不可能生出这么娇滴滴的女儿。"

　　马佛念想不明白："管她是谁？老大失魂落魄被迷住，咱们生死好兄弟，不能袖手旁观。"

　　宋景休手按刀柄人笑："把这郡主抢来，晚上直接和老大洞房。"

"他们还说些什么？"马佛念问得极细。

"那郡主危急的时候，似乎喊了一声'子攸'。"宋景休耳朵也极好。

"子攸？"马佛念摇头劝阻，忽然大吃一惊："不能乱来，这小姑娘不简单。"

宋景休双眼瞪亮："魏国是敌国，不抢白不抢，这是咱们的地盘，先下手为强，抢到就是我们的，要是被别人抢了，老大就落空了。"

马佛念知道宋景休鲁莽，换个方式劝说："如果她做了老大的老婆，记起你曾对她动粗，还想混吗？"

宋景休翻动巨大的眼皮："那就惨了，多亏兄弟提醒。"

两人声音越来越大，杨忠呵斥："嘀咕什么？打起精神，入城了。"杨忠回头之间，明月的目光像一潭清水洒来，杨忠心中一跳，躲开她的双眸，面向雄伟的涡阳城楼，踏上吊桥时，全部身心只有她目光中的一汪秋水。

梁帝萧衍重奖杨忠和梁兵，随即接见北海王元颢。元颢跪地泣涕自陈，言辞壮烈："葛荣横行河北，围攻邺城，即将南渡黄河，攻打洛阳，可是朝廷内斗不止，连援兵也不派，我在邺城独木难支，恳请陛下出兵复仇！"

北海王元颢是魏国车骑将军，不去洛阳求援，却来到梁国，实在奇怪。陈庆之已知河北军情，对魏国内政很有兴趣："魏国内斗，这是何意？"

"河阴之变！魏国王公大臣两千余人尽被屠戮，幼帝元钊和胡灵太后被沉于黄河。"元颢满眼泪水。

"竟有如此之变？"萧衍内心惊喜万分，"河阴之变是何人所为，详细道来。"

"肆州刺史尔朱荣所为。"元颢提起尔朱荣的名字，咬牙切齿。

萧衍沉吟半晌，好言安慰元颢，屏退众人，招手示意陈庆之过来："子云，你在朕身边长大，不同一般武将，不需多礼。"

陈庆之卸去铠甲，一副清士装扮，坐在对面，萧衍将奏折递给他："魏国大乱，当如何？"

陈庆之仔细看一遍奏折："葛荣在河北攻城略地，魏国内忧外患，实是难得之机。"

萧衍问道："魏国为何大乱至此？"

陈庆之深明魏国的困局："魏国孝文帝迁都洛阳，推行汉化，得罪鲜卑贵族，朝廷与六镇勋贵矛盾激化，是大乱的根源。北魏皇帝元诩年已十九，胡太后秉政不放，毒杀亲子，酿出巨祸，胡人向来不守礼法，当年文明冯太后鸩杀献文帝，掌控朝局，河阴之变十分确凿。"

萧衍仍然凝眉沉思："想出兵？"

北伐中原是陈庆之夙愿，上月刚被萧衍驳回，他不敢直接劝说，便从侧面打动萧衍的慈悲之心："大汉当年金戈铁马，横行草原数百年的匈奴被横扫一空，汉魏以降，北方胡人内迁，杂居边地，一些大臣提出徙戎北返的主张，晋武帝司马炎不仅没有采纳，反而接受匈奴归附，隐忧大增。他去世之后，晋氏爆发八王之乱，成都王颖引匈奴人刘渊为外援，长驱入邺，东瀛公司马腾引乌桓羯人袭击司马颖，胡人乘机入塞。辽西鲜卑攻邺，掳掠数万名汉族少女，回师途中大肆奸淫，甚至把这些少女称作'双脚羊'，充作军粮，宰杀烹食。走到易水时，吃得只剩下八千名少女，不想放掉，将八千名少女全部淹死于易水，河水为之断流，陛下能想象当时的惨象吗？"

萧衍的目光黯淡下来，陈庆之继续劝说："五胡十六国末期，拓跋鲜卑起兵平城，扫平北方，遂成南北对峙的局面，南北互伐各有胜负。宋武帝刘裕率领北府兵，收复洛阳和长安，却为夺取晋室皇位，匆匆南归，良将精兵尽陷黄河以北。此后，南朝将领无不视北伐为终生梦想，却只能隔江北望，扼腕叹息。如今六镇尽叛，魏国内忧外患，此乃天赐良机，让陛下将北方百姓救出水深火热之中。"

萧衍眼中闪过一丝不易察觉的怒意："开战必然殃及百姓，你应守好边境，不使魏军入侵境内，使得南方百姓安居乐业。"

陈庆之听出萧衍语气不好，仍然力争："元颢为魏国太傅，尚且投奔陛下，说明魏国人心散乱，此为千载难逢的良机，不可错过。"

萧衍猛然转身面对陈庆之，雪白胡须轻微颤动："我意已决，不必再议。"

陈庆之筹备多年，手握精兵，两次提议北伐被拒，坐失战机，极为沮丧，跪伏于地："陛下，子云明白您的心意了。"他嗅到魏国大乱的迹象，葛荣在河北攻城略地，魏国朝廷内部矛盾重重，可是北伐之议刚被皇帝驳回，心里叹息一声，默不作声。

"胡人豺狼也，乱成一锅粥才好，少不得好处。"萧衍立国以来，趁魏国内乱，在边境抢了不少土地和人口，看来这次又有机会了，只需静观北朝形势。

"陛下！容我说一句。"杨忠突然从帐外冲入，跪倒在萧衍面前，他从北方逃难而来，深知百姓疾苦，更忘记不了父亲临终的嘱托。

萧衍皱起眉头并不说话，他称帝之后从来没有遇到此事，一个带兵将领竟然冲到御座之前，再仔细看，杨忠并没有携带兵器，怒气稍稍缓解。陈庆之更是为杨忠担心，他只是一个校尉，私闯御帐是死罪："杨忠竟敢倚仗战功，不守军纪，退下！"他侧面提醒萧衍，杨忠刚刚得了战功，可以法外容情。

"陛下，陛下可曾见过死守不攻而获胜的军队？"杨忠横下心来，冒死进谏。

萧衍年轻时提兵作战，马上打江山，深通兵法："进攻是最好的防守，朕懂得这个道理。"

"如果不抓住机会进攻，臣为陛下惜之。"杨忠三拜，再也不多说，萧衍如此聪明，哪能不知道自己讲的道理。

"退下，念在你忠心耿耿，今天又有战功，我不罚你擅闯御帐之罪，但是不可有第二次。"萧衍不怒自威，挥袖而出。

杨忠记着父亲临终的嘱托，向萧衍跪拜说道："陛下，魏国大乱，攻之若胜，则可驱除索虏，拯救北方黎民百姓；若败，也可以打出南方二十年平安。"

萧衍动怒，陈庆之大声斥责："退下，竟敢抗旨不遵？"心里却知道，杨忠这番话是自己不敢说的，却实实在在打动了萧衍。

山中宰相

陈庆之护送萧衍回到建康，只带杨忠和几名士卒向东策马，半天时间进入峰峦叠嶂的句曲山地界。山势渐陡，林木葱郁，洞府和泉水点缀四周，陈庆之一路沉默不语，心情随着山中景色好转，战马缓慢前行，杨忠催马追上："关中侯，为何不在涡阳准备出兵，却跑到深山中？"

满山郁郁葱葱的景色无法平息陈庆之的郁闷心情，萧衍犹豫再三仍不同意出兵，杨忠沉默无语，陈庆之说出此行动机："或许只有通明先生才能说服皇上。"

杨忠不知这通明先生有什么神通，策马走了半晌，抬手一指："哈哈，两头牛。"

山径右边是大片田地，一头黄牛散放水草间，自由自在，另一头戴着金笼头，被农夫抽打着、驱赶着耕地，陈庆之拢住缰绳，嘴角难得笑容："这两头牛就是通明先生的招牌，到了。"

小溪向山坡下流淌，通天瀑布坠落山间，一座山洞隐约浮现，洞口孤立三层青顶楼阁，左右站立青衣道童。杨忠牵着缰绳向楼阁走去，回头反复打量那戴着金笼头耕种的黄牛："这笼头金光灿灿，难道真是金质？"

陈庆之点头，穿行在山间绿野，心情渐好，话也多起来："通明先生姓陶名弘景，生于前齐年间，四五岁时就能以芦荻为笔在灰沙上写字。他十岁看葛洪的《神仙传》，与道家结缘。前齐永明十年，他将朝服挂在神武门，辞去官职，退居句曲山修道。皇帝起兵襄阳，改换天地，屡次聘他入仕，都被拒绝。皇上写信问山中有何留恋？通明先生写了一首小诗，表明隐居的心迹。皇上仍然催他出山做官，通明先生便养了两头牛，画了二牛图，交给陛下复命。"

杨忠看看两头牛，对照陶弘景的心态，立即明白："那头悠闲的牛表示无官一身轻，佩戴金笼头的牛看似高贵，却不得不拼命做事。"

陈庆之苦笑，难道我不是戴着金笼头的耕牛？"金笼头寓意名利，世人大都为名利而牺牲悠闲、惬意的生活。"

杨忠惦念那首诗："那小诗写的什么？"

陈庆之看着句曲山间的浮云，停下脚步念道：

山中何所有，岭上多白云。

只可自怡悦，不堪持寄君。

这首诗写得极白，杨忠身处此景顿悟："通明先生淡泊得就如同白云一般，咱们何时才能过上这样悠闲的日子？"

陈庆之笑着望向杨忠："有些事情你放得下吗？"

杨忠想起父亲的血仇，升起愤恨，切齿说道："绝不。"

"能放下那个魏国郡主吗？"陈庆之想起军中流传的杨忠在

战场上被明月暴揍的笑话，杨忠眼前浮现出她笑如桃花的面孔，一股柔情涌上心田。"你还年轻，应该做番大事，不能消极避世。"陈庆之谈兴甚浓，"皇上看了通明先生的诗和画，不再强迫他出来做官，每逢国家有吉凶征讨大事，无不前往咨询，朝中大臣将通明先生称为山中宰相，纷纷入茅山拜见，通明先生索性建了一幢三层楼阁，自己住在最高层，弟子住中间，宾客住在底层，各得其所。"

杨忠来到这世外仙境般的茅山，心胸豁然开朗，抱着顺其自然、随心所欲的心态。直到傍晚，仙风道骨，眉须皆白的陶弘景从楼上下来，他与陈庆之素来投缘，寒暄之后并肩走出楼阁，走向茅山深处。陈庆之想请陶弘景帮助说服萧衍出兵北伐，又担心走漏消息，反而让萧衍误解，更不想突如其来谈起军国大事，一边游览山色，一边聊些不相干的话题："通明先生，这茅山仿佛人间仙境。"

"为何不退出沙场来此隐居。"陶弘景笑呵呵问道。

"有太多放不下之事。"陈庆之叹气。

陶弘景故意给陈庆之一顶高帽："韦睿去世之后，你就是国家顶梁柱，如果没有你驻守边境，这里就是一片浩劫了。"

韦睿外号韦虎，是梁国早期名将，曾在钟离大战中击败北魏中山王元英和镇东将军萧宝寅率领的数十万魏兵，陈庆之听出讽刺味道："多谢先生点醒，没有我陈庆之，自然有其他人抵御外敌。"

"既如此，何不多盘桓几日？"陶弘景故意说道。

萧衍劝他出家当和尚，陶弘景留他当道士，陈庆之苦笑："等我心愿一了，就来此处。"

"什么心愿？"陶弘景找到追问机会。

既然陶弘景挑出这个话题，陈庆之当即回答："驱除索虏，北伐中原。"

"准备好了吗？"两人终于谈起时局。

陈庆之答道："准备就绪，魏国大乱，正是千载难逢的北伐良机。可是陛下不恩准，反而送我一本《涅槃经》，让我修习佛法。"

"哼，又是佛法。"陶弘景突然停住脚步。

陈庆之听出陶弘景对佛教大为不满："佛教怎么了？"

陶弘景的不满表露无遗："皇帝也逼迫我皈依佛家。"

陈庆之不知道此事："您是道家，谁不知道？"

陶弘景与陈庆之私交密切，说话没有顾忌："东汉明帝梦见有个身长一丈六尺的金人，头顶放出白光，在宫殿里飞绕，转眼升到天空，往西飞去。明帝惊醒后询问大臣，一名叫作傅毅的大臣说金人是来自天竺的佛陀。于是汉明帝派遣大臣出使天竺，拜求佛法，蔡愔和秦景等十八人跋山涉水到达天竺，用一匹白马驮着一座佛像和四十二章佛经，经过西域，回到洛阳。汉明帝下诏在洛阳西门建造了一座佛寺，为纪念白马驮经的功劳，取名白马寺。佛教在东汉进入中国，却没有广泛传播，直到晋氏覆灭后渐渐东行。和尚尼姑身披胡服，满口阿弥陀佛、般若波罗蜜这样的胡言胡语，国家未亡于刀兵，道教和儒教却要先亡于佛教了。"

陈庆之没想到事态这么严重，怔然不知如何应答，陶弘景继续说道："还有人修习佛教到了痴迷的程度，已经不顾国事了。"陶弘景指的正是沉迷佛教的萧衍，落日余晖从树梢透射进小径，他满腹忧虑："中原沦陷，守住边境为汉人保留一处生存之地，已经不易，北伐谈何容易？"

陈庆之心中一动，反问陶弘景："先生知道我为何执意北伐？"

陶弘景猜测道："北强南弱，北方一旦统一，就是南朝土崩瓦解之时。南朝名师大将凋零，仅你硕果仅存，再没有其他将领能够抵御胡人入侵了。"

陈庆之长叹一声："天下大势确如先生所言，我倾全力收复故土，至少要将胡人打得不敢存南下之心。"

陶弘景敬佩他的北伐决心，哈哈笑着说："战场并非抵御胡人的唯一防线。"

陈庆之琢磨这句话含义："这是何意？"

陶弘景年过七十，陈庆之正当中年，杨忠只有二十岁左右，老中少三人绕过山腰，景色突变，树木消失在脚下，小径在山腰猛转，平原如同画卷般暴露出来，夕阳映射在蜿蜒的小河之上闪出灿灿粼光，陶弘景俯视山下景色许久才说道："魏人是汉人还是胡人？"

"当然是胡人。"陈庆之脱口而出。

陶弘景极其器重陈庆之，耐心解释："魏国孝文帝拓跋宏酷爱汉礼，效法周礼改定官制和礼仪，穿着汉装说汉语，改胡姓为汉姓，自称元宏，娶汉女为妃，鼓励胡汉通婚，自诩华夏后裔，你说他是胡人，他却自认为是汉人。"

"他们是胡人血脉。"陈庆之反驳。

陶弘景摇头不认可："血脉可以相混，孝文帝元宏和那汉妃的后代是汉人还是胡人？血脉融合，再无区别。"陈庆之若有所思，陶弘景又说："胡人来自漠北，像草原上的野草一样，烧不尽铲不绝，连天蔽地入侵中原，文武并用，才能彻底铲除威胁。"

杨忠联想到战场上，赞同道："就像我们的环首刀，利于进攻，教化像盾牌易于防守，左盾右刀，才可打赢。"他总是将刀和盾的比喻到处乱用，惹得陈庆之笑出声来。

陶弘景哈哈大笑："武功和文教，不可偏废。"

杨忠自小在武川镇与胡人混杂相处："胡人凶狠，如何教化？"

陈庆之只携带杨忠一人来茅山，足见重视，陶弘景略微打量这个年轻的校尉："北魏初定中原之时，清河崔氏出了一个叫作崔浩的人，长相美貌如妇人，雄才大略，知道此人吗？"

陈庆之皱皱眉头："崔浩出自汉人高门，侍奉索虏，让人不齿。"

陶弘景不与争辩，走到树下几块乱石旁边歇息一阵儿："饱览山河，谈论天下大势，岂非快哉。"他坐于巨石，目光穿越赤红浮云，追述故事："崔浩博览经史，研精玄象阴阳和百家之言。二十岁时进入魏国朝廷，担任著作郎，受到道武帝拓跋珪重用。拓跋珪死后，崔浩被明元帝拓跋嗣拜为博士祭酒，为他讲授经书。按照胡人习俗，兄死弟继，崔浩劝说拓跋嗣按照汉人习俗，立拓跋焘为太子。拓跋嗣三十三岁去世，拓跋焘登上帝位，崔浩辅佐他攻破赫连勃勃创建的夏国，征服柔然，平灭北凉沮渠氏。如果没有崔浩，拓跋焘根本不可能登上帝位，更不可能建立赫赫武功。拓跋焘极为器重崔浩，对新归降的高车酋长说，此人看似纤弱不堪，手无缚鸡之力，胸怀却远胜百万甲兵。"

陈庆之不由得佩服："胡人兄死弟及，汉人册立嫡长子，崔浩从此入手，拥立太武帝拓跋焘，确实巧妙。"

陶弘景点头："从此儒士都学会这招，协助皇子登上帝位，哪个父亲不喜欢儿子？但是崔浩的第二步遇到极大的阻力，他也最终丧生于此。"

陈庆之问道："何为第二步？"

陶弘景："修史，拓跋焘命崔浩主持修纂国史，并叮嘱他据实编撰，著作令史闵湛和郗标建议把《国史》刊刻在石上，同时刊刻崔浩所注《五经》。在平城的天坛东三里处，建造方圆一百三十步的《国史》和《五经注》碑林，《国史》尽述拓跋氏历史，包括其先祖早期乱伦劣迹，石碑树立在通衢大路，引起行人议论。胡人贵族愤怒地找太武帝告状，指控崔浩暴扬国恶。拓跋焘收捕崔浩，亲自审讯，太平真君十一年六月，下令诛杀。在送往城南行刑时，刀斧手在他头顶撒尿，崔浩呼声嗷嗷，惨不忍睹。清河崔氏同族无论远近，姻亲范阳卢氏、太原郭氏、河东柳氏都被连坐灭族。"

杨忠叹息："崔浩死得太可怜了。"

太阳渐渐隐没在山后，天边一片血红，陶弘景仿佛看穿山梁，洞视落日："这本是我们道家的绝密，事情过去很久，当事人不在，说出无妨。在《国史》案中，魏国太子其实是害死崔浩的元凶，他鼓励崔浩如实编撰，将《国史》刻成石碑，率领贵族向太武帝告状，实际上将崔浩引上死路。"

"太子为何要害死崔浩？"杨忠仿佛看见一场早有预谋的杀戮。

陶弘景说出儒释道间的血腥历史："太子信奉佛教，而崔浩是太武帝灭佛的主谋。"

这件事距今不久，杨忠不了解内幕："崔浩为何灭佛？"

陶弘景坐直身体缓慢说道："崔浩本是大儒，讲究忠孝礼仪，佛教来自西域，在东汉年间由胡人传入中原，只在下层百姓流传。永嘉之乱后，入侵中原的胡人极力推广佛教抗衡中原的道教和儒教，佛教蔓延，儒教受到威胁。后赵时，汉人王度向皇帝石虎奏议：佛是外国之神，非天子诸华所可宜奉。石虎答说，朕生自边壤，忝当期运，君临诸夏，至于飨祀，应兼从本俗，佛是戎神，正所应奉，佛教得到胡人大力支持。崔浩研习儒家典籍，尊崇孔子为圣人，采用儒教礼仪，改服色，易语言，佛教与儒家水火不容。崔浩联合天师道宗寇谦之，借太武帝之手灭佛，太子却是虔诚的佛家信徒，种下崔浩日后身死族灭的惨剧。"

这番道理杨忠闻所未闻，却极有见地，胡人皈依儒教，便成了汉人。陶弘景是道家领袖，对这段历史非常熟悉："灭佛是道家和儒家的联合反击，天师道寇谦之参与其中。他早年修炼汉末张陵、张衡和张鲁所创立的五斗米道，后入华山和嵩山修炼，自诩太上老君授他天师之位，创下天师道。太武帝始光初年，寇谦之从嵩山入平城，结交崔浩，献上道书，使太武帝信奉道教。拓跋焘建立天师道场，兴建静轮天宫，自称太平真君，弹压佛教，上自王公下至庶人，限期交出私匿沙门，若有隐瞒，则诛灭全门。刚巧，卢水胡人盖吴在杏城起兵，太武帝率兵镇压，在长安一所寺院发现兵器，怀疑佛门与盖吴通谋，下令诛杀全寺僧众。拓跋焘进一步废佛，诛戮沙门，焚毁经像，举国风声鹤唳。监国秉政的太子拓跋晃笃信佛法，再三上表劝阻，都不被采纳，使得废佛诏书得以缓宣，不少沙门闻讯逃匿，佛像和经论多得密藏，寺院塔庙无一幸免于难。废佛后不久，寇谦之病死，太子拓跋晃利用《国史》案害死崔浩。废佛后六年，太武帝驾崩，拓跋晃即位，复兴佛教，佛教越来越盛。"

杨忠听完太武帝灭佛的经过，才知道战场之外的惨烈斗争："儒家和道家竟付出这么大的牺牲，比战场上还要惊心动魄。"

陶弘景不同意杨忠的说法："道家讲究顺其自然，寇谦之因杀僧过多，苦求崔浩阻止灭佛，道家只是适逢其会，真正持之以恒教化胡人的是儒士。崔浩死后，儒家实力大损，但依然前赴后继地进入宫廷，推行儒教。"

杨忠十分关心："他们成功了吗？"

陶弘景详细道来："就在崔浩被杀那年，一个叫作李冲的男孩出生在陇西汉人望族，他在孝文帝初年进入朝廷，担任秘书中散，掌宫廷文案，得到北魏文明冯太后青睐，继迁中书令，赐爵陇西公，极受恩宠。北魏太和十年，他建议废止宗主督护制，实行三长制，打破豪强贵族的控制，朝廷掌握人口，百姓负担减轻，赋税增加。三长制釜底抽薪，切去胡人部族关系，从此鲜卑与汉人逐渐融合，开汉化之先河。"

陈庆之对李冲知之甚多，不禁笑出声来："李冲是儒家中的另类，让人佩服得五体投地。"

杨忠不明白话中之话，陶弘景捋着胡须："儒家口口声声君臣父子，忠孝两全，礼仪道德，李冲不管这一套，成为冯太后的内宠。北魏文成帝早亡，文成文明皇后冯氏临朝执政，与李冲情投意合，国政大事决于香帷肌肤之间，引为笑谈。"

这仅是三四十年前的事情，杨忠有所耳闻："糟糕，文明冯太后死后，孝文帝新政，李冲还有好下场吗？岂不是要重蹈崔浩后尘。"

陶弘景露出向往的神情："文明冯太后病死后，孝文帝从不直呼李冲其名，而称中书，还娶李冲之女为妃，魏国亲王宗室与汉人通婚，血缘混杂，再分不清胡汉。"

杨忠目瞪口呆，李冲真不是一般人，陈庆之也兴致勃勃。陶弘景又说道："孝文帝迁都洛阳，李冲担任将作大匠主持修建，洛阳城就是他的杰作。孝文帝还让李冲担任少傅教导太子，可惜太子元恂坚决反对汉化，背叛孝文帝，被处死。孝文帝改立元恪为太子，在清徽堂设宴庆贺，李冲提到废太子时说，我为太子少傅，不能尽心辅导，有愧所托。陛下宽宏大量，让臣参加宴会，我高兴又羞愧。孝文帝说我是父亲，还不能阻止他胡作非为，你作为师傅，哪用惭愧道歉？"

孝文帝不愧是千古一帝！陶弘景在暮色中，述说李冲事迹："李冲如鱼得水，完成崔浩心愿，协助孝文帝推行汉化，官至咸阳王。佛家却未认输，孝文帝死后，次子元恪继位，宠用外戚高肇翦除宗室，佛教势力蠢蠢欲动，魏国河州刺史胡国珍生有一女，此女的姑姑早踏入佛门，处心积虑结交皇家，在皇宫内院为嫔妃讲经，夸耀侄女美貌，元恪听到风声，将她侄女招入宫中，成为充华嫔。"

杨忠知道此人，惊讶说道："她就是胡充华？北魏胡太后？"

天色全黑，陶弘景谈兴不减："就是她，佛教从此兴盛，魏国境内寺院多达一万三千七百二十七座，佛教彻底压过儒教，在魏国境内香火鼎盛。"

听到胡太后的名字，陈庆之更有兴趣，说："佛教中兴，儒家难道袖手旁观？"

陶弘景虽在山中，消息灵通："儒家的佼佼者已潜入魏国宫廷，实现他们的理想。"

"何人潜入朝廷？"陈庆之极为关心。

"温子升。"陶弘景说出名字。

陈庆之想起此人，"陛下曾经读到温子升文章，赞叹说，曹植、陆机复生于北土。"他随口吟出温子升的《戏为诗》，这首诗已经流传到南方：

> 帽上著笼冠，袴上著朱衣。
> 不知是今是，不知非昔非。

陶弘景的诗兴也被点燃，又念了一首温子升的《白鼻騧》：

> 少年多好事，揽辔向西都。
> 相逢狭斜路，驻马诣当垆。

这两首诗都展现出温子升年轻时的随意和洒脱，少年气和书生气如此之重，如今担负儒家的无上使命进入皇宫，实在让人敬佩。陶弘景望向北方，仿佛注目一场惊心动魄的三道斗争："温子升在儒家同僚推荐下步入庙堂，运筹帷幄，儒家以人伦为本，必从君臣父子和夫妻礼仪开始。等着瞧吧，如果魏国聘皇后，立太子，正衣冠时，就说明温子升取得魏国皇帝的信任了。"

陶弘景兴致勃勃谈了许多，没有涉及北伐的事情，陈庆之不由焦急起来。杨忠知道陈庆之的心事，突然问道："难道我们就坐等儒士教化胡人，不用北伐吗？"

陶弘景起身向山下走去，直到楼阁门口才缓缓开口："子云，陛下沉迷佛教，心不在国事，听不得北伐之议。"陈庆之失望之极，难道毕生夙愿无法启程？"关中侯莫急，葛荣驰骋河北，河阴之变爆发，尔朱荣扫平内乱，必将引兵河北，与葛荣决战，谁胜谁败，还未可知，不如再看看形势。"陶弘景劝道。

陶弘景也劝陈庆之暂时按兵不动，观望北方局势，陈庆之黯然离开茅山，返回建康。杨忠也沉思不已，忽然快马加鞭追上陈庆之的追锋车："关中侯，我们不能坐等北方平定，我愿意前往北方，为关中侯打探军情。"

杨忠手下只有数百梁军，以打探军情的名义前往北方，皇帝绝不会反对，甚至陈庆之不用禀报萧衍，便可以做主，陈庆之微微颔首。

杨忠随陈庆之离开建康，回到涡阳边境，来到老侯的酒馆，躺在长凳上呼呼大睡，冷不防被踢中屁股，从椅子上跳起来。老侯瞪着眼睛说："什么时辰了？大中午睡觉，快起来吃饭，然后给我滚回军营。"

杨忠坐起来，桌上摆了一盘牛肉和刚开封的"千里香"，他盘坐长凳，左手抓起一大片牛肉向嘴里塞去，右手端起酒坛向嘴里灌，连声赞叹："老侯，你的酒可比你的兵器好多了，你不当铁匠算是对了。"

杨祯身披铁铠，仍被宿铁簇头穿身而亡，始终是老侯心中之痛。他将杨忠送到南方，无脸再回北方，发誓不再打铁，开个酒馆照顾杨忠起居，唯独小猴子让他日思夜想。他被杨忠说到心痛处，恼羞成怒："白吃白喝，还敢啰唆，当心我赶你走。"

酒肉在眼前，杨忠低头吃喝，宋景休推门进来："果然躲在这里喝酒。"他身后跟出一人，正是北海王元颢。

杨忠看一眼元颢，绽开笑容："北海龙王来请客了。"

元颢吩咐老侯加菜，向杨忠说："要不是护卫拦着，你赢不了。"

杨忠嘴里塞满牛肉："常赌哈，天天有牛肉吃。"

元颢笑说："我武艺是拜了名师的，你有吗？"

宋大眼咽下一口说道："他师傅有好几百个。"

元颢不以为然："师傅贵精不贵多，几个烂师傅不如一个好师傅。"

杨忠呵呵偷笑："我这几百个师傅都不一般。"

元颢见杨忠骁勇善战，有心收揽，没有一点儿架子："呃？你师傅有什么不一般？"

杨忠猛灌一口："涡阳大战打了一年多，每个敌人都是我师傅，他们从不跟我客气，我是从死人堆里学的。"

元颢端起酒杯大口灌下去："好酒，香味一直通到肠子。哎，你怎么不吃鱼肉？"

"我是北人，还是吃牛肉和面饼有劲。"杨忠也不看元颢，埋头大吃。

"你家乡在哪里？"元颢攀谈起来。

左人城被葛荣攻陷后半年，杨闳差人送信，他们收容逃亡百姓，向南迁徙，到达黄河北岸的汲郡枋头城，建造了一座坞壁。杨忠抬起头说道："我自幼长在武川镇，后来六镇反叛，我父亲带领流民逃亡河北左人城，葛荣几年前攻破城池，杀死父亲，我绕道山东逃到这里。"

元颢"啊"了一声："真巧，我从汲郡来。"

杨忠停止咀嚼，着急问道："枋头坞情形如何？"

元颢刚到汲郡，听说河阴之变爆发，匆匆南逃："我的封地在北海郡，去年在潼关以西讨伐万俟丑奴，葛荣扫荡河北将要进军洛阳，朝廷调我至汲郡防御，听说坞主姓杨。"

杨忠想起伤重身亡的父亲，低头停顿很久才回答："那是我叔叔。"

元颢看出他神情有异，安慰说："枋头坞不断收揽河北流民，越来越兴旺了。"

杨忠忍不住对父亲的思念，想起左人城的幼时伙伴，林林和大苏死于索虏槊下，刘御医为救自己，当场丧生，其他人逃到枋头坞了吗？刘离过得好吗？小猴子还在打铁吧？听说葛荣兵锋到达汲郡，不由得心慌："葛荣要攻打枋头坞吗？"

元颢点点头："葛荣要攻打洛阳，必然经过枋头坞，兵锋扫过，绝难幸免。"

杨忠心头慌乱，枋头坞百姓怎么能抵挡住势力更加雄厚的葛荣？叔父、刘离还有那些百姓将要再遭劫难！此时店门外马佛念的声音传进来："郡主放心，他们肯定在此饮酒。"

"姐夫，人家找你半天了。"明月向元颢拱手，她已脱下戎装，换上北方常服，脚下一双橙黄色牛皮长靴，将酒馆的所有目光都吸引过去，杨忠如同被雷电击中一般将目光躲开。

宋景休向马佛念眨眼，这称呼将明月和元颢的关系暴露无遗。明月将一封信件交给元颢，看着桌上的牛肉皱皱眉头，宋景休看出她不喜欢牛肉，叫老侯加了几样素菜。元颢仔细察看信件，皱起眉头，将信件还给明月。明月展开一角，在桌沿下埋头观看，脸色竟如傍晚的夕阳，浮出一片彩云，她看完之后抬头望着元颢，眼中放出七彩光芒。

宋景休冒冒失失地问道："这信件是丝帛镶金丝银线，肯定是有钱人的。"

元颢沉得住气，回答宋景休："从洛阳来的。"

宋景休不知深浅地打探："谁的？"

这封信件的主人身份贵不可言，杨忠说："酒馆里人多眼杂，别乱问了。"

马佛念看出这封信中必有名堂，说道："大眼并非好奇，而为大王考虑。"

元颢打定主意，只问不说："为我考虑？"

马佛念语带威胁："这是梁国地界，却有一封密信从洛阳送来，难道不让人遐想？"

元颢面色不改，明月却沉不住气："这是子攸发来的家信，没有什么军国大事，更无不可告人之处。"

子攸？这是杨忠第二次听到这个名字，马佛念也一脸惊讶，显然知道些内情。唯有宋景休不知道轻重，还在纠缠不清，惹得明月脸蛋泛红，手指杨忠说："他这胆小鬼，怎能比得上子攸？"

马佛念摇头不信："他是有名的杨大胆，打起仗来使劲向前窜。"

宋景休用同样的姿势摇头，明月说："我刚才进来时，他都不敢看我，不是胆小鬼吗？"

宋景休、马佛念和元颢的六只眼睛齐刷刷转向杨忠，宋景休搂着杨忠肩膀嘿嘿笑着："郡主说得没错，你个胆小鬼。"

"你听听，宋大眼都说你胆小。"得到宋景休支持，笑容跳到明月脸上，指着杨忠说。

元颢替杨忠解围："明月，为何在意他眼神？"

明月踢一脚元颢："你不去见梁国皇帝办正事，到酒馆来做什么？"

元颢叹气："见了，梁国君臣要商议。"

马佛念举起酒杯："大王，军国大事，我们几个小兵帮不了你。不过你既然来到我们的地盘，就算有缘，借酒消愁，来，干杯。"

元颢举起酒杯，先喝一杯："三位，今天蒙你们在涡阳城外相救，这份恩情我元颢铭记于心！"他随即又端起一杯："兄弟们在战场上，大都不知道明月也在阵中，军士粗鄙，那事儿也怪不到杨兄弟头上，我替明月喝了这杯。"

这事儿有些说不清，自己的士兵随地方便，确实极为不妥，可是明月顶盔掼甲，谁也不知道战场上有女子，杨忠还挨了明月一顿暴揍，笑话传遍全军，既然元颢如此说，杨忠心胸宽广，举酒杯喝了，再不计较此事。元颢又端起第三杯："谢谢杨兄弟，在陛下面前替我说话，死守不能长久，进攻才是最好的防守，说得好！"

杨忠一心记得父亲嘱托，并非为元颢请求，只是适逢其会，也不解释，举杯喝干。宋景休喝酒后胆子大："龙王，你在魏国是大官，到底有多大？"

元颢苦笑摇头："大官有什么用？饮酒为上。"

明月答道："姐夫是当朝太傅，除了皇帝和太师，其他人都比他小。"

宋景休吓了一跳："龙王，是不是人家把你官给免了，你才跑这里来？"他每句话都十分冒失，却是和马佛念商量好的，句句试探。

明月端起酒杯递给宋景休："姐夫只要回到洛阳，仍是太傅，没人敢动他。"

宋景休酒已喝多，不加考虑："太傅都看不上，是不是想当皇帝啊？"

元颢举酒杯到嘴边，手中一晃，酒洒出小半，马佛念看在眼中，沉思不语。明月十分生气："姐夫要抵御葛荣，不是自己想当皇帝。"

马佛念劝住宋景休："别乱讲，这里是大梁，皇帝就在建康。"马佛念如此一说，大家闭口不语，低头喝酒。说者无意，听者有心，杨忠心急如焚，枋头坞危在旦夕！元颢看完密信后似有心事，三两口吃完，拱手道："我去见关中侯，多谢三位，大恩铭记于心。"

杨忠、马佛念和宋景休与元颢告别，明月出了酒馆，杨忠身上的压力突然消失，宋景休也思路活络起来，又开一坛"千里香"说："龙王请客，刚才扔了一块金饼给老侯，今天得吃够。"

老侯乐呵呵地说："你小子吃吃喝喝都两年了，今天这金饼就把账全结了，这么体面的朋友要多交些，还要往这里带。"

宋景休跳起来，把满腹的食物向下颠："今天要吃得见牛就逃，见酒就吐。"

杨忠蹲在长凳上，向马佛念和宋景休招手，头颅聚在一起："那子攸是什么人？"

马佛念两撇黑胡子向上一挑，目光闪烁："元子攸！少时作魏国皇帝元诩的伴读，他父亲是献文帝拓跋弘的第六子彭城王元勰，母亲为文穆皇后李媛华，司空李冲之女。北海王元颢的父亲元详是献文帝第七子，都是孝文帝元宏的亲弟，与魏国皇帝元诩血缘最近。魏国爆发河阴之变，幼帝元钊被沉于黄河，元子攸登基称帝！"

宋景休吓了一跳，元子攸竟是魏国皇帝！马佛念回味着当时的情形："她提起元子攸，语气轻描淡写，仿佛极熟，密信写给北海郡主，而非北海王，就大有文章了。"

宋景休一拍大腿，龇牙咧嘴驱走酒意："搞大了，这天仙一样的女娃娃，除了皇帝谁还能配得上？"

马佛念被吓了一跳："大眼，怎么知道她是魏国皇帝的女人？"宋景休嘿嘿笑着："我和你赌。"

马佛念右手托着下巴，皱眉思索："明月提起元子攸的口气，绝非普通。"

宋景休不管这些："她在咱们地盘，强龙不压地头蛇，趁着天时地利人和，今晚动手，先把这丫头抢来圆房。"

马佛念一推宋景休："别胡扯，快吃。"牛肉和"千里香"流水般向三人腹中填去，宋景休觉得没有把金子吃回来，向老侯大喊："我们在这里睡一觉，继续吃晚饭。"杨忠下了决心："我想率领咱们的兄弟去北方，协助叔父守卫枋头坞。"

宋景休拍拍杨忠："你喝多了吧，拉走兄弟们，这是死罪！"

北上之旅

杨忠三人酒足饭饱，醉醺醺找到战马，软在马腹上爬不上去，干脆将战马寄在酒馆，在夜色中东倒西歪地向军营走去。刚出酒馆大门，几名梁兵一脚高一脚低地跑来，大声叫嚷。杨忠努力睁开眼睛，看见他们嘴巴张合，却不知道在说些什么，肩搭肩摇晃着继续向前走。梁兵上来搀扶，杨忠身体一倒，加上宋景休和马佛念的重量，将几名梁兵压倒在地。马佛念稍微清醒，扯着一名士卒的耳朵说："泼，泼水。"

梁兵进入酒馆带着三五伙计出来，提着木桶，浇到马佛念头顶。马佛念摇摇晃晃，俯身拍拍宋景休的脸蛋，见他鼾声如雷，提起木桶向他头顶浇去。宋景休揉揉眼睛继续沉睡，杨忠稍醒，梁兵拉着他耳朵大声说："关中侯命你立即晋见，快醒醒吧。"

马佛念弯腰提起杨忠后脚跟，向身边士卒说："来，将他俩拉到河里灌醒。"

梁兵和酒馆伙计七手八脚拽着宋景休和杨忠顺着草地拖到河中。冰凉河水灌入杨忠的胸腔，他大声咳嗽，在河水里完全清醒过来。梁兵将铠甲包取来，三人顶盔掼甲，翻身上马，宋景休问道："关中侯何事？月亮都爬这么高了。"

杨忠催马加速："到了就知道了。"他们飞速到达涡阳钟楼，把战马交给士卒，登上钟楼，通报一声大步跨入。杨忠居中，马佛念和宋景休在左右弓身施礼，抬头看见北海王元颢和明月坐在左侧。杨忠的目光在明月身上一扫而过，不敢对视，匆匆移开视线，宋景休用胳膊肘轻捅杨忠，咧嘴坏笑轻声说："你和这个北海郡主挺有缘分，总能碰上。"

陈庆之目光一闪，看清两人的小动作："杨忠，你多久没有回家了？"

杨忠站起来拱手答道："从军三年，一直没有回去。"

杨忠来时还是少年模样，现在已成为身经百战的校尉，陈庆之微笑问道："有家里的消息吗？"

杨忠的眼睛亮起来："葛荣攻破左人城，追随鲜于修礼起兵造反，我叔叔掩护百姓向南逃亡，到达黄河北岸的汲郡，建造一座名叫枋头的坞壁，收纳流民，已有数千户百姓，在山上开垦田地，更加兴旺了，但是葛荣卷土重来，枋头坞将再遭劫难。"

陈庆之饶有兴致地听完："想不想去枋头坞看看？"

杨忠痛快回答："想，天天都想。"

陈庆之不想放弃北伐，听进去了杨忠的打算，派遣小股斥候游骑去侦察魏国军情："你去趟北边。"

马佛念觉得奇怪，派遣斥候到北方是家常便饭，不需当着北海王元颢和北海郡主。陈庆之详细说出目的："你要掌握魏国军情，尤其是洛阳东南的荥阳和虎牢关的城池设施，以及魏军兵力、装备、战法和将领习性等，尤其是尔朱荣和葛荣的军情。还有，你也顺便回家看看。"

杨忠常率领斥候骑兵探听军情，深入魏国腹地却是第一次，应诺："遵命，我抓几个魏国将领回来。"

陈庆之叮嘱杨忠："刺探敌情和探察地形这些事情我不担心，还有另外一件事给你。"

杨忠毫不犹豫承诺下来："请关中侯吩咐。"

陈庆之手指明月："护送北海郡主进入邺城。"

杨忠虽意外，但仍然毫不犹豫："遵令。"

元颢举手示意："中原大乱，护送北海郡主十分危险，你要保护她安全。"

杨忠拱手承诺："只要我命在，郡主就不会伤一根头发。"

陈庆之仍不满意："你命不在了，也要保护郡主安全。"

"遵令。"杨忠应诺。

"一路上要听从郡主安排。"陈庆之坐直身体毫不放松。

"难道行军打仗也要听北海郡主命令？"杨忠不懂便问。

"你是何意？"陈庆之看出杨忠表情不对，便严加盘问。

"我探察军情，一个小姑娘哪里懂？"杨忠还要辩解。

"避重就轻，大眼！"陈庆之突然打断杨忠。

宋景休被烈酒折腾得晕乎乎，"腾"地站起来："在！"

陈庆之厉声问道："你进来时碰碰杨忠胳膊，在他耳边嘀咕几句，当我没看见吗？"

宋景休脑袋蒙了起来，吞吞吐吐："这个，我没说什么。"

陈庆之"霍"地站起，一字一句问道："宋景休，你说什么？"

宋景休吓得眼珠不敢转动，停止思考："关中侯，杨忠喜欢这个好看的北海郡主。"

宋景休此话一出，杨忠满脸通红，摆手辩解："没有，那是他瞎猜的。"

陈庆之目光如炬："你不喜欢？"

杨忠被问住，面对明月的目光，心里一横大声说："喜欢。"

陈庆之坐回座位，向杨忠三人挥手说道："你们暂且出去。"

杨忠三人退出，陈庆之向明月说道："杨忠探察情报，刺杀内应，样样在行，家乡又在北方，熟悉地形，本是护送你的最佳人选，现在好像有点儿麻烦。"

明月对杨忠有气："他毛躁好动，胆小如鼠，能做什么大事？"

陈庆之替杨忠说话："他小毛病不少，却是打仗和临机应变的好手。"

元颢见过杨忠本领，刺激明月："他做事乖张，明月能驾驭否？"

明月没有分辨出元颢的激将法："哼，谅他不敢乱来。"

陈庆之微笑："来人，将杨忠三人叫上来。"

钟楼之外，宋景休鞠躬拱手向杨忠道歉："关中侯目光一瞪，我就傻了。"

马佛念煽风点火："完了，杨忠完了。"他吹着冷风，头脑清晰，"杨忠第一次见面就被那丫头捧了一顿，又被你挑破，更没机会了。"

宋景休后悔不迭："怪我，但我不敢骗关中侯啊。"

杨忠恼怒地敲着他脑袋："你凭什么说我喜欢那丫头？"

马佛念笑呵呵地说："你那傻样，谁不明白？"

宋景休笑着附和："你自己刚才都承认了。"

马佛念手指钟楼上面："人家是郡主，杨忠一个校尉，本来机会就不大。"

元颢在梁国地盘，马佛念早已留意，发现所有护卫都警戒在北海郡主驿馆四周，可见明月身份不凡。"我请北海龙王的卫兵喝酒，一谈到北海郡主，他们就像发了毒誓一般，闭口不语。"马佛念又猜测道："北海王拿着来自洛阳的秘信去见关中侯，关中侯随即命令我们护送她去洛阳，北海郡主此行显然与这封信有关系。"马佛念思索时，两撇黑胡子在嘴唇上纠缠："北方遍地战火，北海郡主为什么要冒险？"

正在此时，军中裨将召唤他们回去，三人刚刚进去，陈庆之下了军令："杨忠，领本部人马，三日内出发，护送北海郡主前往北方，不得有误！"

杨忠问："关中侯，到北方哪里？"

陈庆之答道："郡主会告诉你终点，把郡主送到地方，你就可以刺探军情了。"他板起面孔提醒："杨忠，不许打北海郡主的主意，此事关乎我国与魏国的关系，知道吗？"

杨忠大声保证："遵命。"

陈庆之将密信塞在杨忠手中："时间不等人，你们速去准备。"

宋景休下了钟楼，仰天长叹："老大可怜，喜欢人家，又发誓不打她主意。"

杨忠策马领头奔在前面："我不打她主意，也不是没有希望。"

宋景休糊涂起来："你是何意？"

杨忠一挥马鞭，大笑："她可以打我的主意。"

宋景休大声狂笑："杨忠，别做梦了。"

杨忠此时此刻的心思并没有在明月身上，他的心早已飞过了黄河，来到枋头坞。叔父率领左人城百姓来到枋头坞，背靠黄河安定下来，葛荣横扫河北，连斩名王，击败北魏数路大军，实力与左人城起兵时早已不可同日而语，枋头坞的百姓将再遭劫难吗？

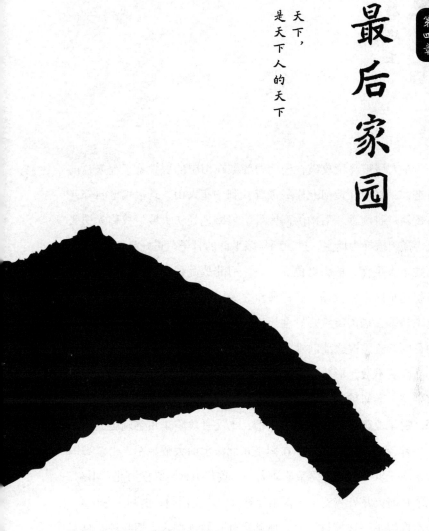

第四章

最后家园

天下，
是天下人的天下

25 独臂坞主

左人城被葛荣攻破，杨闵将躲藏在山中的百姓聚集起来，向南逃亡，终于在黄河北岸的汲郡找到一座大山，筑造坞壁自守，将杨祯尸身埋葬在后山的高冈处。坞壁地处枋头城，故称为枋头坞，杨闵被推为坞主，过了两年多平静的日子。正好赶上好年景，百姓丰衣足食，枋头坞更加兴旺。河北战乱越发激烈，葛荣叛军与朝廷军队来回拉锯，兵锋所至之处一片狼藉，坞壁收容的百姓越来越多，杨闵组织百姓在后山开垦，粮食充裕，用于接济逃命的百姓，流民被这乱世桃源所吸引，在枋头坞定居下来。

噩梦不散，形势越来越差，葛荣在左人城起兵后，北趋瀛州白牛逻，袭斩魏国章武王元融，又擒斩魏广阳王、骠骑大将军元深，次年攻陷殷州，杀刺史崔楷，十一月攻陷冀州俘刺史元孚。十二月，葛荣率十万叛军在阳平东北漳水曲大败魏军，击杀魏国宿将源子邕和裴衍。葛荣连斩名王，攻州掠地，纵横河北、山东，几个月前火并另一支叛兵首领杜洛周，攻克沧州，擒刺史薛庆之，索虏像蝗虫一样掠过河北，所到之处百姓逃亡，人烟绝迹。葛荣连战皆捷，声称将要渡过黄河进攻洛阳，魏国大将军尔朱荣北捍马邑，东塞井径，封堵了向西越过太行山的路线，葛荣只能选择南下，枋头坞成为必经的屏障。河北魏军被葛荣叛军扫荡一空，只有邺城孤零零地耸立在黄河以北，杨闵派出士卒到邺城求援，行台甄密亲笔回信，那里的情况比枋头坞还要恶劣，坞壁至少还有足够的粮食，邺城内已经到了"人相食"的境地。战火向南燃烧，越来越多的索虏出现在汲郡，枋头坞处于战火边缘，形势危急，又一场大战近在眼前，敌军准备的时间越长，爆发就越猛烈，他们将像洪水一样毫不留情地席卷坞壁。杨闵不寒而栗，左人城被攻破的情景历历在目，难道枋头坞将被摧毁，噩梦重演？

天色渐黑，城墙上竖起火把，枋头坞的精壮男子集中起来，严加训练，轮流观察城外动静，其余士卒集中在校场内随时待命。杨闵仍不放心，登上城墙巡查。漆黑的夜晚是最危险的时刻，杨闵不会忘记四年前索虏爬上城墙，攻破左人城的情景，如果早些发现城下的索虏，就不会让他们冲上城墙，百姓便可以逃得更远一些，伤亡也会再减少一些，大哥就不会丧生，杨闵深为内疚。他抬头望向天空，乌云蔽住月光，火把只能照亮城外数丈，远处被淹没在夜色中。只要片刻掉以轻心，云梯就能搭上城墙，蚂蚁般的索虏将翻墙而入。黑暗中传来马蹄声，杨闵身体紧绷，竖起耳朵仔细聆听，马蹄并不杂乱，数量不多。杨闵不敢怠慢，唤醒守城士卒，灯笼在瓮城中亮起，坞壁士卒走出营房在校场集合。

一队骑兵从黑暗中贴近城墙，只有两三百人，没有携带攻城器械，停在坞壁大门，点燃火把向城上张望，杨闵没有感到敌意。一名骑兵越队而出，向上呼喊："请转告坞主，杨忠回来了。"

杨闵辨别出侄子的声音，站出垛口向下呼喊："杨忠，是你吗？"

杨忠听出叔父的声音，大声应答："叔父，我回来了！"

杨忠从左人城逃亡后失去消息，杨闵真怕大哥唯一的儿子有什么意外，后来老侯托人送来信件，才知道杨忠下落。杨闵匆匆跑下城墙来到瓮城，士卒打开城门，踏燕窜到城门，杨忠跳下战马，"扑通"跪倒在杨闵脚下，泪水浸满双眼。杨闵托起侄儿结实宽广的肩膀，白袍内隐约看见银色铠甲，衬托得他更加健壮，兜鍪不同于一般乌黑铁盔，泛着银光，战火洗礼和生死搏杀让杨忠脱去少年的稚气，成为一个沉着冷静的百战校尉。杨闵鼻孔发酸，哽咽不停："好啊，你终于长大了。"

杨忠看着叔叔鬓角如霜，皱纹像树藤在他脸上爬起，右肩空空无物，双手向下一滑，才发现杨闵右臂已齐肩断去。杨忠心中悲伤，泪水顺着脸庞流淌，将叔父带到梁兵前："他们都是我的好兄弟，老马、大眼，你们来。"

马佛念和宋景休翻身下马，躬身施礼，杨闵高兴说道："你们既然是杨忠的兄弟，咱们就是一家人，大家赶快进来吧。"

梁兵一动不动，直到杨忠挥手示意，整齐划一翻身下马，手牵缰绳两人一行，在宋景休和马佛念带领下，列队进入坞壁。枋头坞和左人城相似，城墙修筑于山腰，厚度要薄些，校场的面积更小。杨忠仿佛回到左人城，想起父亲中箭身亡的情景，心中阵阵悲伤。杨闵欣慰不已，仰天默默说道："大哥，杨忠带着他的兄弟们回来了，你在上苍能看见吗？"他穿越内门进入校场，向杨忠介绍："这几年兵荒马乱，流民络绎不绝投奔枋头坞，人口越聚越多。百姓闭门而市，战时用于士卒训练，我们还修建了不少房舍，明日天亮，带你四处看看。"

梁兵进入坞壁，大门轰然合上，白袍银甲的梁兵整齐站立在校场正中，一动不动，露出慑人气势。杨闵走到队前安排："大家夜间行路辛苦，我打扫出房舍，请大家休息，天亮之时再好好聚聚。"

梁兵在马佛念和宋景休的带领下进入校场旁边腾空的房舍，只有面敷黑纱的明月拉着战马原地不动，静静看着杨忠，杨忠向杨闵说道："这是北海郡主，我们要护送她到北方，能否找个干净的单独房间给她？"

明月拉下蒙面黑纱，浅浅施礼，杨闵点头："郡主和女眷住在后院，好吗？"明月点头答应却不离开，乌亮眼睛仍然看着杨忠，杨闵立即说："杨忠，带北海郡主去吧。"

杨忠拒绝："我要先去看看爹爹。"

明月跳起来，眼睛笑得像月牙："我也去拜见他老人家吧。"

杨忠脸色不好："我是去给爹爹扫墓。"

明月收敛笑容，乖巧地向坞壁士卒招手："快带我走吧，有人要生气了。"

天边露出微光，杨忠跪在墓前，将墓基上的落叶扫开，掌心细细擦去灰尘，直到墓碑被擦得鉴出火把光芒，父亲的笑容宛若就在眼前。杨闵轻声说："我们将他葬在这里，仍可俯瞰坞壁中的百姓，现在你回来了，他在天之灵一定可以得到安慰。"

杨忠回想父亲中箭的情形，切齿说道："爹爹收容流民，只为在乱世中求生，索虏却突袭左人城，害死爹爹，此仇不报，枉为人子。"

杨闳无可奈何，仰天长叹："葛荣已非当年！连战连胜，将朝廷大军逐一击败。最近登基称帝，横行河北，将向洛阳。枋头坞背靠黄河渡口，首当其冲，大战近在眼前。"

杨忠轻轻拍落身上尘土，向父亲三拜，离开墓地下山："枋头坞形势如何？"

杨闳日夜为此事担忧："索虏势头远大过四年前，枋头坞根本抵御不了，可是如果放弃坞壁，四处兵荒马乱，数千户百姓没有遮身蔽体的地方，也没有粮食，怎么活下去？"

杨忠已不是鲁莽少年，冷静说道："叔父，明日让斥候去侦察索虏动向，再做决定。"

杨闳欣慰地看着侄儿："你从梁国赶来，想必有军令吧？"

杨忠要在枋头坞借住一段时间，说出此行目的："我护送北海郡主来到北方打探军情，拐弯先来了枋头坞。"

"洛阳乱了，河阴之变，唉！"杨闳听到不少消息，一一告知杨忠。

杨忠为难起来，陈庆之命他护送明月回到北方，如今形势大变，总不能往虎口里送，看来只能先在枋头坞打探消息，再做打算。

　　杨忠回到枋头坞，见叔父和百姓都平安，心里安定，睡得极为踏实，临近中午被砰砰的拍门声叫醒，伸个懒腰，跳下床，打开房门，热力十足的阳光迎面射入。杨闵站在门外："都这么大了还睡懒觉？去吃午饭。"

　　杨忠穿上衣服，跟杨闵来到伙房，桌上摆着咸菜和麦粥，他深吸一口气，闻着熟悉的秸秆燃烧的炊烟味道："我的兄弟们都吃了吗？"

　　杨闵早就为三百梁兵准备好早餐："吃完了，和你吃的一样，放心。"

　　杨忠端起土瓷碗又放下，粮食为守城之本，吃饱肚子就心中不慌："叔父，坞壁突然多出三百人吃饭，存粮够吗？"

　　枋头坞收揽流民，开垦后山空地，自给自足还有剩余就储藏起来，夏天麦黍熟透，过半月收割。坞壁五千多户，两三万人口，供养三百梁军不在话下。杨闵含笑说道："坞壁百姓知道你回来，高兴得不得了，老苏天不亮时一口气杀了五头猪，今晚招待你的兄弟们。"

　　杨忠想起战死的大苏，神情一黯："老苏和老林还好吧？"

杨闵轻声叹气："老林失去孙女，私塾不开了，每天坐在房间里发呆。还好，老苏把老林当作一家人，接在家中细心照料。"

杨忠想起小时候去林林门外偷吃秋薯的情形，揪心万分，沉默一阵开口说道："叔父，索房随时可能围攻坞壁，我们去校场商议守城吧。"

杨闵爱怜地看着侄子，手指咸菜和麦粥，杨忠抓起咸菜和面饼，端起麦粥狼吞虎咽，片刻工夫，碗盘都被扫荡一空："北海郡主好吗？"

杨闵看出明月来历不简单，将家中最好的房舍空出来，打扫干净请她入住："她吃的、住的都比你们好些，她也在校场。"

杨忠拿起面饼咬一口，边嚼边说："在军营中吃倒胃口，还是家里吃得可口。"

杨闵露出欣慰笑容："你多吃些吧，麦粥、面饼和咸菜随便吃。"

杨忠拍拍肚子："饱了，去校场看看吧。"

梁兵聚拢在校场一角观看训练，坊头坞士卒都是周边的农夫或者作坊百工，被战火波及，携家带口逃到坞壁，索房再次兵临城下，不得不拿起刀枪守卫最后的家园。杨忠向梁兵队伍走去，看见晃着马鞭的笑盈盈的明月，绕到一边和梁兵士卒招呼。宋景休走上来说："老大放心，吃得好，睡得香。"

杨忠身后起了一阵微风，一个布衣女孩冲到身边，小拳头在他身上连续敲打十多下，又踢了十几脚后，杨忠认出刘离，胳膊一拢将她高高举起："三年不见，变成大小姐了。"

刘离使劲向杨忠踢出一脚，像踢到石头一般踢中他前胸铠甲："坏杨忠，你回来了，为什么不去看我？"

杨忠双臂用力将刘离在空中甩了几圈，看到明月皱着鼻头，挥舞马鞭怒视自己，立即放下刘离："小猴子呢？怎么没有见到？"

刘离被转得头晕目眩，扶着杨忠胸口铠甲："左人城被攻破后，很多人都没有回来，小猴子也不知道去哪儿了，再也没有他的消息，你们都走了，没人陪我玩了。"当初在左人城，大苏是孩子头，林林、杨忠、小猴子和刘离成天玩在一起，现在大苏和林林死在左人城，杨忠向南投军，小猴子一去无踪，只留下刘离一个人。

杨忠心情阴郁，拉来宋景休和马佛念介绍："这是刘离，我们自幼一起长大。"

宋景休看着身穿褐色粗布的刘离，如同看见一朵淡雅的清香的菊花，呼吸紧张，手心冒汗，语无伦次地自我介绍："我叫宋景休，出生的时候眼睛比鸭蛋都大，他们叫我宋大眼。"

杨忠大笑："你这个名字是这样来的？口风真紧，今天才说。"

刘离靠在杨闵身边，手指宋景休笑着说："爹爹，看他眼睛真大。"

杨闵抚摸着刘离的头发，露出欣慰笑容："刘离爹爹牺牲性命，将你救出，我看她孤苦伶仃没有亲人，就把她当作女儿。"

杨忠想起当日刘御医舍命抱住任褒，救了自己的性命，心中又酸又暖，刘离抬头抗议："什么当成女儿？我就是您女儿。"

人群一分，挽着袖子的屠户老苏从人群中挤出，搂住杨忠乐得合不拢嘴："哈哈，让我看看，这么高？都顶到天了，以前到我这里。"老苏用手在头顶一划，"听说你回来，杀了五头猪和十只羊，晚上让你兄弟们吃饱。"

百姓只在年底才杀猪宰羊过节，五头猪和十只羊对谁都不是小数字，杨忠感动地说道："老苏，见到你就很高兴，何必杀猪宰羊？"

老苏满脸怒气将杨忠甩开："你这样说，我可不高兴了，老城主为左人城百姓连命都不要了，我们见到你就想起他老人家，你要再客气，枋头坞的所有百姓都不答应。"

27

独孤如愿

众人说话间，梁兵哄笑起来，杨忠向校场看去，一名坞壁士卒趴在地上，粗铁刀被击出数丈。对面站立一个身披褐色皮甲、手持铁戈、腰板笔直挺拔的英俊青年，他将坞壁士卒扶起，不管梁兵哄笑，一板一眼喊着号子，指挥新兵格挡和刺杀。杨忠饶有兴致地看着，抓起身边粗铁刀和铁戟问杨闳："坞壁还用这些兵器吗？"杨闳点头。杨忠摇头："这种粗铁兵器恐怕不能抵御索虏。"

杨闳正要说话，一名坞壁士卒格挡不慎，踉跄向前去，摔倒了。宋景休看得有趣，笑出声来。倒地士卒爬起来瞪他一眼，宋景休却不收敛，大声嚷嚷："这哪是练兵？分明是小孩子打闹。"

坞壁士卒横眉立目瞪向宋景休，指挥练兵的小伙子腾地转身："你说什么？"

杨闳向杨忠介绍："此人名叫独孤如愿，也来自武川镇。"

杨忠听到独孤姓氏，仔细打量，他身材挺拔，脸庞俊美，平生未见，服饰与众不同："他眉深高鼻，肤色洁白，不像汉人。"

武川镇是各族杂居的地方，杨闳点头："独孤如愿是匈奴人，不想跟随葛荣叛军到处抢掠，便投奔枋头坞，他武艺了得，弓箭可射穿鹰眼，总管坞壁士卒。"

宋景休闲了半天，手脚发痒，打量独孤如愿："不服？比画比画？"

独孤如愿请士卒让开空地，手握铁戈走到正中，指点宋景休："来吧。"

宋景休伸手一扯，白袍落地，抓起环首刀就要上前，被杨忠拉住，宋景休担心杨忠不让他打架："老大，咱们不能示弱。"

杨忠想让杨闵见识梁兵的兵器和铠甲，低声吩咐宋景休："校场就是比武的地方，我和你说几句话。"

宋景休走到杨忠身边附耳听了，大步向营房跑去，时间不长，披挂整齐走出来，胸前盔甲寒气逼人。杨闵向两人大声说道："这不是战场上生死搏杀，点到即止，不得伤人。"

独孤如愿拱手答应，宋景休提起环首刀，将兜鍪掷向地面。杨闵从地面拾起兜鍪，上下翻转仔细打量，定睛去看宋景休身上的铠甲，不像梁军的两挡铠："这是什么铠甲？"普通铠甲由铁甲片编织而成，前后两片护住前胸和后背，在肩膀处用铁线相连，两面抵挡刀枪，因此叫作两挡铠，甲片相叠形似鱼鳞，也叫鱼鳞甲。杨闵见多识广，宋景休身上的铠甲用整块铁板铸成，极为坚固，银光灿灿，绝非粗铁。

宋景休的铠甲前后各用两块完整的百炼钢板护住，刀枪无法贯穿，肩部用铁环结网而成，便于关节活动，铠甲在阳光下熠熠放光，名为"明光铠"。这种铠甲打造极为费工，只有陈庆之在涡阳训练的七千精兵配备，其他梁军还在使用两挡铠。听杨忠解释完，杨闵还有疑惑："明光铠必然重极，敌兵不和你硬拼，不断变换方位，耗尽你们体力，便处于不败之地。"

杨忠熟知战阵，为叔父解释："如果普通江湖格斗，当然不能披挂沉重铠甲，我们斥候骑兵平常只穿轻便的皮甲，但在千军万马杀在一起的战阵中，那时明光铠有用吗？"

沙场上士兵挤在一起无法腾挪，铠坚兵锐极占便宜。杨闵恍然大悟："这铠甲多结实？"

杨忠手指校场中独孤如愿的铁戟："粗铁兵器根本无法穿透。"

四年前的左人城之战，守军使用粗铁刀、铁戟和皮甲，难敌索虏，小猴子编制的粗铁甲好过皮甲，仍被簇头洞穿，杨忠父亲杨祯因此身亡，这是守城要害，杨闵沉思不语。刘离靠在杨闵身上，挽着杨忠胳膊东张西望，拍手笑着看校场，两眼眯成一条弯弯的细线："杨忠，这人穿成这种奇怪样子，打得过独孤郎吗？他可是坞壁中厉害的高手。"

明月正巧向这边瞥来，目光一碰，杨忠胳膊从刘离怀抱中抽出。明月仍不罢休，走到杨忠面前："你为何总不正眼看人家？偷偷摸摸的胆小鬼。"

杨忠退后半步，佯装叹气，反击明月："你为何总是偷偷瞧我？"

明月哼一声，杨忠拿她没办法，向校场上看去，刘离紧张地抓住他胳膊："开始打了。"

宋景休持环首刀，待独孤如愿站稳，左手提盾牌，刀头直奔独孤如愿，贴近用盾牌挡开铁戟，发挥短兵器的近战优势。独孤如愿铁戟顺势改刺为拨，去撩盾牌。宋景休藏在盾牌后转动，化解铁戟力道，侧身向前。独孤如愿的铁戟利在远攻，不利近身格斗，向后一闪，仍然保持一丈距离，与宋景休相对而立。两人交手一个回合，宋景休便知道遇到劲敌，用盾牌护住全身步步逼近。

独孤如愿小心翼翼与宋景休保持距离，寻找对方破绽，虚晃铁戟，引宋景休举盾去迎，掉转戟头向他暴露在盾牌外的双脚刺去。宋景休运足力气，环首刀向铁戟木杆猛劈。寒光一闪，铁戟长杆被无声无息削断，铁戟头"叮当"掉在地上，惊叹声猛然响起。

独孤如愿转身就退，宋景休并不追赶，等他从坞壁士卒手中接过粗铁刀。独孤如愿的粗铁刀无法击破对方精良的铠甲和兵器，围绕宋景休不住转动，灵光一闪，找到破绽。宋景休身披重甲，活动不便，利用速度与他纠缠，耗尽体力，取胜不难。独孤如愿心中有底，偶尔攻出一刀，再不逼近。宋景休侧身上前，独孤如愿一挡一格，迅速后退。宋景休久经沙场，明白他意图，站稳脚步，甩手扔掉盾牌。盾牌翻滚到刘离脚下，她伸手去扶，盾牌晃动一下没有离地，两手将盾牌缓缓竖起，擦擦额头说道："你这朋友的力气比眼睛还大。"

校场上形势已变，宋景休抛弃盾牌，身体灵活，迅速接近独孤如愿，向下斜劈。独孤如愿让过刀锋，转到侧面，粗铁刀尖刺出。宋景休看清来势，不避不闪，对准刀尖挺身向前压去，环首刀毫不放松，凌空向独孤如愿劈去。宋景休拼着挨上一刺，也要劈向独孤如愿，这完全是拼命打法。刘离尖叫一声，用手蒙住眼睛。杨岚大喝："小心！"

独孤如愿来不及收刀，粗铁刀猛烈撞击明光铠，手腕骨骼咯吱暴响，刀尖如同捅到墙上，无法洞穿。宋景休眼睛一瞪，使出全身力量向前冲去，环首刀在独孤如愿头上轻轻一挥，倏然收回。独孤如愿急速后退，铁刀盘旋横砍，宋景休大喝一声，双手握住环首刀迎着粗铁刀砍去，两刀在空中相交，粗铁刀"啪"地断为两截，刀尖跌落在地。宋景休环首刀再在独孤如愿眉梢掠过，要在战场上向下少许，就能要了敌兵性命。独孤如愿出腿横扫，宋景休大叫一声被踢倒在地。

坞壁士卒看到宋景休被踢倒，喝彩声响成一片。宋景休翻身起来，大喊："竟敢偷袭，再来。"

独孤如愿甩掉铁刀，向宋景休拱手："我认输。"

坞壁士卒哗然，宋大眼被踢翻在地，胜负明显，独孤如愿解释："这位壮士刀头两次在我面前掠过，如果在战阵上，我这颗头颅就掉了两次。"

杨闵跑到宋景休身边，仔细观看明光铠，刘离也蹦蹦跳跳地凑过去，明光铠被铁刀刺中的部位，遍体通亮，竟没有刀刺痕迹，他不可置信："这铠甲刀枪不入？！"

杨忠把环首刀横在杨闵眼前："叔父，您看这把环首刀，与粗铁刀有何不同？"

环首刀通体明亮映出人影，坞壁铁刀浑身乌黑没有光泽，独孤如愿刚才对付环首刀，有亲身体会："环首刀弹性和韧劲十足，刀身轻轻一颤就化去我的力道。"

杨忠走到木桩旁边说道："叔父，把坞壁中最好的铠甲拿来。"

转眼工夫，一副铠甲被摞在拴马木桩上，杨忠仍嫌太少，又将几副铠甲摞上，杨忠仍然摆手，直到二十副铠甲被摞到半人高。

杨忠示意，独孤如愿举起环首刀，刀身在阳光下泛出刺眼银光，一道寒光划出弧线，刀锋无声无息没入铠甲，一切到底，楔入木桩，刀身嗡嗡颤动，四周空气发出嗡嗡声响。杨忠将环首刀拔出："坞壁铠甲在环首刀下如同虚设。"

杨闰冷汗绕身，他在左人城与葛荣叛军接战，粗铁兵器无法争锋，大战再起，自己又如何能守住枋头坞，这上万百姓又该如何？马佛念手握环首刀，面向北方："极西的草原中有一个叫作突厥的部落，世代为柔然锻奴，他们用灌钢之术打造宿铁兵器，粗铁刀更加不敌。"

独孤如愿在武川镇时见多识广："宿铁兵器只有在柔然贵族手中才有，应该不会出现在普通的葛荣叛军之中。"马佛念极为向往，做梦都想见到这种兵器，看看锋利到什么程度。独孤如愿抚摸环首刀刀背，连声赞叹："这环首刀不下于宿铁刀，刀锋锐利，铠甲在刀下就像豆腐一样。"

杨忠刀背一横，送到独孤如愿面前，解下刀鞘递过去："你既喜欢，就送你吧。"

独孤如愿抓住刀鞘握在手中，将环首刀纳入挂在腰间，拱手道谢。杨忠打量独孤如愿的身材，拿起一副明光铠："有它护住要害，在战场上便多了一条性命。"

独孤如愿右手握刀，左手持铠言谢，心中琢磨，用环首刀砍明光铠会有什么结果。杨忠与杨闰离开人群："枋头坞四战之地，紧邻延津渡口，是葛荣南下渡过黄河的必经之地，我想为坞壁练兵，您看如何？"

杨闰痛快答应："好，索虏随时都会进攻，抓紧时间。"他扳着手指计算，坞壁士卒平时耕田种地，战时披坚执锐，亦耕亦战的士卒已有一千多人。坞壁中有五千多户人家，精壮男丁亦将近五千，虽是没有打过仗的农夫和百工，为保家园都可以上阵搏杀。杨忠不想要乌合之众："士卒贵精不贵多，乌合之众一哄而散，扰乱战阵。练兵首要选兵，先按照身高、体重和力气严加挑选，训练中淘汰不合格者，绝不能凑合，宋景休是选兵练兵的好手，负责挑选士卒，夜以继日，勤加操练吧。"

杨冏点头答应，想起兵器的事情，坞壁的铁戟刺不断敌兵铠甲，皮甲挡不住刀枪，在战场上如同赤手空拳："兵器怎么办？坞壁只能炼出粗铁兵器和铠甲。"

杨忠十分为难，梁军所用的百炼钢都在建康东冶的铁炉堡锻造，仓促间根本来不及运来，他想不到好办法，只好说道："兵器和铠甲我再想办法，先去城墙上看看吧，老马是守城高手，肯定还有不少事情要准备。"

28

固若金汤

马佛念整个上午都在城墙上跑来跑去，杨闶与杨忠好奇地看着他左摸摸、右量量，坐在垛口上苦思冥想。两人不想打扰他，并肩向城墙外眺望，小河两岸都是漫山遍野的葛荣叛军，杨闶心情郁闷。马佛念突然跳起，呼哧喘气地跑到杨闶身边，引着他走到城墙正中，手指城外葛荣叛军营地："葛荣如果攻城，如何是好？"

杨闶闪现四年前左人城被攻破的记忆："趁夜接近城墙，用云梯登城而上，夺取垛口。"

马佛念想好应对云梯的方法："这是最通常的攻城办法，坞壁铁戟作战不行，正好用来对付云梯，士卒躲藏在垛口下，用铁戟将云梯掀开，坞壁多少士卒可登城防御？"

坞壁中的精壮男子已被聚集在邬壁空地上，宋景休用刀在木桩上刻一条细线，达不到高度即被淘汰。正中还摆开十张六石黄桦弓，将大弓拉满才能通过第二关，举石锁通过最后一关。三关下来，只有一半坞壁男丁留在校场，不合格者都被打发回家。杨闶估量着说："估计可以挑出三千，加上原有坞壁士卒，总计四千左右。"

马佛念用目光丈量城墙长度，述说守城之法："枋头坞地形绝佳，三面环山，北面临敌的城墙六百步，须有一千两百名坞壁士卒，手持铁戟，两人一组合力对付云梯。另外一千二百士卒手持刀盾，利于近战格杀，抵御攻上城墙的索虏，阻止敌军集结，再调集六百坞壁士卒在瓮城集合，替换伤兵。剩下士卒不管黑夜还是白天，抓紧时间吃饭、睡觉，作为后备，我们南边来的兄弟们集结在城门，出城反击。"

杨闵不理解："出城反击？"

"不能让索虏无所顾忌地攻城，适时出击，摧毁攻城器械才能反败为胜。"马佛念解释后继续调派："共需一千两百支铁戟和三千副重铠、三千面盾牌和三千柄战刀。"

杨闵为难："只有皮甲和粗铁刀，行吗？"

马佛念没其他办法："只能如此，还要三千张黄桦弓，每张弓配三根弓弦和五百支弓箭。"

杨闵心中计算："弓身和箭杆取材山中桦木，取之不尽。弓弦为生牛皮所制，一头牛可制出两百根弓弦，杀五十头牛，剥皮做弦。坞壁已有上千铁戟，铁匠全力打造，盾牌让士卒自己准备，门板、锅盖和铁锅都可以当盾牌用。"

马佛念苦笑："锅盖、门板？挡得住弓箭挡不住刀枪。"

时间仓促，都是权宜之计，杨闵已经尽力："我这就吩咐下去，开始制作。"

马佛念还没有说完："索虏如果搭云梯攻城失利，就用冲车撞城门。"

城门后还有瓮城，即使撞毁城门还要撞破内门，杨闵并不担心："瓮城上乱石齐下，堵也堵死了。"

马佛念担心撞城墙，因为坞壁城墙用土夯成："只要五辆外披铁甲，用水湿透、箭射不透、火烧不着的冲车，两天时间就可以撞毁城墙。"

四年前的情景在杨闿眼前掠过，索虏如狼似虎般，弓箭在四周嗖嗖飞射："那该如何？"

马佛念走到城墙内侧："用巨石加固城墙，将城墙厚度再扩十步。"

"十步？"杨闿惊讶地用手比画着距离，这是现在城墙的两倍。

马佛念望着城下葛荣叛军的营盘："索虏哪知道土墙后还有石墙？冲车撞到，已经尸横遍野了。"

杨闿点头答应："好，我让百姓从山上运石垒墙。"

马佛念叫住杨闿："我守城最喜欢石头，越多越好，挑选巨石运至城墙，用来砸烂盾牌和冲车，比弓箭还好用。筑墙时在一人半高处，城门两侧各留两个墙洞，外表封死，让人看不出来。"

杨闿不懂："在城墙上开洞做什么？"

马佛念详细解释："出其不意出城攻击敌军，修筑在高处，避免敌军尖头轳撞到，我军跃下也不会受伤。"

杨闿对马佛念守城的本领半信半疑："他们出城之后怎么回来？"

马佛念神秘地笑着说："自有安排。"

杨闿点头答应，准备下城安排，马佛念仍没讲完："攻城有十二法，临、钩、冲、梯、堙、水、穴、突、空洞、蚁傅、轒辒、轩车，都须一一破解。"杨闵从未听说，马佛念详细解释："临，临山筑攻；钩，士兵用钩搭垛口攀爬；冲，冲击城墙；梯，用云梯攻城；堙，填塞城沟；水为水攻；穴为挖地道而入；突是指穿突城门；蚁傅为密集爬城；士卒搭乘高耸的轩车攻城；轒辒车撞击城墙；空洞，为隧道攻城。"马佛念排除了几种不适合枋头坞地形的方法，说道："索虏还会向坞壁内挖洞，坞主，即刻组织人力，日夜不停在城内三步的距离，修一道深壕，注入山中溪水。索虏一旦挖掘到壕沟，水倒灌进去，淹他们魂飞魄散。"

杨闵计算不清时日："来得及吗？"

马佛念一边观察一边计算："壕沟宽一丈深两丈，长六百步，一名坞壁百姓出工一日挖掘三尺，坞主，调集坞壁中六百男丁，三日之内可以挖出来。"

杨闵惊诧极了，马佛念回到城墙正面，指着城墙外围画一个圆圈："还要在城外百步左右，挖出宽三长深一丈的深沟，直到两侧峭壁，引入汲水为护城河，一千五百名百姓五日内完工。在护城河上修吊桥，其内都在弓箭射程，索虏无法在近处屯集兵马，我军还可从城门和墙洞中冲出，截杀敌兵，将攻城器械尽毁于护城河内。即使冲车撞毁城墙，护城河迟滞敌兵，也有时间用土石堵塞缺口。"马佛念继续安排防御设施，让杨闵架设木幔防止弓箭，城墙每隔十步架设三床弓弩，在垛口上悬挂长索，随时援救城下士卒。杨闵记下照办，马佛念指手画脚说完，杨闵终于松口气："守城的事情都安排完了？"

马佛念摇头："坞主且慢。"

杨闵惊呆了，守城竟有这么多花样："还有？"

马佛念露出满意的笑容："如果索虏久攻不下，守城变成消耗战，必须救护伤者，减少损失，受伤士卒立即包扎救护，既消除恐惧，伤好后还可以重新加入作战。"

杨闵不得不承认他考虑得周全："好，我即刻安排坞壁百姓准备救治。"

杨忠示意杨闵看梁军士卒脖颈："每个士卒都准备一条洁净长巾系于脖颈，一旦受伤自行包扎，不致流血过多。"

杨闵早注意到梁兵脖颈上的雪白布巾，这才明白用途。马佛念连珠炮般说着："所有粮食和兵器都要统一盘点，控制供给，减少损耗。"

杨闵越来越好奇，问道："你这些守城的本领是从哪里学的？"

马佛念翻身坐在垛口间，两脚悬于城墙下："坞主知道钟离之战吗？"

杨闵听说过这场有名的南北大战，马佛念曾经亲往钟离研究城防，向军中前辈请教，终于在枋头坞派上用场："二十多年前，梁国代齐草创，北魏宣武帝元恪命中山王元英率八十万兵马攻梁，兵锋直指淮水南岸重镇钟离。徐州刺史昌义之带领三千精兵进驻钟离，魏军在淮水邵阳洲搭造浮桥，运土镇堑，动用冲车猛撞钟离城墙。在城墙被撞出缺口的危急时刻，昌将军亲自上阵，拼死搏战，将敌军逐出城外。魏军昼夜不息轮番攻城，终未奏效，梁国豫州刺史韦睿带兵二十万北上增援，连夜挖掘长堑，插布鹿角筑城，次日黎明将大营竖立在魏军阵前，敌兵大惊失色。第二日清晨，魏兵万骑来攻，韦睿结成车阵，全军强弩齐发大量射杀。钟离守军闻知援兵已到，出城迎击，里应外合夹击敌军，两军分头进击邵阳洲桥。韦睿利用淮水陡涨之机，将小船装满干草，浇灌膏油，顺流而下焚烧浮桥，派敢死队拔栅砍桥，截断魏军退路。在梁军凌厉攻势面前，魏军争相逃命，被淹死和被杀死的多达二十万人，元英单枪匹马逃往梁城，钟离之围随之而解。"马佛念说完，感叹："世人皆知赤壁之战和淝水之战，谁还知道钟离之战的规模和惨烈，丝毫不逊色？"

杨闵看着坞壁外的景色，沉浸在那场惊天动地的搏杀中，想象着未来的生死大战，心中起伏不定，起来向马佛念告辞："我去安排坞壁百姓锻造兵器，筑墙，挖掘壕沟和护城河，老弱妇孺做饭做菜，身体强壮的上山采集桦木制作攻坚车，搬运石头，加厚城墙。"

马佛念和杨闵一起走下城墙，进入瓮城，校场人声鼎沸，三百梁兵的到来让这世外桃源热闹非凡，问道："有没有懂医之人？要配些药给士卒紧急救治，轻伤者休整片刻便可重返战场，重伤者也不会身亡，兵力循环使用，生生不息，此事极为关键。"

杨闵含笑道："刘离爹爹以前是武川镇军医，四年前战死，她虽然年龄不大，却学到不少，让她来帮你。"

两人说话间进入校场，宋景休正在挑选坞壁士卒，个子太矮、体重过轻和力气太小的都被打发回家，将近三千名精壮小伙子在校场中排列。刘离坐在车驾上笑吟吟看着，杨闵走过去爱怜地摸着她的脑袋："小刘离，想当兵吗？可惜你是女孩子。"

刘离跳下车靠在杨闵身上："爹爹，他们的铠甲好帅。"

刘离总腻在杨闵身边，增添很多快乐。杨闵说："马大哥找你帮忙。"

马佛念俯身问："懂得草药吗？"刘离曾随父亲在山中采摘草药，使劲点头。马佛念安排道："我说你记，你带着妇孺上山采摘。"刘离表示明白，马佛念说道："药者草木之性，治人寒、热、燥、湿之病，道达经脉，通理三关、九候、五脏、六腑，扶衰补虚。军中人多，人气郁蒸，或病瘟疟痢，金疮堕马，随军备用。"

她一字不差地重复一遍。马佛念报出药方："第一方疗发烧方：栀子二十枚、干姜五两、茵陈三两、升麻五两、大黄五两、芒硝五两，研磨为细末，米汁调服，记住了吗？"

刘离笑呵呵地说："我知道这个方子，米汤效果不好，米酒见效更快。"

马佛念看出她懂得医药，一口气说下去："第二方疗赤班子疮：栀子二十枚、茈胡三两、黄芩三两、芒硝五两，研为细末，饭饮调下。第三方疗天行病：瓜蒌四十九粒、丁香四十九粒、赤小豆四十九粒，井花水调服。第四方疗虐疾：鳖甲三两、常山二两、甘草二两、松罗二两，乌梅煎汤调服。第五方疗痢病：黄连和黄芩各五两、黄耆和黄柏各四两、龙骨八两，研磨为细末服用。第六方疗霍乱：去壳巴豆一两、干姜三两、大黄五两，制成梧桐子大小蜜丸服用。第七方疗脚转筋：生姜一两拍碎，水煎服之即愈。第八方疗刀剑伤肌：黄耆、当归、芎劳、白芷、续断、黄芩、细辛、乾姜、附子、芍药各三两，研磨为粉末，敷于创口。第九方疗刀枪伤骨：白蔹和半夏各半，研磨为粉末敷于创口。第十方疗淤血方，将五升生地黄研磨烂，敷于创口。第十一方疗马坠折及伤手脚骨痛：榨取大麻子根和叶的汁液服下，疼痛立止。第十二方辟五兵不伤：雄黄一两、白矾二两、鬼箭一柄、羚羊角、灶中土三分，研磨为粉末，以鸡子黄并鸡冠血为杏仁大小，置一丸于囊中，系腰间及膊上，不令离身，亦有辟毒之效。"

马佛念不喘气地报出十二种药方，杨闵心服口服，听到最后连忙说道："给我一颗辟五兵不伤丸，带在身上。"

其他十一种药方都有疗效，唯独辟五兵不伤丸纯属阵前的心理慰藉，马佛念解释清楚，问刘离是否记住。刘离从小给父亲帮手，粗知药理，复述一遍。马佛念核对无误，她转身去准备。宋景休暗自留心刘离，跟着跑去。马佛念喊道："哎，大眼，你去哪里？"

宋景休找借口和刘离混在一起："我也去搞一颗辟五兵不伤丸。"

杨闵很开心："大眼黏上刘离了。"

宋景休和刘离的身影转眼间消失在房舍中，马佛念仍有顾虑："坞壁百姓士气如何？"

杨闵看着人来人往的校场："枋头坞是最后存身之所，大伙儿只有一个想法，守住家园，活下去。"

马佛念："坞主，即刻动工吧。"

宋景休是挑兵练兵的行家，马佛念将守城安排得滴水不漏，他们协同调度，杨闵不需独立承担防御坞壁责任，指挥坞壁百姓备战就可以了，燃起希望："老马，能守住吗？"

马佛念领着杨闵又登上城墙，七零八落的索虏军营散布城外，连到天边望不到尽头："如果一万索虏攻城，可以轻而易举击溃，若有四五万索虏彻夜不绝，有所牺牲，仍可守住。"

杨闵的乐观情绪消失一些，停下脚步："听说葛荣叛军号称百万。"

马佛念却不担心，"只要十万索虏日夜不息，不计代价攻城，城防设施虽固若金汤，守城士卒会不断消耗殆尽。不过葛荣贼兵正与魏国作战，不会调集大量军队攻击枋头坞。"马佛念寻访钟离之时，研究过攻守配比，四千坞壁士卒装备齐全，凭墙据守，绝对能够抗住十倍之敌。

城外葛荣叛军连天蔽日，杨闵问道："如果敌军超过十倍，又当如何？"

马佛念不信会有如此局面，嘿嘿笑着："如果这样，就趁早跑吧，往山林里跑。"马佛念猛拍大腿，想起一件极为重要的事情，手指城墙正中："总觉得缺点什么，坞主，砍伐一棵大树，去掉枝叶做成旗杆，绣一面大旗，在城墙正中竖起来。人在旗在，这是守城之魂，激励死守决心。"

杨闵明白了大旗的用途："旗上绣什么字？"

马佛念手扶下巴，自言自语："我军以往都写'梁'字，有时也绣关中侯的'陈'字。"

杨闵反对，这是魏国地盘，不能用梁国的旗帜。天色渐黑，坞壁忙碌起来，百姓为守住家园，挖壕，运石，筑墙，锻造，热火朝天，一股热气从马佛念腹中升起，说："胡人入侵中原，占据汉人家园，我们逃入山林，这是我们的土地，应该竖起'汉'字大旗，挡住胡人的进攻，让他们在大旗下颤抖。"杨闵深受鼓舞，吩咐士卒砍树造旗。

明月走到杨忠身边，来到无人之处说道："我要去邺城。"

邺城？杨忠大吃一惊，他曾经猜测明月来北方的动机，很可能去北魏都城洛阳和那个叫作子攸的人见面，没想到她要去邺城。外面极乱，葛荣正在围攻邺城，杨忠不想她以身犯险："请郡主少安毋躁，等局面大定再去不迟。"

"杨忠，可记得关中侯将令？"明月搬出陈庆之将令压住杨忠，"明日离开枋头坞，前往邺城！"

杨忠拱手遵令，找来杨闳、马佛念和宋景休商议："北海郡主打算前往邺城，我明日率领五十兄弟护送，你们率领其余兄弟防守坞壁。"

杨闳脸色不好，枋头坞压力极大，杨忠留下马佛念和宋景休，陪着明月跑去邺城，十分说不过去："杨忠，不能留下你的兄弟。"杨闳走到校场另一侧，找到明月："郡主，您此时此刻要去邺城做什么？"

明月想了想，说道："老坞主，我暂时不能说出来。"

杨闳对明月生出了不满，可是杨忠等人对她十分恭敬，也不能发火，回到马佛念、杨忠和宋景休身边："唉，这丫头什么都不说。"

宋景休摇摇头："估计是要跑，邺城坚固又有魏国军队，那里安全。"

杨忠心里不认可，陈庆之的将令是一切都听明月郡主安排，马佛念劝解杨闳："坞主，这是关中侯将令，谁也不能违抗。"

宋景休仍然不让步："老马，咱们作战向来是你在后指挥，我做先锋冲杀，杨忠带领主力居中作战，他走了，咱们两个人防守？"

三人在战场上摸爬滚打，一旦敌军攻击枋头坞，必然是马佛念在城墙上指挥，杨忠屯守瓮城，宋景休出城反击，如果杨忠去了邺城，便打不出配合。杨忠十分踌躇，马佛念叹息一声："这是关中侯将令，一切服从北海郡主，大眼不要多言，但听北海郡主调度。"

宋景休无奈，又开始担忧杨忠："要不要多带些人马？"

"邺城兵荒马乱，葛荣数十万大军围攻，人多反而不便。"杨忠拒绝，此时天色全黑，坞壁被火把照得通明，杨闳空荡荡的右臂空袖在风中飘舞。杨忠极不放心："叔父，老马是守城高手，您放手让他主持，大眼久经战阵，可领军冲锋陷阵，您熟悉坞壁情况，总管百姓，不用亲自上阵搏杀。"

杨闳见识过马佛念守城本领和宋景休练兵手段："坞壁防务交给他们，我放心。"

杨忠心情十分沉重："我们没有称手兵器和铠甲，一旦索虏攻上城墙就难以抵挡。"

几人对此都无能为力，只好作罢，杨忠仰望空中渐满的月亮，大地披上一层银霜，邺城局面诡谲，此行难以预料，明月为何偏偏要去那里？

第二天，杨忠率领梁兵护送明月出枋头坞，北上邺城。为了安全，他率领十几名梁兵换了魏军铠甲，贴身保护明月，其他士卒分成八个小组，延伸数里护送和侦察，触敌即走，避免冲突，如有敌情逐次向内传递。一路平安。太阳西沉，月影弥空，憧憧黑影晃动，几名梁兵游骑穿越森林过来，梁兵策马向杨忠禀报："看到一件怪事。"

杨忠停下战马："讲。"

斥候拱手答道："遇到两人推车穿行在树林间，向南行走，似在躲避葛荣叛军。其中一人身高丈余，全身乌黑，如同西天罗汉。"

梁兵议论纷纷，有人猜是西域人，那梁兵反驳："我从未见过那么黑的人。"杨忠又问另外一人相貌，梁兵答道："年纪不大，活蹦乱跳，手舞足蹈，像个猴子一般。"

小猴子游历大漠回来了？他不想耽误明月行程，拨出六名梁兵掉头回去，沿途暗中护送。

杨忠没有猜错，那人正是游历大漠的小猴子，他在突厥部落钻研兵器铸造之法，学成后踏遍漠北回到怀朔镇。六镇叛乱被平息后，朝廷将镇民迁徙河北，怀朔镇人烟凋零，熙熙攘攘的酒馆没有生意可做。小猴子说动昆仑南下，从怀朔镇进入中原，来到定州左人城，这里一片残破。当地汉人百姓大都跟随北平主簿邢杲逃亡山东，小猴子一路打听才知道杨闿率领左人城百姓选择南下，在黄河北岸筑垒自守，他们绕开邺城，距离枋头坞越来越近。小猴子看着四周陌生的景色，心里不安，左人城被攻破后，小伙伴们还在吗？他东张西望："邺城北边到处是索虏窜来窜去，这里就平平安安。"

昆仑在怀朔镇数年，能简单说出几个字，瓮声瓮气说："你来说，枋头坞，大大好，我才来，如不好，我就走。"

小猴子向昆仑招手："翻越这道山梁就是坞壁，我给你搭间房子，再给你找个老婆。"

昆仑来了力气，将推车推得飞快，念叨："老婆好，好老婆。"

中午时分，烈日炎炎，宋景休从坞壁百姓中挑出三千名精壮男子，加上原有士卒，凑足四千整数，集合在坞壁校场中列成方阵，讲授鼓角金锣、旗帜战法和行军进退。忽然，围观坞壁百姓像潮水般向城门涌去，宋景休好奇心发作，命令坞壁士卒歇息。刘离端水来："喝口水吧，讲了一个上午。"

宋景休端详眉目清秀的刘离，身心舒坦，一口饮尽，抹抹嘴："为何都去城门了？"

刘离笑着说："铁匠老侯的儿子小猴子回来了，还带回来一个顶天高的全身黑炭一般的人，我带你去看。"宋景休跟着刘离向人群挤去，远远看见高出众人半个身子的昆仑。刘离手掌搭在额头仰望："那人好高好黑啊，比你还高一头。"

老侯父子在左人城的人缘好，熟人都过来说话，小猴子顾不上回答，东张西望寻找父亲："我爹呢？"

屠户老苏从人群中挤出来："你爹送杨忠去梁国，在涡阳开酒馆享福呢。"

小猴子听说父亲身体健康，放下心来，听见有人喊他绰号，看见在人群中的刘离，拉着昆仑分开众人来到刘离身边说道："昆仑，这是刘离，我的好朋友。"

"嘿，刘离，你好啊。"昆仑弯腰看刘离，问小猴子："好老婆，是她吗？"

刘离被昆仑吓了一跳，小猴子摇头摆手。刘离生气："他说什么？"

"他不懂汉话，胡说八道。"小猴子注意到宋景休，连珠问道："你是谁？新来的？怎么看不见杨忠？给你们带礼物了。"小猴子挤回推车拿出一双皮靴递给刘离："我在金山银水用小牦牛皮给你做的，试试。"

刘离脱掉布鞋穿上牦牛皮靴，蹦跳几下："正合适，哈哈。"

小猴子从车上拿出一个罐子在空中摇晃："猜猜，这是什么？"

刘离看着罐子中白色的面球，皱着眉头猜测："好像是面团吧？"

小猴子取出酒葫芦放在她鼻子旁边，刘离闻出酒味，用手拨开，酒香传到宋景休鼻中，他咽咽口水："好酒，我替刘离尝尝。"

小猴子收回酒葫芦抱在怀中，这烧刀子是他千辛万苦从怀朔镇带回来的，刘离摇着小猴子的胳膊替宋景休求情："好猴子，给他尝一口吧。"

小猴子摇头拒绝："平常叫小猴子，求我，就叫我好猴子！"

刘离抢下小猴子肋下的酒葫芦，宋景休打开喝了一口，酒浆一丝丝从舌尖渗入喉咙，连称好酒。小猴子飞快夺回酒葫芦，向里面看看："一口喝了我半葫芦，嘴巴比眼睛还大。"他收好酒葫芦，手指面团："这是酒曲，坞壁里面什么都有，就是没有怀朔镇那样的酒馆，我和爹爹开一个。"

宋景休在涡阳时常泡在老侯的酒馆中："你爹爹酿的'千里香'没有这个劲儿大。"

"中原的米酒，不如这酒劲儿的十分之一。"小猴子得意扬扬，提高声音："你从涡阳来？你见过我爹爹？他身体好吗？"

宋景休大笑："身体好，壮得像牛一样，一脚就能把杨忠从板凳踢上城墙。"

小猴子知道父亲身体健壮，心里畅快："我去接爹爹回来，我打铁，他酿酒。"

刘离还记得小猴子偷铁刀换秋薯的事情，半信半疑："你打铁行吗？你只会给你爹爹拉风箱，打下手。"

小猴子回到推车边，摸索出一把匕首，刀刃像月牙般闪亮，刀背是赤炭般的颜色："这是我带给杨忠的，试试刀锋。"

他将匕首交给刘离，扫见宋景休腰中悬挂的环首刀："小个子，刀。"

宋景休个头极高，第一次被叫作小个子，一挺胸脯压倒小猴子半头："我小个子？"

小猴子拉来昆仑，横在两人中间："举起手来，能不能摸到昆仑肩膀？"

宋景休瞪着大眼睛仰望昆仑，云朵飘在他肩膀："和他比都是小个子，杨忠都比不上。"

小猴子神气十足："那就没叫错，小个子，把刀给我用用。"

百炼环首刀是战场打仗用的，宋景休不给："这不是小孩子玩的玩意儿。"

小猴子抓起酒葫芦在宋景休面前一晃："比画一下，看看你们战场上杀人的家伙能不能比过我砍柴的玩意儿，你赢了，酒都是你的。"

宋景休咽咽喉咙津液，刀柄一压，百炼环首刀跳出，抓住横在身前。坞壁百姓让出空地，马佛念分开人群进来，拉住宋景休，手掌摊开。小猴子把匕首向怀里一藏："奇怪了，坞壁中来了这么多新人，一点规矩都没有。"

杨闳走出来，小猴子大声招呼："杨大叔，您好，胳膊怎么断了？"

屠户老苏猛拍小猴子："你小子怎么说话？"

小猴子睁大眼睛："老城主呢？难道被那弓箭射……"他闭口不语，从推车中取出一套铠甲，双手递给杨闳："杨大叔，我为老城主编制的铁铠没有挡住簇头，我又重新打制一副，从今往后，刀枪弓箭都不能伤你，穿上吧。"

杨闳不怪小猴子乱说话："你爹将杨忠送往南方梁国，在那里陪伴他，你见到你爹爹时转告他，他已经尽全力了，我们都想念他，早些来枋头坞吧。"马佛念经常与杨忠混在涡阳老侯的酒馆，曾问他为何不再打铁，他叹气不语，想来还为杨忠父亲之死念念不忘。

杨闵不想说起悲伤往事，从小猴子手中要过匕首打量，乌黑的刀脊与粗铁刀相仿，只有色泽晶亮的刀刃泛着寒光，很像梁军百炼刀的材质。杨闵将匕首交给马佛念，马佛念把匕首举起向空中，逆光察看刀刃，拔出腰间环首刀与匕首并列，食指轻弹，刀刃颤动："环首刀由百炼钢锻造而成，刀脊与刀锋同质，这匕首刀锋像一汪清水，刀脊乌黑，与刀锋材质完全不同，契合无间，大眼，知道这匕首的名字吗？"

宋景休没有看出匕首的神奇："黑乎乎的，与坞壁粗铁刀差不多。"

马佛念抓起粗铁刀，匕首轻轻一划，铁刀无声无息断为两截，跌落在地。宋景休呆若木鸡，他当日用尽全力才砍断独孤如愿的粗铁刀，做不到如此轻松。马佛念轻轻念道："宿铁！"

小猴子抓回匕首，总算有人识货，得意扬扬。宋景休问："宿铁是什么？很厉害吗？"

马佛念目光不离匕首："传说在大漠极西的金山银水之地，有个精于锻造的突厥部落，世代为柔然锻奴。烧生铁灌入熟铁，反复锻造，刀脊为赤黑生铁，刀锋为银亮熟铁，用五牲尿水浸泡，再以五牲之脂淬火，此为灌钢之法。宿铁刀极为珍贵，只有柔然贵族才有，流落到中原更少，没想到居然在这里见到。"

小猴子夺回匕首，瞪大眼睛望着马佛念："你怎么会知道灌钢之法？"

马佛念打消小猴子的顾虑："我本以为是传说，今日才相信真有此事。"

小猴子放下心来，将匕首向马佛念手中一送："宝剑赠英雄，送你。"

马佛念吓了一跳，匕首价值连城，拿到京城建康，能换回百亩良田，以为他开玩笑，将刀柄放回小猴子掌中，好心提醒："这匕首非比寻常，你既有缘得到，千万好好保存。"

小猴子呵呵笑着说："你厚道，可以交。"他猛掀帘布，七八把形式各异的宿铁刀随意放在竹筐中，问马佛念："猜猜我怎么得到的这些宿铁刀？"

马佛念呆若木鸡，这些宿铁刀只有普通木柄，不像柔然贵族镶满珠宝，逐一检查却都是货真价实。小猴子哈哈笑着手指鼻子："我打的。"马佛念差点儿跪倒，他生平传奇，见多识广，第一次见到宿铁刀，居然出自眼前这个貌不惊人的小孩儿手中，实在匪夷所思。小猴子看出他难以置信，手指匕首脊部："你看，这里有我名字。"

马佛念果然看见在刀柄下方刻着一个弯弯曲曲的汉字，认出是一个东倒西歪的"猴"字。他小心翼翼收好匕首，亲兄弟般搂住小猴子："你有这手艺，我们就发了，打完仗，去建康开个刀剑铺，绝对生意兴隆，日进万金。"

小猴子手指昆仑："挣了钱，给他找个媳妇，我答应他了。"

马佛念觉得为难，万一没有姑娘愿意，谁也帮不上忙，转念一想安慰小猴子："只要有钱，总能给他找到好媳妇。"

小猴子眉开眼笑："对，有钱能使鬼推磨。"

马佛念收起匕首，小猴子是上天突降的礼物："坞壁需要兵器，能打造吗？”

小猴子一拍胸脯，环顾周围坞壁百姓，打包票说："当然能。"坞壁众人欢呼，小猴子继续说："打造宿铁刀与以往炼铁不同，需要重砌铁炉，燃料不能用木材，要用纯黑焰硝，须得上山寻找。"

马佛念觉得没有把握："多久能炼出宿铁刀枪？"

小猴子挠头说："这就不好说了，要看山中有没有硝石。"马佛念被浇了一盆冷水，小猴子反问："对付索房铠甲，也不一定非要宿铁刀。"

马佛念不敢小看小猴子："你有何办法？"

小猴子抓过一柄粗铁刀，手指在刀刃上抚摸，沉思一会儿："你们去抓几个索房，把最重的铠甲剥下来，挂在树干上，我明日就能炼出克制重铠的兵器。"

坞壁防御设施进展顺利，唯独缺少近战格杀的兵器和重铠，小猴子有这个本事，马佛念全力支持："遍地索房，比抓只青蛙都容易。"他吩咐斥候骑兵："兄弟们，抓几个索房，剥下铠甲挂起来。"

30

护身重铠

　　一座沐浴着金色余晖、由汉丞相曹操主持建造的大城出现在眼前。东汉建安九年，曹操被封魏王，营建邺城。邺城东西七里，南北五里，设六门，在西面城垣上筑有铜雀、金虎、冰井三台。城墙将三座高台连接在一起，如同空中楼阁，在夕阳下拉出长长的影子。

　　明月和杨忠在天色微明时到达邺城西南，找到一处树林，既可以观察军情，又利于躲藏。明月将缰绳系在树上，放任马匹吃草休息，走到树林边缘望向邺城，手指居中的铜雀台："曹操讨伐东吴，兵败赤壁，就为将二乔抢来放在铜雀台上。"

　　杨忠露出笑容："那是后人谣传，赤壁之战时铜雀台还没有建造，曹操是盖世英雄，岂能为两个女人就轻易开战？"

　　明月侧着笑脸面向杨忠："这么说来，大英雄只要江山，不要儿女情长？"

　　杨忠看着明月，喜欢这种说话的感觉："我可不是大英雄。"

　　明月笑容绽放："你不是大英雄，是胆小鬼。"

　　杨忠拿明月没有办法，手指城外葛荣军营："邺城被团团包围，冲入十分危险。"

明月手搭额头，仔细观察："营帐间没有栅栏相连，趁着夜色冲进去吧。"

杨忠不敢拿明月性命冒险："守城士卒不知道我们的来历，不会放下吊桥。"明月无言以对，跟随杨忠返回到密林歇息。斥候骑兵已经绕邺城一圈，纵深数里遍布葛荣军营，冲不到护城河就会被拦截下来，即便到达护城河，吊桥不落也无法通过，明月把幽怨的目光洒向杨忠。杨忠融化在她的目光中，觉得牺牲性命都不可惜，走到林边望着邺城绞尽脑汁。若平常作战，他肯定毫不犹豫冲入包围，他望着明月纤细的身体，不敢下这个决心。

忽然战鼓震山响，号角齐鸣，一名游骑策马驰入密林，禀报："魏军打开邺城南门，正在突围。"杨忠跑出树林，找到地势较高处望去，一队魏国骑兵从城门涌出，吊桥落下，横跨护城河，刹那间魏军骑兵来到护城河外。邺城被围许久，断绝粮草，突围毫不奇怪。葛荣叛军发现魏军突围，胡角响彻天空，叛军士卒遍地涌出，各持刀枪列队集合。

"他们能冲出来吗？"明月没了主意，守军为什么突然突围？

葛荣联营遍地，邺城守军极难冲出，杨忠双手一击，手指邺城："葛荣贼兵防线大开，我们趁机冲进去，但是深入阵中，有去无回，凶险万分。"

明月踩马镫翻身上马："走。"

杨忠拉住她的缰绳："等等，披重铠。"

明月手指身上铠甲："我已经穿了，没看见吗？"

杨忠拉来踏燕，解开铠甲包，脱掉身上轻甲，露出麻布短衣包裹精壮上身，取出一件犀牛皮贴身软甲，套在上身，双手一抖，一件铁索连环锁甲披在后背，又取出鱼鳞两挡甲，两名梁兵帮他前后扣上系紧。明月侧头，笑呵呵地说："胆小鬼，不热吗？"

杨忠取下一副铠甲包递给明月，她接过向密林钻去，声音飘出来："我自己来，别想趁机占便宜。"

杨忠又在鱼鳞甲外套上明光铠，系紧腰带，抓住包裹向空中一抖，变成白袍形状，系在颈间，更加魁梧结实。明月从密林跑出，口中叫嚷："他们冲到哪里了？"杨忠发现不对，按住明月解开她腰带，剥掉明光铠。明月全身挣扎，大叫："胆小鬼杨忠，做什么？"

杨忠不理不睬剥去甲胄，雪白肌肤隐约暴露在白色丝绵小衣内，不顾明月泪水纵横，取出犀牛软甲从明月脖颈间套上，一件一件为她披挂铠甲："只穿一层铠甲，不要命了吗？"

明月偷懒，只穿一层明光铠，明白杨忠用意，手脚不再挣扎，破涕为笑："少穿些行不？"

杨忠不触动明月身体，套上三层锁甲和鱼鳞两挡铠，最后扣紧明光铠，明月单薄柔弱的肩膀立即宽阔起来。杨忠提腰带，将她甩在马鞍之上，明月心中暖和，睫毛扇动，哭闹的泪花还挂在嘴角，收拾妥帖，明月一夹战马，风声迎面而起，带头向林外冲去。邺城守军选择葛荣军营中间的薄弱区域突围，洒出箭雨，仓促跑出的敌兵四散而逃，露出一片空隙。守军挺起长槊，红缨逆风飘摆，从缺口冲破防线向外杀去。明月快马加鞭向缺口冲去，杨忠率领梁兵，从树林奔驰而出，追上明月。

杨忠和明月趁葛荣防线收缩，穿越几道栅栏，明月快马加鞭：

"葛荣军营很好冲啊。"

杨忠俯身观察，葛荣布了一个奇怪的阵营，拒马木栅不向内防御守军，而是朝向城外，对邺城围而不攻。杨忠突然明白，葛荣根本不是攻打邺城，而是要围城打援，吸引魏国主力渡过黄河，在邺城决战。明月马鞭向前指去："你看，葛荣贼兵从后面兜过来了。"

杨忠催动战马追上明月，抓住缰绳，战马仰天长啸，原地停住："凶险万分，快退。"他已经看出了阵形，葛荣就是要包围援军。

葛荣叛军放邺城守军出城，排山倒海地重新杀回，夺取吊桥，营盘就要合拢，将魏军吞噬进去。明月一夹马腹向缺口冲去，丢下一串嘻嘻笑声："胆小鬼杨忠，趁他们阵形没有合拢，冲进去。"

明月就要落入重围，杨忠额头冒汗，马鞭全力抽打，战马咆哮提速向前。箭雨从四面八方罩下，天空失色，嗤嗤声响起，无数长箭像天空中的星斗一样笼罩四方。明月抽出腰刀，拨打如蝗的长箭，身下一挫，战马插上三四支长箭，鲜血迸射。只要掉在马下，就要被漫天箭雨穿出无数个窟窿。

明月腰间一紧，身体不再下坠，在空中划出弧线，浑身被颠得要散架一般，睁开眼睛，战马重重砸在地面，溅起无数草屑，她被杨忠搂在怀中。杨忠全力抢救明月之时，一支长箭贯入肩头，明月惊呼一声，杨忠若无其事倒拔长箭，摆在明月面前，簇头没有血迹，层层重铠护住了身体。

葛荣营中传出一串收兵锣声，叛军像潮水般向后退去，在远处集结，手持盾牌排成长蛇阵，像一张大网包抄而来。邺城守军游走在营盘间避免交战，只求冲出包围，一名结实得如同豹子般的将领一马当先，左突右冲，敌军正在夺取吊桥，完成合围。突围军队惊慌失措，纷纷掉转马头，沿着护城河向东边奔驰。就在葛荣长蛇阵即将合拢之际，一匹战马跃入重围，明月掀开兜鍪，露出娇俏的脸颊："行台大人。"

甄密滚鞍落马，全身伏地拜见："拜见北海郡主，臣相州行台甄密，奉命出城寻找郡主，幸不辱使命。"

"甄密字叔雍，司徒甄琛从弟，曾任中山王元英的参军，历任太尉铠曹参军、国子博士、通直散骑常侍，迁冠军将军、相州大行台，奉命抵御葛荣。"明月悄悄将甄密的身世说了，杨忠吓了一跳，三拜九叩是朝见天子的礼仪，明月泰然接受："战场上不需多礼，快起来吧。"

长蛇阵合拢，步步逼近，杨忠驱马上前："赶紧突围。"

甄密牵来一匹无主战马交给明月，马鞭指向葛荣叛军："葛荣贼兵前后合围，我们向东边冲入城。"箭雨越来越密集，杨忠抬头看去，邺城守军聚集在垛口指指点点。东门也有葛荣叛军围城，那里不见得容易入城。

明月被护在中间不再害怕，笑容再现："胆小鬼杨忠，到这里来。"杨忠环首刀击飞一支射向明月的雕翎箭，持盾护住她后背，一心一意保护，转眼间数支箭嗖嗖飞射，叮叮当当贯入盾牌。

无边无际的葛荣叛军列队等候多时，五六万人马结成坚实的防线，熠熠闪亮的刀枪和弓箭手在盾牌后隐约闪现，他们早已布下天罗地网，等候猎物，收拢阵形向魏军包围。甄密战马盘旋背靠护城河，战场静止一般，别说从东门入城，突出重围都不容易。

夺门之战

31

杨忠看出形势危急，策马上前："合围了。"

甄密咬紧牙关，扣紧兜鍪："深陷重围，拼死一搏，保护北海郡主。"

魏军骑兵紧紧环绕明月身边，掉转马头寻找敌军最薄弱的位置，杨忠贴身保护明月，白马银铠在黑漆漆的魏军中十分显眼："且慢。"

甄密打量披挂梁国样式铠甲的杨忠："你是何人？"

明月正要介绍，被杨忠打断，葛荣叛军压来，就要进入弓箭射程，杨忠手指邺城南门："杀回南门。"

葛荣叛军夺了南门吊桥，甄密冷笑一声："你疯了吗？"

杨忠手指城墙垛口："城墙上本有很多守城士卒，现在消失不见，肯定去瓮城集结，出城接应，等待城内出兵，里应外合冲回邺城。"

城墙上果然空荡荡不见人影，甄密点头，指挥士卒围拢成一个圆形阵线，举起令旗越众而出，向葛荣叛军大声喊道："魏国相州行台甄密，请带队将领说话。"

葛荣叛军从四面八方拥入，相隔弓箭射程之外，将魏军围得水泄不通。阵营忽然波浪般分开，数千骑兵破阵冲出，拱卫着正中的黑甲铁骑。此人膀大腰圆，不怒自威，背后两面巨幅扇盖，一名将领走出队形，大喝："大齐皇帝在此，还不下马投降。"

杨忠灵光一闪，催马出来："我是朝廷派来的使节，专程与将军议和。"

葛荣包围邺城，希望调动魏国大军北渡黄河，围城打援，今日听说魏军突围，不免失望，听到"议和"两字，好奇心起，在中军簇拥下前行几步："如何议和？"

杨忠向城门眺望，那里没有动静，继续拖延时间："六镇军民本是戍卫平城的勋贵子弟，镇兵和镇民被流放河北，无衣无食，走投无路下举旗造反。朝中王公大臣争相斗富，穷奢极欲，二月二十六日，胡氏毒杀先帝，四月十一日，大将军尔朱荣奉旨意入京勤王，十三日将胡氏沉于黄河。新皇登基，大赦天下，愿封葛将军为齐王，永据河北。"这些都是杨忠沿途打探来的消息。

甄密大惊，议和条件闻所未闻，其实是杨忠信口开河，葛荣却不动心，大声斥责："朝廷那些王公大臣只知道盘剥百姓，丞相元雍富甲天下，分出他家财十分之一，足够赈济我们六镇士卒。朝廷不给我们粮草，反把六镇军民流放到河北，我们将草根啃光，树皮剥光，数万人被活活饿死，不造反还有活路吗？"

杨忠不与葛荣争辩，顺着他的话说下去："将军所言极是，胡氏和两千多名王公大臣丧生河阴，其中就包括丞相元雍，怨有头债有主，将军何不化干戈为玉帛，休养生息？"

葛荣仰天大笑："你们下马投降，便化干戈为玉帛。"

杨忠在阵前见到葛荣，想起他四年前攻破左人城，射死父亲，怒火中烧，估量相距一百五十多步，悄悄取出弓箭，长箭搭上弓弦，蓄势待发。突然，邺城南门一声巨响，大门洞开，守军涌出，城墙冒出无数魏兵，墙上和地面弓箭齐发，向护城河杀来。吊桥处的葛荣叛军背朝城墙列阵，冷不防被城中守军杀出，在箭雨下纷纷倒下。甄密一声令下，魏军掉头夹击吊桥，战场形势突变。杨忠抬起弓箭正要射向葛荣，发现明月策马向吊桥猛冲，不得不收回弓弦，拉住她的腰带："危险。"

话音刚落，前排魏军被一排弓箭射倒，明月做个鬼脸，老老实实跟在杨忠身边。魏军倾尽全力急攻吊桥附近葛荣叛军，甄密挺起长槊，高声吼道："是生是死，在此一举，冲！"

葛荣叛军久经沙场，聚集在一起大声呐喊，冲向城外魏军。两军迎面相撞，前排士卒像波浪般倒下。甄密一马当先，似离弦之箭一样切入敌军阵中，长槊刺入敌兵腹部，鲜血四溅的尸体被甩入护城河。魏军见主将如此神勇，怒吼一声，各挺长槊杀入敌阵。从城门拥出的守军拥到护城河边，弓箭噼里啪啦射杀敌军，腹背受敌的葛荣叛军终于四散崩溃。铰链吱呀响起，吊桥凌空落下，搭在对岸。魏军士气大振，撕开凌乱防线到达护城河边，抢占吊桥一端，前锋从吊桥渡河，后卫结成弧形阵线缓慢后退。

明月有杨忠护在身边，并不觉得害怕，看见他身上插了五六支箭，不由得感动："盾牌别总罩着我，看你身上。"

杨忠数层重铠，弓箭都是从一百步外射来，只是皮肉之伤，向明月笑笑，看见葛荣叛军从西边四五百步早已填出土径，正在渡过护城河，用盾牌顶住箭雨，在护城河内集结兵力，提醒甄密："行台大人，贼兵过河了。"

漫天箭雨覆盖，吊桥仅容一骑通过，速度极为缓慢，甄密大喝："让北海郡主先过去。"

明月和杨忠来到护城河边，吊桥是一块没有护栏的木板，下面是深广的护城河。杨忠手臂挽盾搭在明月后背，护送她到达对岸，与邺城守军会合，结成半月形防线。胡角连天蔽地响起，从土径渡河的葛荣叛军集中兵力，向吊桥与城门中间空隙杀来，意图截断通往城门的通路。杨忠向对岸的甄密大喊："行台大人，护送北海郡主入城。"

明月被护在中央，手指吊桥对面："不能丢下他们。"

甄密左右为难，如果护送北海郡主冲入邺城，吊桥失守，没有过河士卒就将覆没。战场形势稍纵即逝，甄密犹豫不决时，葛荣叛军冲入吊桥和城门间，魏军再次陷入重围。护城河外的魏军留下数十名重伤的士卒，且战且退渡过护城河。吊桥悠悠扬起，碗口粗的竹子沾满血迹。葛荣叛军无法渡河，张弓搭箭，射向对岸魏军，还有一些掉头向西边，绕过河来，也不攻打吊桥，拼命向城门拥去，想一鼓作气夺取邺城。

城墙上弓箭齐发，滚木巨石倾泻，无奈城外魏军没有入城，聚集城门拼死抵抗。形势急转直下，渡河叛军越来越多，城门方寸间留下数百具尸体，守军节节后退，南门就要失守。葛荣率领中军精锐到达吊桥对岸，一名头顶突骑帽的将领抓住缰绳，大声劝阻："陛下，如果攻下邺城，就无法围城打援。"

葛荣杀得兴起，咆哮起来："黑獭，不管那么多，今天就攻破邺城。"

这名劝阻攻城的将领名叫宇文泰，外号黑獭，是葛荣帐下统军，围城打援出自他的精心设计。黑獭暗暗叹气，退到葛荣身后。

　　杨忠紧贴明月，用盾牌和环首刀挡开弓箭，望见扇盖之下正是葛荣。父亲倒地鲜血横流的情景出现在眼前，拉满大弓，弓箭飞越护城河，鬼魅般直奔葛荣面门。葛荣来不及拨打，缩头躲闪，弓箭从他脖间划过，带出一蓬血花，栽落马下。杨忠第二支弓箭射来，葛荣身后士卒坠落战马，扇盖轰然倒地。明月拍手叫好，夸奖杨忠射术，她一点儿都不害怕，反而鼓励士气，也算奇异。葛荣落马，扇盖倾覆，叛军纷纷向护城河边张望，攻击停止。甄密扬起长槊，大喊："葛荣已被射死，大伙儿冲啊。"

　　魏军齐声呐喊，冲向城门，瞬间突破几道防线。守军士气大振，齐声怒吼，夹击城门内的葛荣叛军，城墙上箭雨和石块向下飞泻。敌军不知葛荣生死，勇气顿减，在两面夹击之下，已经有士卒沿着城墙向西逃出。甄密策马来到杨忠身边，称赞："好眼力，好箭法。"

　　葛荣捂着脖子被士卒扶起，重新上马，叛军欢呼一声，军心大振，一起向城门冲杀，要一举攻破邺城。城门乱作一团，两军不分你我搅在一起，城墙上守军无法分清敌我，不敢投掷巨石，只能抽出弓箭射杀。甄密冲入城门，向四周大喊："快救北海郡主。"

　　甄密引来无数弓箭，被一支雕翎射中腹部，忍痛提剑到处寻找："北海郡主！"周围士卒向城外指去，明月仍在城外十几步距离，甄密不顾腹部鲜血涌出，嗓音嘶哑："冲回去，将郡主抢回来。"

　　甄密掉头杀回门外，却被入城洪流裹挟，徒劳地望着城外。

明月担心杨忠，收拢缰绳停住战马，回头大喊："杨忠，你在哪里？"在这瞬间，一支长矛毫无预兆从侧面贯穿马腹，战马长嘶向前冲倒，明月滚落地面。一名葛荣士卒双手持刀，大步紧逼。杨忠刺倒贼兵，夺下长槊，右手一扬，一条黑线没入贼兵前胸。杨忠紧夹马腹从明月身边掠过，握住腰肢，将她纳入怀中。葛荣叛军从四面拥入城门，面前是无尽的敌兵，门内几十名守军出来救人，撞上枪林刀影，纷纷坠落。城门内的甄密像洪流中的小舟被推入瓮城，望着越来越远的明月，扯着嗓子，带着哭音叫喊："救北海郡主，快啊！"

　　葛荣叛军越来越多，铺天盖地向城门拥来，人喊马嘶。杨忠不敢向前，拨转马头沿着城墙落荒而逃。护城河对岸是无尽的葛荣叛军，身后敌兵堵住城门，在厮杀和鼓角声中，怀抱中的明月簌簌颤抖，两人一马陷入绝境。

　　甄密五雷轰顶，手捂腹部，顾不得伤口向城墙上跑去，扶着垛口向下观看，葛荣叛军渡过护城河，数十架云梯搭在城墙上，士卒像蚂蚁般扶梯而上。城门不远处，两人骑乘一匹战马沿着城墙奔跑，甄密认出杨忠银光灿灿的铠甲，大声命令："放箭，别让贼兵接近。"葛荣叛军围攻城门，无暇顾及杨忠和明月，甄密再次下令："放吊锁，把他们拉上来。"吊锁向城下抛去，绳索上的三根铁钩叮当击打城砖，向下滑落。葛荣叛军看见吊锁，才知道城门外两人重要，分出几百士卒呼叫追去。

　　杨忠听到叮当声音，收拢缰绳，战马猛然停住，抓住吊锁，将铁钩挂在明月腰间，另一根扣在自己腹部，用盾牌搂紧明月，手掌一撑马背："踏燕，在城外等我。"一拍马股，踏燕继续沿着城墙奔驰，消失在视线之外。杨忠把盾牌向下一滑，用脚钩起，挡住弓箭，环首刀轻拍长索。守城士卒发力，吊锁快速升起。杨忠翻转身体正好遇到明月清澈的目光，将她的身躯压向城墙。明月冷不丁撞进杨忠怀中，嘴唇碰嘴唇，胸口贴胸口，双腿缠绕，生气起来："杨忠，你干什么？"

这是最安全的姿势，却极为不雅，明月更加恼怒，推开杨忠："为何贴我那么近？"

两人都穿重铠，没有温香软玉的感觉，杨忠双臂环绕明月："危急时刻，郡主勿怪。"

明月恼怒抽出千牛刀，指向杨忠咽喉："趁机占便宜，无耻！松手！"

啊！杨忠大腿一痛，葛荣叛军追到城下，弓箭激射，脚下盾牌响成一片，一支弓箭贴着城墙偷袭而至，在明月耳边贯入城墙，土皮剥落，溅入明月双眼。葛荣叛军躲开盾牌，贴着城墙放箭，箭雨越来越密集，杨忠挥舞环首刀挡开几箭，漏过一支，射入明月肩膀。明月痛得钻心，眼泪顺着眼角滑下，娇嫩肌肤留不住泪水，泪珠滑过脸庞，在她尖尖的下巴停留片刻向下坠去。

距离垛口还有一半距离，箭头像雨点逆袭而上，杨忠拼命格挡，身上插上了十几支。又一支长箭钻进明月小腿，她迸出一朵泪花，明月哭着喊道："杨忠，别管我，哎哟。"

明月右臂中箭，匕首跌落城墙，这样下去，两人都会被射成"刺猬"。杨忠心一横，收起环首刀，拉紧长索，明月哭得梨花带雨："杨忠，为什么收刀？"

杨忠张开双臂将她搂入怀中，体香掩鼻而入，在她耳边说道："明月，没事了。"

　　明月被杨忠宽阔的肩膀搂入怀中，感觉再没有什么可以伤害自己，但有一股悲痛欲绝的恐惧涌进心头，他还能活吗？一支支长箭从四面八方射来，箭翎激荡空气，与铠甲激烈相撞，簇头撕裂铠甲，刺入血肉，切断骨骼，血花激射，射入杨忠身体，也撕裂着明月心房。转眼间，数百支弓箭将他刺得如同刺猬一般。

　　杨忠失去知觉，全身冰凉，明月的哭声离他远去，城下鼓角销声匿迹，明月的泪眼变成俏皮可爱的笑脸，他抱紧明月柔软的身体，不让一支弓箭来到她的身边。终于，他的身体被七手八脚拽上城墙，明月安全了，杨忠双眼一黑昏厥过去。

32

葛荣中箭

　　弓箭在葛荣脖子上划出一道巴掌长的血槽，他捂着伤口撤回中军大帐，包扎完毕，帐外士卒跑入中军大帐，跪地禀报："陛下，邺城城门关闭，大军正在搭云梯攻城。"

　　葛荣走到大帐门口，厮杀声音传入，围城打援只截获了突围的邺城守军，让葛荣失望不已，转身命令："叫任褒。"

　　任褒四年前登云梯攻上定州左人城，当即被提拔为统军，跟随葛荣攻城略地，屡立战功，不断提升。葛荣称帝后册封任褒为仆射，成为他手下能征善战的大将。任褒身披重铠，左脸在四年前被杨忠火把烧得斑驳不平，迈入中军大帐："皇上，您伤势如何？"

　　葛荣脖颈间火辣辣疼痛，摆手说："不要紧。"

　　任褒毫不拘束地找个位置坐下："若不是围城打援，邺城早就破了，却没有等来朝廷一兵一卒。"

　　魏国朝廷忙于内斗，胡太后毒杀亲子，尔朱荣发动河阴之变，将朝廷大臣屠戮一空，根本无心平息叛乱，布置好的口袋虚张无用，葛荣懊悔，还不如趁乱攻打洛阳："可笑朝廷自相残杀，竟然顾不上邺城。"葛荣没把握攻下据有三川八关之险的洛阳，仍然不敢相信："邺城是曹魏故都，难道他们舍得放弃？"

任褒力主渡过黄河决战："怕他个鸟，应乘虚直捣洛阳，机不可失！"

葛荣走到军营中间，察看摊在桌面上的羊皮地图，佩戴金护掌的手指尖找到邺城位置，西边是长长的太行山脉，太行八陉在山间穿行，最终被数个关隘挡住，魏国大将军尔朱荣北捍马邑，东塞井径，堵住向西翻越太行山进军洛阳的路线。葛荣手指向下，停留在延津渡口，从这里渡过黄河，便是一马平川，直达洛阳。他俯身仔细研究，手指固定在一个位置，轻声嘀咕，枋头坞？葛荣闭目思索："我们攻破左人城，那些百姓向南逃亡，到达汲郡，重新聚集，背靠黄河建造这个枋头坞，是进兵延津渡口的必经之地。"

左人城勾起任褒封存的回忆，在那个漆黑的夜晚，葛荣以搜查为借口，吸引守军注意力，暗地派步兵偷偷摸到左人城下。任褒带头冲上城墙，一窝蜂拥进城中，四周火把晃动，守城士卒保护百姓退入山中，拼死抵抗，纷纷倒于刀下，任褒被一个少年用火把戳中左眼，落下残疾。任褒掀开兜鍪，露出失去眼珠的狰狞疤痕："我怎能忘记左人城？那年冬天我们舔尽了草根和树皮，就要饿死在寒冬中，靠左人城中的粮食度过那个漫长的冬天。"

葛荣也沉浸在那个夜晚："左人城粮草堆积如山，牲畜满栏，舒舒服服地过冬，吃饱肚子造反。"他的目光落在地图上："你最熟悉他们的战法，率领本部士卒，作为先锋，突袭枋头坞，我在邺城整顿人马，在枋头坞会合，渡过黄河西向洛阳。"

任褒闻言大喜："陛下，不围邺城了吗？"

葛荣放弃围城打援计划："不啃这块骨头了，我们南下洛阳，打下这江山。"

任褒仰头大笑："四年过去了，左人城百姓到了枋头坞，又为我们储备好粮草和牲畜，助我们攻打洛阳，我即刻出发，扫平枋头坞，杀牛宰羊，恭候皇上。"

"我再派一人随你出征，保你马到成功。"葛荣向任褒介绍："黑獭来自武川镇，父母战死沙场，年纪轻轻已是宇文部头领，文韬武略在六镇中数一数二。"

任褒常与葛荣分兵作战，没有听说宇文泰的名字："好，见识一下六镇的顶尖人物。"

门帘一掀，宇文泰头顶突骑帽，龙盘虎步踏入大帐，看一眼任褒，弯腰向葛荣施礼："拜见皇上。"他是鲜卑族宇文部后裔，祖先被安置于武川镇。破六韩拔陵起兵占据沃野镇，调遣兵马围攻武川和怀朔诸镇，他父亲宇文肱起兵反抗，袭杀大将卫可孤，不久父兄战死。宇文泰随着六镇军民被流放河北，成为葛荣手下统军。

这个黑黝黝、健壮结实的少年，气势非凡，露出草原雄鹰的雏形，任褒说道："拿出本事来，与我扫平枋头坞。"

枋头坞内，半山铁匠房外，枋头坞修建防御工事，男人挖壕筑墙，妇女采集草药，只有孩童无事可做，手舞足蹈地聚集在这里，将槐树和匠房间的土路包围起来。他们不知道即将到来的恶战，像节日般成群结队，七嘴八舌，听说匠房门前将演练兵器，早早聚拢过来，叽叽喳喳，东张西望，等待匠房大门打开的一刻。

树上悬挂三副铠甲，孩子们还听说，银铠白袍的梁兵毫不费力抓来三个索房，剥下重铠挂在这里，肯定有好戏。太阳从东方跃出，小鸟飞来看热闹，杨闵、马佛念、宋景休和独孤如愿四人在坞壁士卒的簇拥下登上山腰，匠房内叮当声音不停，难道他们干了一夜？小猴子将用什么兵器克制索房重铠？

匠房大门轰然打开，硝烟从门中弥漫，一高一矮两人怀抱兵器缓慢走出，一柄黑乎乎的东西盘旋飞起，划出一道乌黑直线，奔向大槐树悬挂的重铠。咔嚓巨响，大家抬头去看，兜鍪被削去一半。跌落在地的半截兜鍪，蹦跳几下，滚到一个七八岁的小男孩面前，他手疾眼快拾起半截兜鍪扣在后脑，周围的孩子们惊喜地欢呼蹦跳。

杨闵看出这兵器威力非凡，却没看清楚形状，侧身问马佛念："这是何物？"

马佛念通过兵器飞行的弧线判断出来："战斧，与中原制式不同，两边都有月牙，便于盘旋飞行。"杨闵曾在武川镇见过这种胡人的兵器，马佛念点头。黄帝五刑包括刀锯、钻凿、斧钺和鞭扑，古时即有斧钺之名，只是没有用于征战，而是刑罚之具，汉人在战阵中较少用斧，反而是西域胡人用得多些："战斧沉重，足以劈开索房铠甲。"

宋景休吸口气，越发觉得马佛念深不可测："老马，我们认识好几年了吧？"

马佛念不知道他用意："是啊，相交三年。"

宋景休拍着他的肩膀："我当你是好兄弟。"

马佛念想起夜袭驼涧的无声厮杀，涡阳城外背靠背抵御敌兵："一辈子的生死兄弟。"

宋景休一改以往嘻嘻哈哈的口气："三年前你凭空而降，无所不知，你却心甘情愿做一个普通的斥候，既然是生死兄弟，我为何对你一点儿都不了解？"

马佛念捶了一下宋景休的肩膀："好兄弟，早晚有一天，会告诉你。"

宋景休无奈，目光移向匠房门口："那昆仑手里的是什么？好像长柄的大个西瓜。"

马佛念也不认识："从来没见过，也没有听说过。"

昆仑打量槐树上悬挂的铠甲，其中一副挂在树枝上，高度与肩膀齐平。他大踏步冲到槐树下，带柄铁西瓜砸落，扫过树叶，簌簌作响，纷纷飘落地面。凭空一声巨响，众人屏住呼吸，树叶飘落，树枝纷飞，树干露出白花花的木屑，重铠像布团包裹在铁西瓜上。众人目瞪口呆，一群男孩终于忍受不住，"哇"的一声，被这鬼泣神哭的兵器吓得失声大哭。

坞壁只有粗铁，改刺为砸，造出无锋无刃的砸击兵器，也不用什么战法，只要力气够，什么兵器都挡不住这么一下，这小猴子的确不同凡响。

第五章

突袭枋头

天下，
是天下人的天下

33 进退不决

枋头坞是退无可退的家园，妇女孩童行动起来，不分昼夜，排成长龙将石头传递到城墙。一个男孩摇摇晃晃接过一块大石向后传，身体支撑不住，石头"嘭"地掉落下来。男孩惊叫一声，抱脚坐在地上。杨闵在人群中穿梭巡视，正好看到这一幕，蹲下心疼地轻握男孩血肉模糊的脚趾："没关系，没伤到骨头，休息几天就好了。"

"索虏要来了，我要去搬石头砸他们。"这个孩子只有十岁左右，竟十分懂事，顽强地站起来。

"孩子，其他人替你，你把脚养好，索虏来了还要打仗，是不是？"杨闵命令士卒带男孩下去休息。防御工事全部完工，护城河注满溪水，吊桥高高扬起，城墙加厚三倍，士卒在城墙上列队行走。城内深壕蓄满溪水，上搭木板便于通行，校场上堆积簇头、弓箭和铁戟，铁匠在后山打造兵器。坞壁士卒身披褐色皮甲，一拨手持盾牌和铁刀在校场练习格斗；另一拨持弓搭箭，练习射术。杨闵眺望山腰的陵寝，期望大哥在天之灵保佑枋头坞度过此劫，目光移向城墙，独孤如愿和马佛念肩并肩立在城头，刘离靠在垛口与宋景休叽叽咕咕，他心中稍微安定一些。

坞壁钟声回荡，士卒排队将武器交还武库，妇孺各自回家生火做饭。空气中弥漫出稻草燃烧的味道，从各家各户飘出，城门忽然向两边打开，吊桥"嘭"地搭在护城河对岸，两匹雪白健马驰入坞壁城门，斥候大声禀报："坞壁以北五十里发现敌兵，正向枋头坞行进。"

恐惧在杨闵心口回荡，索虏又来了，他脸色惨白，向城墙上跑去，校场中的百姓听到这个消息，停住回家的脚步，交头接耳。

"再探。"马佛念命令，十几名梁军骑兵分成八组，箭头般射出城门，向北边葛荣叛军出现的方位奔驰。

独孤如愿将手中长箭向箭囊中插去："终于来了。"

刘离想起四年前那个恐怖的夜晚，父亲救杨忠被任褒杀死，嘴里惊叫"爹爹，爹爹……"

杨闵登上城墙，右臂空袖来回飘摆，每迈出一步，心跳更快一些，枋头坞要大难临头了吗？那个血腥的夜晚回旋在脑中，他来到马佛念身边："老马，索虏要来了吗？"

"还未可知。"马佛念在等待消息，斥候一旦发现敌踪，就会循环侦探，消息持续不断。

杨闵第一个反应是让百姓撤离："要不要撞钟通知百姓？"敌军距离坞壁五十里，最快天黑前到达，撤离越早越好。马佛念摇摇头，安慰杨闵继续等待军情。

宋景休跑过来："坞主，百姓越来越多了。"

杨闵向内城跑去，校场内聚集许多百姓，更多人走出房舍，向校场聚来，屠户老苏也在其中，仰头问道："坞主，索虏要攻城吗？"

杨闵承认："我们得到消息，索虏正在涌向枋头坞。"

坞壁百姓眼中透出惊怖神色，屠苏向上喊道："撞钟，让大家收拾行囊，撤吧。"

马佛念挺身而出："且慢，再等等。"

老苏焦急大喊："索虏一旦到达坞壁，我们就跑不掉了。"

杨闵提醒，需要早些筹备才能逃亡，马佛念两撇胡须跳动："很快就有消息。"

杨闵无法平静，在城墙上来回走动："百姓越来越多，得给他们一个交代。"

一位老者在一个少年的搀扶下慢慢走上城墙，老苏大喊一声："老林！"这老者正是教书先生老林，自从孙女林林死于左人城，他胡须皆白，腰也直不起来，变得沉默寡言，唯独与老苏说话。老苏还有一个儿子，一家三口将老林接到家中一起生活，破碎的家庭再度组合，这种情形在枋头坞比比皆是。他拄着拐杖走到杨闵面前，目光浑浊："坞主，索虏又来了？"

杨闵默然承认，老林将拐杖指向校场："他们只是农夫和百工，没有上过战场，他们后面就是老人妇孺，索虏要到了，没有时间耽误，快让百姓撤出坞壁吧。"

老苏也劝道："现在是夏季，我们携带粮草逃入森林，依靠山中野果，可以活下去。"

宋景休和刘离走过来："南边的兄弟只有三百人，守城还靠坞壁士卒，他们没有铠甲，只有粗铁刀，一旦索虏攻上城墙，根本防不住。"

马佛念固执己见："敌情未明，不能自乱阵脚。"

老苏将马佛念挡在身后,向杨闵说道:"梁兵远道而来,哪知索虏凶残?坞主,百姓的性命都在你手里,不能犹豫啊。"

老林攥紧小苏的胳膊:"坞主,我们老了,无所谓,不能让孩子们再遭劫难。"

任褒被白袍斥候的呼啸声闹得翻来覆去难以入眠,披衣而起,掀开帐帘向外张望。距离军营三四百步之外,白袍银甲的游骑不停晃动,自从他接近枋头坞,这些骑兵就像幽灵一般阴魂不散。任褒派骑兵去追,游骑撤入山林和山谷,自己的追兵就落入弓箭的包围,树后、山坡、草丛中冷不丁有弓箭射出。任褒下令停止追击,白袍骑兵更加猖獗,三五个骑兵贴着行军路线,并行数里,偶尔攀上山坡,向队列放箭,士卒冷不丁中箭倒地。

任褒本打算连夜到达枋头坞,被这些斥候骑兵折磨得发狂。天色将黑,下令在空旷地域扎下营盘过夜,使他们无法在高地利用弓箭偷袭。这些游骑变换招数,在营盘外来回奔驰,啸声此起彼伏,吵得士卒心神不宁,难以入睡。东方泛出亮光,任褒毫无睡意,一头钻回帐中,披挂整齐,招来卫兵:"去,把宇文黑獭叫来。"

宇文泰踏入帐内拱手拜见,任褒手指着无处不在的啸声来回挥舞:"为何冒出来这么多斥候?"

宇文泰夜间蒙头大睡,没有受到惊扰:"他们马疾弓强,配合默契,绝非一般流民,我昨日派出骑兵向枋头坞侦察,这些白袍骑兵穿插不停往返其中。"

任褒满脸不解:"枋头坞仅有聚众自保的汉人,怎会有如此精良的骑兵？"

宇文泰来自武川镇，没有与南方梁军作战的经验，认不出梁军甲胄制式："他们的铠甲与朝廷兵马大不一样，我实在想不明白他们来自哪里。"

任褒手按太阳穴，眼里布满血丝："他们到底想做什么？"

有多少白袍精锐驻守枋头坞？他们发现自己的踪迹，必然严阵以待，宇文泰心里发虚："仆射大人，是不是绕过枋头坞直取黄河渡口？"

任褒瞧不上坞壁的守军："皇帝命令我们攻打枋头坞，怎么向他交代？"

宇文泰不以为然，外表依然恭敬："仆射大人，夺取枋头坞就为渡过黄河，现在枋头坞已有防备，不如直攻延津，夺取黄河渡口。"

任褒摇头表示不解："延津？这是什么地方？"

宇文泰拔出匕首在地面画出一道细线表示黄河："东汉建安元年，曹操击败袁术和吕布，势力西达关中，东到徐州，控制黄河以南，与袁绍南北对峙，与当前形势如出一辙。袁绍兵力远胜曹操，决心一决雌雄，挑选十万精兵，进攻许昌，官渡之战由此拉开。"

任褒听得入神，葛荣如同袁绍占据黄河以北，魏国如同曹操占据河南。宇文泰匕首在图上黄河北岸一点："曹操进据黄河北岸的黎阳城，于禁率步骑两千，屯守黄河南岸的延津渡口，阻止袁军渡河，主力在官渡筑垒固守。袁军与曹操对峙三个月，各有胜负。同年十月，袁绍派遣淳于琼率兵万人护送粮草，囤积在延津以南的乌巢。恰在此时，袁绍谋士许攸投降曹操，建议奇袭乌巢，烧其辎重。曹操率领步骑五千，冒用袁军旗号，战马衔枚，漏夜行军走小路偷袭乌巢，斩杀淳于琼，烧毁全部粮草。消息传到前线，袁绍军心动摇。曹军乘势出击，大败袁军，一统北方。"

宇文泰边讲边画，任褒明白他的意思："袁绍要南渡黄河以争天下，就必须夺取延津。"

宇文泰点头："曹操守黎阳是为守延津，袁绍攻黎阳也为夺延津。枋头坞仅为自保，只要不出兵打扰我们攻取延津，我军为何要打他？"

任褒抬起头来，眼睛射出光芒："为了粮草。三年前，朝廷把我们流放到河北，为了活下来，我们攻破村镇，抢夺粮食，烧毁房舍。那年冬天特别寒冷，我们啃尽树皮草窠，上天无路入地无门之时攻破左人城。城里堆满粮食，圈中挤满肥美的牛羊，那是上天赐给我们的礼物。四年多过去了，左人城百姓逃到枋头坞，又准备好粮草、牲畜和女人，该收割了。"

宇文泰极力劝阻："仆射大人，我们不缺粮。"

任褒掀开兜鍪，露出血肉模糊的丑陋左眼："复仇，他们留下了我的左眼，我要让他们以性命为代价。"

宇文泰不以为然，任褒攻打左人城，杀人无数，活该瞎了一只眼睛，他仍不放弃劝阻："黎阳城扼守延津，是渡过黄河争夺天下的要地，不可不取。"

"你率五千骑兵突袭延津。"任褒扣上兜鍪，发疯一样走到大帐门口，掀开帐篷帘，让阳光刺穿帐篷："儿郎们，传我将令，饱餐一顿后，全速前进，突袭枋头坞！"

34 化犁为兵

如果坞壁百姓收拾粮草退入山中，士气消散，将失去守住坞壁的机会。马佛念与老苏和老林僵持不下之际，白袍起伏，两名斥候骑兵由远及近，疾驰而入，战马的嘶鸣压下百姓惊恐的哭嚎。有士兵大声禀报："五万葛荣贼兵分步骑两路，五千骑兵当先，步兵还在三十里外。贼兵主将是葛荣手下大将任褒，要攻取枋头坞。"

"再探再报。"马佛念命令，八名斥候骑兵策马而出。

"五万？"百姓惊慌喊叫，有人离开校场向家中跑去。

老林忽然站起，口中发出凄凉的吼声："任褒？我记得这个名字！"

杨闵将牙齿咯吱咬响："他带头攻入左人城，杀死了大哥、老刘、林林和大苏。"

刘离簌簌颤抖，父亲惨死的景象浮现眼前，宋景休疾步扶住她，她的手掌冰冷如霜，宋景休拨开她额头上的长发，刘离的眼泪像断线的珍珠顺脸颊流下。宋景休问道："刘离，怎么了？"

刘离手扶垛口，睫毛挂满泪水："我爹爹就是被这个任褒杀死的。"

宋景休将刘离拥在怀中，擦干她的泪水，抓紧腰间的环首刀："告诉我这个任褒的模样，我要用他的人头祭奠你的父亲。"

老苏急得跺脚："坞主，敌军骑兵就要到了，再不撤就来不及了！"

马佛念目光坚毅："骑兵不利攻城，数量只有五千，没有危险。"

老苏反复劝说："五万索虏，我们只有四千仓促训练的士卒。"

老林胡须颤动："三年前，一万索虏就攻破左人城，过半百姓丧生。坞主，下命令撤吧！"

马佛念正要劝阻，发现有几个黑影在沿着山坡跌跌撞撞向坞壁城门奔跑，大声呼喊："快放吊桥，有追兵！"这是小猴子的声音，坞壁士卒摇动铰链放下吊桥，小猴子蹦蹦跳跳带着几个铁匠从桥面上跑过，吊桥随即扬起。片刻间，数十骑兵追到护城河前，勒住战马，隔岸相望。小猴子隔着护城河，有恃无恐地向对岸叫骂，拾起石头砸去。护城河外胡骑火冒三丈，摘下弓箭，但已经不见小猴子的踪迹，无计可施，骂骂咧咧策马向东而去。小猴子跑进城门，窜上城墙，向马佛念大喊："不好了，我们在北山上挖铁石，发现索虏骑兵穿越枋头坞，多得无边无际。"

"向哪个方向去了？"马佛念皱起眉头。

"东边！"小猴子大喊，独孤如愿说道："东边就是黎阳城，城下是延津渡口。"

马佛念立即想到，葛荣要攻取延津渡口，渡过黄河！杨闵稍微轻松，猜测道："索虏仅是路过枋头坞？"如果这样，百姓就没必要逃离枋头坞。老林和老侯互看一样，不再坚持。

独孤如愿另有想法："任褒还有四万多步兵。"

老林和老苏点头赞成，敌情不明，应该早做打算。马佛念低头沉思，太阳渐渐偏西，葛荣的步兵无法在天黑前赶到坞壁，按照他们夜间攻城的习惯，应该明晚才会动手。城池防御就绪，唯独缺乏趁手的兵器和铠甲，马佛念走到小猴子面前："战斧打造出多少了？"

小猴子唉声叹气："铁石数量不够，五把粗铁刀的铁石才能制一柄战斧。"

"多少？"马佛念急于知道数量，以便调兵。弓箭和铁戟充足，士卒将门板和锅盖加固作为盾牌，唯独缺少近战的兵器和铠甲，战斗力大打折扣。如果坞壁士卒伤亡巨大，必然动摇据守决心。

小猴子掰着手指计算："如果全部打制战斧，可造出五百柄。如果仿制明光铠，只能打造铠甲和战斧各两百副。"

打造铠甲比兵器更难，听到小猴子会仿造明光铠，马佛念越发惊讶："明光铠？"

小猴子一直盘算铠甲："既然暂时造不出宿铁刀，不如将粗铁反复锻造，制成百炼钢，用来制作铠甲。"

只有东冶铁炉堡才能造出百炼钢，马佛念越发恭敬："小猴子，你会炼百炼钢？"

小猴子得意扬扬，百炼钢的化铁方法与粗铁相同，只不过需要不断折叠锤炼，没有什么难的，只是极费时间，一名工匠每天只能打造一件明光铠："我们日夜不停，已经按照梁军制式打造出一百多套明光铠。"

一百多副铠甲杯水车薪，无法抵抗攻上城墙的葛荣叛军，更别提出城反击，马佛念被泼了一盆冷水。四匹战马从北边高速奔驰，在护城河边变成一行，踏上吊桥，冲进坞壁大门，将两名俘虏掀落，拱手禀报："索虏主将任褒率领步兵四万五千，一半携带弓箭，三成持槊，其他佩带刀盾，披挂两挡甲，携带攻城云梯，在坞壁以北十里扎营休息。"

另一斥候继续禀报："任褒副将宇文泰统率五千骑兵绕开枋头坞，直奔延津渡口。"

索虏安营扎寨，老苏暂时松口气："他们去攻打延津渡口？谢天谢地。"

马佛念紧皱眉头，两撇胡须纠缠一起："索虏将要攻打坞壁。"

老苏吃惊反问："如何知道？"

敌军携带云梯，延津渡口没有城墙，邺城以南只有枋头坞结壁自保，任褒四年前曾经攻破左人城，最熟悉坞壁战法，葛荣手下战将如云，为何偏偏派他南下？马佛念说完，众人心惊肉跳。校场人声鼎沸，火把亮如白昼，百姓聚集，有人携带弓箭刀枪，也有人扛着背篓，抱着孩子准备逃亡。老苏走到杨闿身边："坞主，既然索虏要攻打坞壁，应该趁他们没有到达，立即将粮草运出坞壁藏在山中。"

携家带口，准备逃亡的百姓大声应和："坞主，下命令吧。"

独孤如愿反对："索虏攻击坞壁就为劫掠，找不到粮草，岂肯善罢甘休？必然入山搜寻，百姓没有可以据守的城池，伤亡更加惨重。"

携带兵器的坞壁士卒大声呐喊："和索虏拼了！"百姓分成

两拨，七成老弱妇孺要逃，三成精壮男人要抵抗，马佛念、宋景休和独孤如愿主战，老林和老苏主逃，杨闵左右为难。老苏急得直跳："快拿主意吧，逃得越早，逃得更多。"

老林夺过粗铁刀："我们的刀砍不断索虏铠甲，皮甲像纸片一般，如何抵挡如狼似虎的索虏？不能让孩子们白白送命。"

坞壁百姓看着粗铁刀和褐色皮甲，支持撤退的意见占了上风："坞主，逃吧。"

百姓的命运都操在杨闵手中，他走到马佛念身边："老马，我们能守住吗？"

马佛念从垛口摘下一支火把高高举起，看清楚校场的百姓，手指城下一位拉着孙子的驼背老者："这位老人家，您从哪里逃来？"

驼背老者目光灰暗："葛荣去年自春及冬，围攻信都，冀州刺史元孚昼夜拒守，粮储既竭，外无救援，终被攻破。葛荣逐出城中百姓，冻死和饿死大半。我儿子、媳妇舍不得吃最后一块面饼，想方设法让我们祖孙三人到达枋头坞，他俩在中途饥饿而亡。"

驼背老者泪水纵横。其他百姓都有类似经历，哭声已起。马佛念转向力主逃亡的老苏："老苏，你从哪里来？"

老苏口气僵硬："我本是定州屠户，索虏烧杀抢劫，便逃入左人城中，也被他们攻破。"

马佛念反问："我们逃，索虏追，抢掠粮食和女人，要逃到哪里？要逃亡多久？多少亲朋好友在逃亡中被索虏杀死、饿死或冻死？"

老苏无言以对："不逃怎么办？我们能打过索虏吗？"

马佛念手指北方，语气不容置疑："能，大汉当年横扫漠北，击败匈奴，不打不杀，给他们肥美的土地，教会他们铸造和灌溉，还将王昭君嫁给匈奴单于，希望从此胡汉一家，不再相残。可胡人趁晋室内乱，杀伐抢掠，百姓逃亡，他们还不罢休，氐人苻坚亲率步兵六十万和骑兵二十七万大军南下，千里旗鼓相望，东西万里水陆齐进。逃还是战？江南百姓和我们遇到同样的难题。"

百姓被马佛念吸引，老苏睁大眼睛惊悸倾听。老林学识渊博，熟知这段历史，苍凉的声音顺着风声划破半黑的校场："战！丞相谢安决意奋起抵御，任命谢石为征讨大都督，谢玄为先锋，率领八万北府兵沿淮河西上，迎击前秦大军。"

老苏不知道这些事情，低声问道："能打过索虏吗？"

老林声音嘶哑说下去："七万北府勇士到达淝水南岸，与几十万前秦大军对峙，能打过吗？谁也不知道，可能被击败，可能战死，再也见不到亲人。但他们没有逃跑，八千勇士抢渡淝水，趁前秦大军后退之际，冒死猛攻。敌军全军溃逃，听到风声鹤唳，都以为晋军追来。"

马佛念举起火把，照亮校场："今天，逃跑还是战斗？如果战斗，必有兄弟战死，必有人失去至亲骨肉，彻夜悲伤。但我们能够守住坞壁，保护父母和孩子们不被杀死，保护姐妹和妻子不被凌辱，保护房舍和粮食，保护亲人不被冻死和饿死。"

老苏仍然不舍问道："可是我们能守住吗？"

马佛念走到城楼正中，手指注满溪水的深壕："我们挖掘长壕，加厚城墙，堆满石块，开凿护城河，训练坞壁士卒，所为何来？我们能击败索虏，守住家园。"

老苏还在犹豫，马佛念跳上垛口，向城外一挥："我们不但要守住坞壁，还要将这里变成地狱，要让索虏血流成河，尸横如山，魂飞魄散，不敢仰望我们的战旗。只有抗击我们才能逃离被杀戮的命运。"

老林听到这里，拉着小苏向城下走去，老苏在人群中追上："老林，你去哪里？"

老林倔强地走出校场，头也不回。杨闳决心抵御葛荣贼兵，手按马佛念肩膀："老马是杨忠的兄弟，杨忠是老城主的儿子，我相信他。老马，你替我扛下这副担子，主持此战。"

坞壁百姓无人反对，马佛念当仁不让："如愿，统领坞壁士卒用滚木、巨石和弓箭杀伤索虏，一旦云梯搭上城墙，用铁戟掀翻云梯，不使索虏登城。"

独孤如愿大声应"是"。马佛念向宋景休下令："大眼，挑出一百人，身披明光铠手持战斧，协助独孤如愿守城，一旦索虏冲上城墙，立即反击，绝不能让他们站住脚跟。"坞壁士卒缺乏重铠和战斧，反击力量不足，让马佛念最为担心。

马佛念扫视一圈，说出自己的职责："我居中指挥，大家按照旗帜、金锣和战鼓各司其职，令行禁止，不得有误。"

马佛念还要吩咐，忽见一老一少端着铁锅向校场中慢慢移动，百姓自动让开，正是刚才下城的老林和小苏。小苏披挂褐色皮甲悬挂粗铁刀，走到校场中间，将铁锅向地上一扔，发出"哐当"的声响。老林拄起拐杖，深深喘口气喊道："坞主，索虏四年前攻破左人城，林林被索虏杀死，只留下我孤身一人。幸赖百姓相助，送衣送食，才能活到今天。如果枋头坞再被攻破，我怎么活下去？

留着铁锅还有什么用？坞壁防御万事就绪，仅缺铁石，孩子们没有铠甲护身和趁手的兵器，怎与索虏搏杀？小猴子，将铁锅化了，炼成铠甲和战斧，为林林和大苏复仇。"

杨闵眼中含泪："小猴子，去我家里，把铁东西都拆下来，连夜熔铁锻造，能造出多少就造多少。"

老苏向小猴子大喊："从坞主家出来就去我家，坞壁保不住，铁锅还有什么用？"

老林的举动提醒了坞壁百姓，大家纷纷返回家中，于是校场中叮当的声音响起，铁犁、铁锅、菜刀被百姓带来，扔在地面。小猴子望着小山一样的铁器，高兴得手舞足蹈："一口大锅就能造出一副明光铠。"

马佛念叮嘱小猴子："明晚索虏将兵临城下，你这就去连夜锻造。"

小猴子郑重其事地向马佛念拱手："只要有铁，我不睡不吃不喝，也要把兵器和铠甲炼出来。"

小猴子跑下城墙，指挥百姓将铁器向后山运去。马佛念重新站立城墙正中："坞主，统管坞壁男子，向城上运送滚石巨木，绝不能断档，能做到吗？"

没等杨闵答应，校场中的百姓轰然响应。马佛念找到刘离，说道："老林和刘离，战事一起必有死伤，你们指挥百姓救护伤兵。我们的战士可以被杀死，绝不能让他们因伤重无人照顾而亡，能做到吗？"

刘离想起死去的父亲，眼中仍含泪水，贴在宋景休身边，与百姓一起怒吼："遵令！"

马佛念看着激昂的百姓，暖流涌动，扯开嗓子问老苏："一日三餐按时准备，绝不能让你们的孩子空着肚子拼命。"

老苏振臂，率领坞壁百姓高声应道："遵令！"

杨忠、马佛念和宋景休三人并肩作战，配合默契。在这个节骨眼上，杨忠护送明月去邺城，宋景休趁四周没人向马佛念嘀咕："邺城被葛荣围得水泄不通，也不知道杨忠怎么样了？"

梁兵斥候从邺城返回，转告杨忠和明月冲入邺城的包围，从此以后就没有收到任何杨忠的消息。马佛念安慰道："放心吧，杨忠什么阵仗没有见过，岂能在这里翻船？"

宋景休心直口快："虽是如此，杨忠为了保护北海郡主，真是不惜性命。"

马佛念叹了一声气，一路上杨忠的盾牌根本不顾自己，始终护在明月背后。宋景休还有担心："以往守城，你居中协调，老大守城，我出城反击，少了他，这仗怎么打？"

马佛念好不容易激起坞壁百姓的士气，宋景休却有了杂念，于是向他说道："既然杨忠不在，更应该拼力为他守好家乡。"

宋景休忍不住叹气："北海郡主是魏国皇帝的女人，杨忠也不掂量一下。"

马佛念笑着说："情之所至，谁有办法？你不也是成天陪着刘离上山采药？"

宋景休无话可说："我们仓促训练四千士卒，防御五万索虏，心里没底儿。"

马佛念笑着说："战事将起，别想这些了，影响士气。"

宋景休应诺，望向城外："任褒搞什么名堂？急行军到达坞壁，扎好营盘却不攻城。"

马佛念详细询问了葛荣四年前攻城的过程："索虏在等待乌云蔽月、伸手不见五指的黑夜。现在明月当空，他们的动静瞒不过我们，你先去休息，下半夜来替我。"

宋景休正要下城，独孤如愿跑来，手指天边黑云和高悬空中的月亮："看云，再看月亮。"

宋景休瞪着云朵半天，没看出任何奇异："有何玄虚？"

独孤如愿低声说："云在动。"

宋景休对视力极为自负："哪里在动？你眼花了吧？"

马佛念明白了独孤如愿的意思："打开城门，派出斥候，全力侦察。"

吊桥"嘭"地落地，斥候换了黑马，反披战袍，无声无息没入黑暗，宋景休仍没看明白："明月当空，照得城外如同白昼一般，坞壁箭无虚发，实在不是攻城的好时间。"

独孤如愿手指吊桥："乌云刚才在吊桥右侧，现在移到中间，再过一会儿到哪里？"

宋景休向吊桥望去，倒吸一口冷气："奶奶的，乌云将遮住月亮，到时漆黑一片。"

旷野半空中飘忽升腾起三支火箭，这是斥候的信号。马佛念已经明白："乌云蔽月之时，索虏就要倾巢攻城。"

宋景休的心脏怦怦跳动起来："索虏卧虎藏龙，非同一般，竟然能够根据云动的方向判断出兵的时机。"

"撞钟，召集士卒登城据守。"独孤如愿向马佛念建议。

马佛念轻笑摇头："既然索虏打算偷袭，不如偷偷准备，必收奇效。"

"好,我去召集士卒。"独孤如愿轻悄悄地跑下城墙。

沉闷的马蹄声音又起,斥候去而复返,穿越城门,跑上城墙禀报:"敌军出营,隐藏在坞壁右侧山林。"

三盏灯笼在校场中亮起,模糊的红光下,一千两百名身披褐色皮甲的坞壁士卒,斜挎弯弓,背着箭囊,手持铁戟,无声无息登上城墙,背靠垛口坐下。另外一千两百名士卒手持奇形怪状的盾牌,从武库领了弓箭,背靠内侧垛口,箭囊置于身前,战斧和铁刀木柄挂地,与手持长槊的坞壁士卒相视而坐。坞壁百姓献出铁器后,小猴子立即熔化,集中精力铸造出五百柄战斧配给近战士卒,他们大多仍手持粗铁刀。瓮城内还有一千多名坞壁士卒,杨闵手持铁戟站立最前。宋景休挑出的三百坞壁精锐士卒,披挂小猴子仿制的明光铠,手持战斧与三百梁兵掺杂,聚集城门,随时登城接应。独孤如愿登上城墙,看见士卒有条不紊,无声无息,秩序井然,与以往乌合之众大为不同,竖起大拇指:"练得好。"说完便去巡视士卒。

宋景休用胳膊肘顶顶马佛念:"枋头坞士卒都交给独孤如愿指挥,行吗?"

独孤如愿弯腰穿越两列士卒,拍拍肩膀,俯身说几句。马佛念安慰宋景休:"这次作战以坞壁士卒为主,他最熟悉坞壁士卒,不要小看他,他无师自通,以后前途无量。"

宋景休放心不下,独孤如愿弯腰过来,背靠垛口。马佛念提醒:"弓箭带够了吗?"

独孤如愿解下箭囊,竖立在双腿间:"每人一百支弓箭,每名敌兵可以摊上四五支。"

马佛念点头，乌云渐渐接近月亮，天色将变暗："葛荣贼兵屡破魏国兵马，应该是攻城好手。"他偷看一眼城外："奇怪，攻城应用方阵，他们列队鱼贯而行，不是攻城的架势。"

梁军从未与葛荣交战，谁也猜不透葛荣战法，马佛念和独孤如愿弯腰下城。梁兵铠甲鲜明，保持整齐阵形，坐在地上。他们经历涡阳大战，经验丰富，闭目养神，杀气从明晃晃的铠甲和环首刀中释放出来，独孤如愿佩服梁兵沉着，坞壁士卒还是欠缺沉稳和冷静。梁兵后面是宋景休精选的三百名坞壁士卒，身披仿造梁军制式的明光铠，肩扛战斧，气势也非同小可。马佛念低声告诉独孤如愿："几仗打下来，就历练出来了。"

城上城下，瓮城内外，准备就绪，士卒怀抱刀枪盾牌，等待大战的来临，乌云移近明月，城墙正中白底红边的大旗在月光下迎风招展。

火光箭影

　　乌云吞噬明月，夜色笼罩坞壁，守城士卒无法看见敌兵的动向，伸直耳朵倾听城外的一片蛙声。马佛念、宋景休和独孤如愿三人跑上城墙，趴在垛口向外张望。后半夜了，索虏还没有动静，独孤如愿极为担心："天色正黑，正是攻城的好时机。"

　　马佛念耳朵贴近墙壁，听见细微土石声音："糟糕，他们在填护城河。"

　　宋景休耳朵没有眼睛好用："我怎么听不到？"

　　马佛念循着声音向右侧城墙潜去，土石入水的声音越来越大，他们到达城墙最右端，哗啦滑落入水的声音清晰可闻。三人头顶相对，马佛念说："他们要趁黑夜填平护城河。"

　　护城河在百步左右，正在弓箭射程，独孤如愿问道："要不要开弓放箭？"

　　宋景休说道："不如出城反击，来个下马威。"

　　马佛念初次与葛荣叛军作战，刚好趁机摸摸敌军战力，他当即传令："敌军趁黑夜偷袭，我们将计就计。大眼，带领南边来的兄弟和坞壁精锐集结城门，出城反击，追杀推车士卒，据守吊桥。"宋景休点头应诺。马佛念继续安排："如愿，率领坞壁士卒，等大眼反击得手，冲出去收集推车，沿着吊桥推回护城河内，一把火烧掉。"马佛念按住独孤如愿和宋景休："偷偷打开城门，悄悄潜出，至吊桥集结，以城墙上灯火为号，大家一起动手。"

宋景休走下城墙，将梁兵和坞壁精锐混编，集中在城门内，白袍在空中一翻，内衬掩住银光战铠，梁军早有偷袭夜战经验，遮去铠甲颜色。宋景休压低声音说了打算，不放心枋头坞士卒："坞壁兄弟们，跟着南边来的兄弟，明白吗？"

三百梁军配合默契，一起点头。宋景休将城门偷偷掀开，外面天色漆黑，他抽出环首刀掩在袍中，率先走出城门，六百精锐趁着乌云闭月，如同一道黑线会集在吊桥下方。

独孤如愿率领坞壁士卒跑入瓮城，他们背着弓箭，右手拿着战斧铁刀，左手提着锅盖和门板，他们是从来没有经历战阵的农夫和市井小民，目光中泛出恐惧和不安。独孤如愿走到队前，将杨忠所赠环首刀纳入刀鞘，提起反背弓："带好弓箭，冲出城门右转，隔着护城河射杀，明白吗？"

坞壁士卒第一次上阵，目光茫然，无人应答，独孤如愿拔出环首刀，扫视坞壁士卒："兄弟们，葛荣四年前攻破左人城，抢走存粮，烧毁房舍，杀死老城主。他们今天又来了，我们身后就是妻子儿女和老父老母，为了死去的老城主，为了父母妻儿，必须守住家园。"

这段话激起斗志，一名士卒说道："独孤大哥放心，我们跟你冲杀。"

马佛念估摸时间，手持令旗走到城墙右侧，土石落水的声音更加清晰。他调集坞壁弓箭手挤满右侧城墙，燃起火把，向护城河抛去，无声无息划出一道火光。葛荣叛军惊恐的面容暴露在亮光中，在护城河贴近山壁的地方，葛荣叛军排成长长队列，推动双轮小车，轮流将沙石向护城河中抛去，护城河已被填出一小段。

"抛！"马佛念大喊，数十支火把从城墙上被高高抛下，照亮护城河边，火把中掺杂的箭雨嗖嗖袭来，毫无防范的索虏在箭雨下纷纷倒地。

战鼓骤起，火把亮成一片，坞壁士卒热血沸腾，大声怒吼，弓箭如雨向下倾泻。葛荣叛军正在填平护城河，不是作战队形，被弓箭突袭，猝不及防，扔下推车掉头就跑，只有少数机灵的士卒蜷缩在推车后，逃过一劫。

吊桥向下急落，宋景休踩住颠簸的桥板，用环首刀指向在箭雨中东倒西歪的葛荣叛军，向六百精锐放声大喊："兄弟们，第一战必须旗开得胜，跟我冲！"他左盾右刀，率先冲出吊桥，向右一拐，面前出现惊慌失措的葛荣叛军。刹那间，护城河外人头冲天而起，血雨四溅。宋景休的六百精锐轻而易举杀散敌军，不慌不忙将盾牌扣在一起，冲出一个扇面，敌军越来越密集。宋景休不想穷追，一声令下，梁兵两翼一收，盾牌结成坚固防线，后排士卒张弓搭箭，射杀敌兵，空中飘荡着敌兵重伤士卒的哭喊声和中箭倒地的惨叫声。

城门大开，坞壁士卒举着火把冲出城门，向右急转，沿着护城河排开，长箭划空而去，直刺远处敌兵。葛荣叛军四散而逃，遍地都是铠甲、兵器和推车。马佛念在城墙上将战场看得清楚，大喊："把兵器都收起来，尤其是铠甲。"

葛荣叛军远远退去，独孤如愿大声命令："收集兵器和铠甲，再抢推车，快！"

坞壁士卒剥下几十副铠甲，放在推车上送到护城河内。独孤如愿还没杀够，隐身在梁兵盾牌防线内，张弓搭箭射杀敌兵，更加密集的箭雨向仓皇逃窜的葛荣叛军罩去。

任褒亲自在护城河外五六百步督战，想趁着乌云蔽月推土填平护城河。战法与夺取左人城相同，只是枋头坞多出一道注满水的壕沟，平添不少麻烦。填土的士卒冷不防被坞壁士卒攻击，向后退下，十名督战将领手持大刀，叫嚣着，砍翻几名退后士卒，止住溃退。弓箭向吊桥处射去，盾牌互叠密不透风，将弓箭全数没收。

枋头坞士卒将推车和兵器抢回护城河，剥取铠甲。独孤如愿紧扣弓箭，瞄准一名督战将领，正中额头，敌将一声不吭，扑通栽倒地面，坞壁士卒箭雨随着射出。宋景休看时机已到，大声命令："结阵后退！"

坞壁守军手持盾牌缓步后退，到达护城河边，两翼收拢成半月形状围拢吊桥。"还没过瘾。"宋景休将环首刀举过头顶，大喝一声"冲！"梁军老兵头顶银色兜鍪，身披明光重铠，如同花朵在黑夜中绽放，分几路杀入敌群。他们阵形密集，用大盾挡开敌军，发出此起彼伏的沉重闷响，环首刀从下向上刺入敌军腹部。刹那间，银光乱闪，白袍翻飞，敌军阵线散乱，波浪般向后逃去。梁军也不深入，杀出百步聚拢一起，构成防线缓缓撤回。

独孤如愿指挥坞壁士卒去捡拾兵器、铠甲，提醒宋景休："敌军数量不少，撤吧。"

任褒本想趁黑夜填平护城河，架设云梯攻城。现在却被打得手忙脚乱。这些银盔白袍士卒骁勇善战，阵形整齐，盾牌如山，刀光胜雪，绝非乌合之众。他催动战马，率领百名亲信骑兵驰到阵前，发现挡在吊桥附近只有几百守军，立即重整阵线，领军反击。

溃散的敌军潮水般落下，现出阵形整齐的叛军方阵。独孤如愿手指阵前，敌军主将在一百步外左右奔驰："这是主将。"

宋景休望见敌将背后"任"字大旗迎风招展，便握紧环首刀大喝："任褒！"他便是率先攻破左人城、杀死杨忠父亲和刘离父亲的敌军主将。

独孤如愿一提环首刀："干掉此人，今晚大功告成。"

任褒极易缩回阵中，宋景休将环首刀纳入刀鞘，张弓搭箭："先弓箭清场，再用两百兄弟冲锋。"梁兵暗中拉满弓箭，宋景休将环首刀指向任褒，弓箭集中向任褒身边的亲兵射去。几轮射箭之后，两百梁兵大声呐喊杀敌。盾牌如同波浪般翻滚，裂开缺口，破阵而出，像巨大波浪袭向黑夜，直取任褒。一名叛军士卒壮胆举盾冲来，独孤如愿全力劈下，盾牌应声而裂，木屑四溅，飞起一脚将敌兵踢出几步，一道黑线掷出，战斧盘旋飞出切入敌兵胸口，血花绽开。独孤如愿冲破血花，踹翻尸体，拔出环首刀向空中一挥："冲！"

任褒突然遇到战力超强的梁军，不甘心首战失利，挥舞大刀拦住后撤士卒，不知不觉来到阵前。他毫不惧怕，数十亲信士卒将他围拢在中间，长刀向独孤如愿一指："放箭。"

几十支雕翎激射而来，独孤如愿举盾向外，护住要害，大步急进，忽然大腿一麻，扑通半跪在地上。两百梁兵久经沙场，配合熟练，向前将他护在中间。独孤如愿拔下长箭，解下颈间白巾紧紧缚住伤口。任褒哈哈狂笑，率领数十名亲兵拥来，想取独孤如愿性命。溃散的敌军见主将冲在一线，纷纷转身再战，转眼间将两百名梁军重重包围，只要将他们吃掉，今晚就首战告捷。

宋景休看出形势危急，命令士卒向内聚集，稳住阵脚："可惜，可惜，杀回去吧。"

独孤如愿扔下盾牌和环首刀，解下反背弓："想比比箭法吗？"

宋景休不示弱，取下黄桦弓，抽出三支长箭扣在手中，半跪在地上深吸一口气，看准形势，大喝，"射！"两人同时站起，拉满大弓，战场顷刻间平静下来。宋景休紧盯住百步外全身重甲，只有面额暴露在外的任褒。弓弦一响，弓背猛颤，长箭脱弦而出，独孤如愿缓缓瞄准任褒额头，松开弓弦，铁骨丽锥箭直扑而去。寒风骤起，任褒冷不防弓箭扑面而来，长刀挥舞，磕飞第一支长箭，第二支铁骨丽锥箭已到眼前，银亮簇头大如满月，刺穿鼻尖，他难以置信地望着鼻尖爆发的血雨，向前扑倒，手捂面门，满地翻滚。

葛荣叛军大乱，宋景休大喊一声，梁兵向前猛冲，破风斩浪一般杀开血路。宋景休冲到前面，脚踏狂吼的任褒，手起刀落，血箭射出，头颅滚落，他俯身拾起，拎发辫向空中一举，大声命令："撤！"

梁军迅速脱离战线，据守吊桥的坞壁士卒抬起弓箭，划过天空，切断叛军追击。坞壁士卒将兵器和铠甲抱回坞壁，一群士卒手持火把冲出城门，浇上易燃硫黄和硝石，火苗随风熊熊燃起，将战场照得通亮。马佛念伫立城墙，战场一览无余，此仗十分顺利，敌军本想趁乌云蔽月填平护城河，却被反击，连主将都丧于战阵。护城河水面轻微震动，马佛念侧耳听出马蹄声音，敌军骑兵将至，大喊："快，鸣金收兵！"

宋景休破阵而出，切下任褒头颅拴在腰间。葛荣叛军魂飞魄散，一窝蜂落荒而逃。两人率领梁兵，结阵退到吊桥，望着满地的刀枪和铠甲，不禁动心："我去取回来。"

宋景休带着梁兵反身冲回战场，翻捡兵器和铠甲，吊桥处还有一两百梁兵，不断用弓箭射杀敌兵。忽然城墙上锣声骤起，这是退兵军令，宋景休抱着兵器和铠甲退回。右侧尘土飞扬，骑兵在黑夜中疾驰而来，被杀散的葛荣叛军不再退却，稳定战阵再次压上。吊桥狭窄仅容一人通行，梁兵来不及退回，数十名坞壁士卒手持长戟混在队中，正好克制骑兵。宋景休大声喊道："长戟结阵，快！"

战斧和铁刀都是短兵，对付骑兵十分吃亏，收缩到内线，张弓搭箭，数十名坞壁士卒列成弧形阵形，密密竖起铁戟，护城河内的坞壁士卒张弓搭箭指向对岸。刹那间，宋景休在吊桥布成一个抵御骑兵的半圆阵线。

"射！"梁兵结阵完毕，护城河两岸的弓箭激射，洒向骑兵，战马嘶鸣倒地。

骑兵数量众多，前赴后继向吊桥冲击，手持铁戟的坞壁士卒第一次经历战阵，战事顺利时勇敢向前，形势危急便沉不住气。敌军战马依稀可见，坞壁士卒惊慌失措频频向后，抢着从吊桥逃生，战线飘忽。敌军骑兵已到四五十步外，宋景休全身冒汗，独孤如愿恼怒坞壁士卒胆怯，劈手夺过一支铁戟："南边来的兄弟们，拿家伙！"

梁兵听到命令，将环首刀纳入刀鞘，挤到前面组成防线，挺起铁戟毫不畏惧，如同山岳临风，岿然不动，让坞壁士卒从吊桥逃入护城河。坞壁士卒被他们的气势震慑，过了吊桥，开弓射杀，黑暗中席卷而出的敌军骑兵快马加鞭，晶亮的矛尖在火光中上下跳动，越来越近。

坞壁士卒大部分撤回护城河，只有几十名梁兵傲然挺立，独孤如愿大喊："大眼，撤！"

宋景休与独孤如愿不打不相识："我撤了，你怎么办？"

吊桥仅容一人通行，后面的士卒绝难逃生，独孤如愿咬咬牙："别啰唆，快撤！"

宋景休仰头长笑："生死关头也不含糊，我交你这个朋友。"

骑兵冲到五十步，独孤如愿急得冒汗，宋景休不退反进："大家听我号令！"

敌军骑兵震地而至，宋景休逆风向前，向独孤如愿伸出右手："好兄弟，我们都能平安回到坞壁。"一旦丢失吊桥，这几十名梁军就将陷入重围，插翅难飞。独孤如愿看宋景休极有信心，握住他的右手说："好，我信你。"

宋景休举起环首刀："兄弟们，我数到三，撤向左边，让他们冲到护城河里喂虾米。"敌军骑兵侵至阵前二十步，槊尖已到鼻尖，独孤如愿替宋景休喊出："一——"

宋景休不慌不忙射出一箭，将为首骑兵射落马下："二——"

敌军骑兵冲到十步，独孤如愿大喝一声："三——撤！"

两军相距十步，梁兵向左侧大步奔跑，敌军骑兵全力冲锋，忽然眼前一空，现出黑乎乎的护城河水，收拢缰绳已经来不及，战马奋蹄激起数丈泥土，滑向护城河，在岸边停住马蹄。为首骑兵心中庆幸，正要擦掉额头汗水，后面骑兵不明情况，高速向前，将前排撞向空中，"扑通"落入河水，砸出无数水花。护城河内坞壁士卒弓箭连绵不绝，无主战马向两边奔驰而出。

铰链声响，吊桥扬起，三十多名梁军被隔断在千军万马之中。铺天盖地的敌军涌来，斩断梁军退路。独孤如愿大骇，被宋景休抓住，沿着护城河向左边退去。葛荣叛军步兵分成两路，一路夺占吊桥，另一路追击。独孤如愿困惑不解，难道要跳进护城河游回去？穿上重铠无法游水，脱掉铠甲会被射成刺猬。猛然间，护城河已到尽头，前面只有峭壁。宋景休满脸坏笑："放心，老天会救我们的。"

独孤如愿冷汗横流："上天无路，入地无门，你还笑得出来？"

葛荣叛军占据吊桥，护城河外的梁军插翅难飞，便可为惨败挽回一些颜面。骑兵掉转马头向护城河左边压去，步兵正面兜上，银盔白袍的梁兵转瞬间被紧紧包围。宋景休收起环首刀，手提盾牌，走出一步："我有话说，哪位是头领？"

一名将领身披重铠策马而出，黑黝黝的像座小塔，结实得如同黑豹。宋景休用脚尖轻碰身边的独孤如愿："弓箭。"

独孤如愿悄悄上弦，宋景休拱手抱拳："我是宋景休，有一事不明，向将军请教。"

敌将掀开兜鍪："我是宇文泰，你们没有退路，何不跪地求饶？"他统领的五千骑兵夺取延津迅速返回，埋伏树林，等待攻破城池拥入坞壁。

宋景休嘿嘿冷笑："怕也未必，我们虽被围住，不但进退自如，还可以取你性命，留在这里，只想跟你讲一句话。"

宇文泰冷冷回答："说。"

宋景休手指坞壁："枋头坞百姓结壁自保，只为偷生，绝不阻拦你们，奉劝你们不要攻击枋头坞，以免自寻死路。"

宇文泰屡次劝说任襃不要攻击坞壁，他却固执己见，今晚被当场射杀。可是两军阵前绝不能服软，宇文泰大喝一声："胡说，你被重重包围，还敢说大话。"

宋景休话已说完，向后一闪，独孤如愿抬起大弓，一箭射出。两人相距几十步，宇文泰毫无反应时间，铁骨丽锥箭迎面飞至，万念俱灰，以为就要丧命此处，忽然头顶一轻，兜鍪被射飞，在空中盘旋落地。独孤如愿叹息一声，自己和三十名梁兵被挡在护城河外，今晚估计绝难逃脱，却觉得一道绳索被悄悄系在腰间。

马佛念大喝收索，坞壁士卒铆足力气，双手穿梭交替猛扯绳索，护城河外梁兵用盾牌护住前身，环首刀搭在盾牌上，贴着水面向坞壁方向掠去，形同鬼魅。葛荣叛军吓了一跳，连忙开弓放箭，梁兵盾牌轻松将弓箭没收，滑入护城河，披风斩浪般到达对岸。

独孤如愿右手一撑，翻上岸边，解下吊锁，不慌不忙竖起盾牌，挡住密集的弓箭。宋景休欺负敌兵无法过河，向城墙上大喊："奶奶的，跟落水狗一样，全身散架，下次你在下面，我拖你试试。"

独孤如愿抬头望向城墙，一道长索从上垂下，紧紧捆在自己腰间，这才想起，城墙遍布三床弓弩，大箭足有一米长，绳索系在箭尾。马佛念就是放出了床弩，几十只大箭在黑暗中毫无声息地划空而去，整整齐齐地插在护城河对岸。独孤如愿恍然大悟，才明白梁军早有退路，难怪宋景休不急："早有退路，怎不早说？"

"奶奶的，哪有时间说？"宋景休得意非常，有护城河割开敌军，心中笃定，命令梁军竖起盾牌结成防线："涡阳大战，我们都这样回城，又快又省事，就是人数不能太多。"他摘下兜鍪，将水泼掉，重新戴好，向对岸大喊："宇文泰，爷爷回来了，今日饶你性命，通知葛荣赶快撤军，免得丧生坞壁。"

宇文泰示意停止射箭："你们不像坞壁士卒，从哪里来？"

宋景休不想说出来历，故弄玄虚："天兵天将，前来助阵。"

宇文泰见识过他们的厉害，慎之又慎，夜观天象，风动月移，下半夜将乌云蔽月，将是出其不意攻城的最佳时机。他又率领骑兵埋伏，就等任褒攻破城池，席卷而入。宇文泰没想到敌军厉害到这种程度，攻防变换，城内城外配合默契，防御出神入化，自己不仅损兵折将，连主将任褒的头颅都被割走。宇文泰望向天空，乌云被风力推动，月亮露出一角，城墙垛口依稀可见，今晚失去攻城良机，不与宋景休废话，命令大军后撤回营。

宋景休还不罢休，问道："难道你能未卜先知，看出乌云蔽月？"

宇文泰掉转马头，冷冷看他一眼："多谢不杀之恩，后会有期。"挥马鞭带领骑兵绝尘而去，黑压压的步兵缓缓列阵后退。

　　反击一波三折，凶险无比，却取得出人意料的战果。烧毁推车，抢了兵器和铠甲，杀伤数千葛荣叛军士卒，割掉任褒头颅，敌军潮水般退去，坞壁士卒手举刀枪呐喊庆祝。百姓夜间听见杀声震天，鼓角与金锣争鸣，一夜无眠，得知守城大捷，从房舍间涌出挤满校场。他们都不空手，怀抱竹篓，装满家中的美味。宋景休和独孤如愿率领梁兵返回瓮城，四周欢呼声响成一片，独孤如愿不想招摇，没入坞壁士卒中消失不见。内坞城门轰然大开，百姓一拥而上，秋薯、鸡蛋、酒浆从四面八方递来。老苏家刚杀的五头猪没有吃完，和老婆连夜做成猪肉馅包子，一前一后挎着篮子，见到梁兵就往怀里送。

　　宋景休一夜没吃饭，腹中奏起战鼓，抓起巴掌大小的包子，一口气吞下三个。正觉得口渴时，一坛米酒送到眼前，酒坛后露出刘离弯弯的笑脸。他喝掉一半，双手一揽，将她高高扔向空中。百姓的笑脸在四面旋转，刘离吓得脸色发白，身体落地时，拳头朝宋景休胸前砸去："这酒是爹爹留在过节喝的，被你洒出许多。"

　　刘离拳头沾满血迹，看见宋景休腰间拴着一颗血淋淋的人头，正向她龇牙咧嘴，吓得尖叫："大眼，这是什么？"

　　坞壁百姓被尖叫声震住，望向她手指的地方，宋景休跳上一架推车，大喊："四年前，葛荣突袭左人城，老城主遇难，刘御医为了保护杨忠，被任褒杀死。"

刘离双手捧着心口，眼泪流淌，宋景休指着老苏说道："那天本是大喜的日子，大苏殿后保护百姓。林林，那个披挂喜服的新娘，找到她的新郎，他们在大树下永不分离。"

老苏一家三口拥在一起，想起儿子和未过门的媳妇，泪水纵横。老苏想起老林，看见他苍老的身影，推推儿子，再指指老林。小苏穿越人群，走到老林身边扶回来。宋景休停顿片刻，用沉重的声音说道："左人城百姓逃出来，在寒冷的冬天无衣无食，近半被冻死饿死，哭声不绝，向南逃亡，来到这里，只想躲在这里活下去。"他猛然提高声调，"昨天夜里，任褒率领数五万索虏倾巢而来，人多势众，兵精粮足，横行河北，攻城略地无数，认为攻下坞壁易如反掌，要夺走我们的家园，将枋头坞再次变成地狱！"

坞壁百姓不知道昨晚作战经过，屏声静气听宋景休述说战况，只有刘离轻声哭泣。宋景休突然将腰间人头向空中一举，任褒狰狞的面目吓得百姓惊呼一片，他朝天怒吼："就在这里，索虏被杀得大败，留下主将任褒的人头，灰溜溜地跑了。"

刘离想起父亲，失声痛哭，泪水哗哗涌出。杨闵将她搂在怀中，抚摸她的肩膀："好孩子，别哭了，为你爹爹报仇了。"

宋景休面向内坞城门正中的马佛念，将任褒人头划出一道弧线掷出，手指城墙正中的"汉"字大旗："将任褒头颅悬挂在旗下，告诉侵入我们家园的索虏，虽然他们凶狠狡诈，弓马娴熟，噬血好杀，但我们不畏缩，不逃亡，要守住家园，还要反攻中原，夺回我们祖先世代生存的土地。"

坞壁百姓热泪盈眶，爆发出一片欢腾声。宋景休跳下来走到刘离身边，擦拭她的泪水，取过她抱在怀中的酒坛，仰头喝干。一名梁兵将任褒人头拴在腰间，向旗杆一纵，双手交替到达顶端，将发辫绕紧，任褒龇牙咧嘴的头颅在清晨的阳光下被高高悬挂。

马佛念仰头看着大旗："任褒被谁射杀的？"

独孤如愿望着欢腾的百姓，摇头："胡人中有好人也有坏人，做过坏事也做过好事。"

马佛念认同此话："为何将任褒人头交给大眼？"

独孤如愿拔出一支长箭，修理箭翎："这人头是大眼砍下来的。"

马佛念望着校场，刘离搂着宋景休哭泣，独孤如愿故意将任褒人头留给宋景休，其实是促成两人的好事。独孤如愿将长箭向后放入箭囊："刘离是好女孩，大眼也很不错。"

马佛念紧搂独孤如愿："大眼有你这样的朋友，三生有幸。"

天色大亮，坞壁百姓欢腾许久，渐渐散去。杨闵和马佛念登上城墙，手扶垛口，俯视城下，心向下一沉，葛荣叛军的帐篷无边无际，铺天盖地，一夜间出现这么多帐篷。马佛念忧心忡忡："葛荣不想放过枋头坞。"

杨闵问道："能守住吗？"

马佛念摇头，坞壁防御五万敌军已是上限，枋头坞下至少有三十万葛荣叛军："他们应该是要攻打洛阳，我们杀了任褒，捅了马蜂窝了。"

马佛念独自坐在垛口将箭翎修饰一遍，仔细观察簇头。城墙外葛荣叛军正在聚集，不管白天黑夜，填平护城河，马佛念懒得去数，也不愿意出城反击。

"老马，可有杨忠的消息？"杨闵越来越担忧。杨忠和明月消失在邺城城下，许久没有消息了，枌头坞与任褒大战，杨忠不可能不回来参战，杨闵想到此处心中绝望。

"再等等。"马佛念何尝不担忧？杨忠为保护明月绝不惜性命，他换了话题："坞主，昨夜两军相接，坞壁士卒阵形散乱，夺路过桥逃命，差点酿成大祸。擅自后退是大罪，必须赏罚严明，否则无法再战。"马佛念断然说道："坞主，挑出率先逃跑坞壁的士卒，交我处置。"

杨闵紧张起来："怎么处罚？"

"斩。"马佛念毫不留情。

杨闵连忙摆手："千万不要如此，枌头坞收纳流离的百姓，绝不能屠杀他们。"

马佛念思考半晌，折中说："赶出坞壁！可否？"

能够保留性命，杨闵已经满意，拱手谢过。马佛念还有话说："坞主，还应对战死和受伤的士卒重加抚恤，赡养他们的父母和妻子。"

"理当如此。"杨闵点头，当年从左人城逃出，他们早有扶老携幼、互相照顾的习惯。

马佛念下了决心："索虏势大，让百姓准备逃出坞壁吧。"枌头坞击败任褒，士气大振，坞壁中大半是妇孺老人，逃离后没有容身之所，缺衣少食，必定损失惨重，马佛念知道他舍不得枌头坞："现在夏季，山中野果可以果腹，尽快将粮食和衣物藏在山中，一旦危急，随时撤走。”

杨闵答应，看见独孤如愿一瘸一拐上了城：“独孤郎，腿伤如何？”

独孤如愿用拳头轻敲大腿：“皮肉之伤无妨，缴获如何？”

昨晚战果辉煌，缴获两百多支长槊，三百多柄上好的刀枪和盾牌，还从敌军尸体身上剥下一百多副铠甲，马佛念如数家珍：“坞壁士卒已有四百副重铠，坞壁铁匠暂时停止锻造战斧，全力打造明光铠，每天炼出三四十副，渐渐就能装备上了。”

三人边聊边下城，宋景休怒气冲冲登上城墙，向独孤如愿喊道：“跟我来。”

马佛念看出他脸色不对，跑下瓮城，宋景休责问：“独孤如愿，为何不杀宇文泰？”

昨晚独孤如愿与宇文泰距离只有三十步，他的箭法应有十足把握，绝不会仅射中兜鍪。宋景休一语挑破：“宇文泰谢你不杀之恩，难道你故意放他性命？”

独孤如愿抬头，回想武川镇阴山脚下策马狂奔的少年日子：“我的确没有杀他，宇文泰和我自幼长在武川镇，是最好的兄弟。”

宋景休瞪大眼睛：“这是两军阵前，他是我们的敌人。”

独孤如愿毫不退让：“无论在什么地方，我都不会杀死兄弟。”

宋景休还要争执，马佛念拉开他：“大眼，独孤郎射杀任褒，忠心耿耿，无可置疑。”

这句话十分管用，宋景休只好转身而去。一战下来，马佛念已有惺惺相惜之感：“杨忠家乡也在武川，以后不打仗了，我真想去那里看看。”

独孤如愿大笑："在草原上纵马奔驰，可以直接冲进云朵里。"

马佛念说出心里话："南边大都以为胡人面目狰狞、茹毛饮血、凶狠好杀，却有你这样忠肝义胆的人。"

胡人侵入中原，中原百姓自然这样想。独孤如愿无奈："你们真应该去草原看看，武川镇各族混杂，宇文泰是鲜卑族，我是匈奴人，杨忠是汉人，我们更没有种族之分，策马弯弓，自由自在。我希望不管大家来自哪里，都可以成为朋友，而不是互相残杀。"

黑暗的互相残杀时代已经三百年了。马佛念叹气："这么多年的仇恨能化解吗？"

"孝文帝常说，君王处心公平，推诚待人，只要能做到，胡汉可以亲如兄弟。"独孤如愿不同意马佛念的说法："既然在武川镇可以做到，其他地方也可以。"

"孝文帝真是千古一帝，让人由衷敬佩。"马佛念虽然这样说，仍然无法想象，绵羊般的百姓如何与恶狼般的六镇流民相处。

独孤如愿说道："我想潜出坞壁去见宇文泰，请他退兵，给百姓让出后路。"这是一个不错的主意，不知道有几分把握。独孤如愿回忆策马在草原奔驰的情景："宇文泰志向远大，绝不是残忍好杀之人。"葛荣叛军源源不断会集枋头坞，独孤如愿觉得大有希望："我猜测，葛荣要从延津渡过黄河，攻打洛阳，应该不会在枋头坞浪费兵力。"

任褒兵败枋头坞，连头颅也被割下来悬挂在城门，宇文泰顺理成章地统率了他的人马。他这几天没有闲着，亲率骑兵趁黑夜渡过黄河，击溃朝廷人马，夺取南岸的白马渡口，留下士卒防守，返回枋头坞等待葛荣大军。

箭囊中放置一支精钢打造、刻有姓名的大箭，是宇文鲜卑的习惯，他们用这支箭射杀敌将，扬名军中。这支射穿兜鍪的铁骨丽锥箭上刻着两个字：独孤，这支箭将他带回到过去。五年前，破六韩拔陵作乱，大将卫可孤进攻武川，打乱边镇的宁静。父亲宇文肱与贺拔度拔率领豪杰袭杀卫可孤，征战各地，与他朝夕在草原上骑马打猎的少年就是独孤如愿，他比自己大三岁，二人结下深厚的友情。在武川的酒馆里，宇文泰听说了大箭的用途，他的箭囊中就有了这样一支。宇文泰的父亲和兄长先后战死，朝廷不分青红皂白把他们都流放河北，宇文泰再也没有遇到独孤如愿，他怎会出现在枋头坞？

独孤如愿在山中绕了一天，冒充流民混入葛荣军营，他本就出自武川镇，与葛荣叛军同源，打听到宇文泰军帐，掀开帐帘。

宇文泰吃了一惊，将他搂在怀中："好兄弟，谢谢你箭下留情。"宇文泰久久拥抱，将他引入帐中，拍拍虎皮胡床。独孤如愿一屁股坐下，仿佛回到武川镇酒馆："虎皮？"

这是任褒大帐，宇文泰抚摸虎皮："任褒屁股还没有捂热，就给我们坐了。"他给了独孤如愿一杯酒："枋头坞内是什么人？这么厉害！"

"黑獭，问你一事。"独孤如愿跳下虎皮座椅问道："你要跟着葛荣？"

宇文泰反问："那我跟谁？"

独孤如愿与宇文泰毫无芥蒂，将心里话全掏出来："葛荣攻城略地，占州夺郡，从不抚恤百姓，像匪盗一样烧杀抢掠，即使攻取洛阳，最终也惹得天怒人怨，不会有好结果。"

宇文泰对朝廷彻底失望："我父兄为朝廷平息叛乱，战死疆场，朝廷却不分青红皂白将我们流放河北就食，这不是将我们逼向死路吗？"

独孤如愿劝说："黑獭，一起逃到枋头坞吧，伺机而动。"

宇文部是鲜卑望族："枋头坞里都是汉人百姓，志在驱除索虏，虽可暂避一时，绝非长久落脚的地方。"

独孤如愿在枋头坞虽受重用，总难以融入，退而求其次："能否让出山后道路？让枋头坞百姓逃命。"

宇文泰把弄大箭，考虑提议，一名士卒跑进大帐禀报："大将军到了，请您大营议事。"

宇文泰呵斥："什么大将军？是皇帝。"他抬头思考一阵儿："我去请他退兵。"

独孤如愿听说葛荣到达枋头坞，心中一凉。宇文泰叹气："任褒不该攻打枋头坞，早应渡过黄河，夺取天下，你稍等片刻，或许葛荣能听进去。"

葛荣正在与心腹将领商议进攻路线，渔阳王袁肆周和别帅韩楼坐于左右，望见宇文泰走进大帐，大声呵斥："宇文泰，知罪吗？"任褒纵横河北身经百战，带领五万人马攻打枋头坞，怎会丧身小小坞壁？

宇文泰向上跪拜："仆射大人丧身战阵，宇文泰死罪。"他将当夜的情形述说一遍。

葛荣脸色稍缓，详加询问："枋头坞出动多少军队与你们交战？"

宇文泰不敢隐瞒："大约六百名士卒出城迎战，还有上千人出城支援。"

葛荣勃然大怒："你们五万对六百，连主将都折在阵中？"

韩楼素与宇文泰友善，替他求情："宇文泰独领骑兵，仆射之死与他干系不大。"

葛荣让宇文泰起来，怒气未平："调集大军封堵枋头坞，为任褒报仇，绝不放一人逃出。"

宇文泰拱手禀报："皇上，我已攻占黄河南岸的白马渡口，只要南渡黄河，骑兵三天便可攻到洛阳。枋头坞筑墙修河，仅为自保，不会影响我军，何必拘泥于坞壁得失？"

葛荣手持令箭，怒气未消："一坞不取，何以扫天下？三十万如同泰山压顶，枋头坞弹丸之地岂能阻挡？宇文泰，你代任褒统领前军，三日内驱赶汉人百姓填平护城河，凿通地道。三日后尽集大军，一举荡平枋头坞！"

宇文泰回到大帐，闷声坐向虎皮大椅："葛荣执意攻打坞壁，让我三日内填平护城河。"

独孤如愿告辞："既如此，我回枋头坞助他们守城。"

宇文泰反劝道："为何与他们混在一起？"

独孤如愿不想跟随葛荣四处抢掠："不愿跟着葛荣烧杀。"

既然葛荣不能成大事，又不能投奔枋头坞，宇文泰说道："有一人，英雄豪杰不绝于道，连贺拔大哥都投在他帐下。"

"太原王尔朱荣！"独孤如愿想起枋头坞的百姓，拒绝："坞壁在等我消息，不能就这样跑了。"

宇文泰极佩服独孤如愿的品格："你先回坞壁，此战下来再说。"

第六章

再战孤城

天下，
是天下人的天下

39 智仙神尼

洛阳城永宁寺中，尼姑们奔走相告："菩萨显灵了。"

当初兴建永宁寺时挖掘出三十座金像，胡太后认为神奇，大兴土木，永宁寺成为首屈一指的皇家寺庙。寺中有九十丈高塔，在京师外百里可见。塔有四面，悬挂金铎，每面三户六窗，皆朱漆。扉上五行金钉，共有十二门二十四扇，合计五千四百枚。金环铺首，殚土木之功，穷造形之巧，绣柱金铺，骇人心目。高风永夜，宝铎和鸣，铿锵之声传出十里。寺内有僧房楼观一千间，雕梁粉壁，青璅绮疏。栝柏松椿，扶疏檐霤，栝竹香草，布护阶墀。塔北有一所佛殿，形如太极殿，中间一尊丈八金像，做工奇巧，冠于当世。

一小尼正在佛殿打扫，举首间发现左侧玉像与往日不同。这佛像独得住持惠成青睐，每日必双手合十，所述不是佛经，而是天下大势。小尼放下扫把，盘腿坐地，这佛像竟皱起眉头。小尼姑惊呼一声扔下扫把，仓皇逃出，唤来更多比丘沙弥。有人说小尼姑多事，也有人说佛像确实与往日不同。连续几日，佛像前聚集无数尼姑，指指点点，佛像本来合十的双手竟然打开手印，仿佛要推门而出。小尼急急叩首，喃喃有词："菩萨显灵，菩萨显灵。"

再过几日，佛像双臂交叉，清泪挂于脸颊，左脚抬起，竟要破坛而出。门外一声佛号，比丘惠成走到佛像前，掸去灰尘，双手合十："阿弥陀佛，智仙神尼，你要出世了吗？"

惠成为孝文帝堂姐，宗室中最长者，年轻时就有佛缘，太和十七年，孝文帝迁都洛阳，她奉旨在伊水之畔开凿石窟，后来住持永宁寺。佛像似乎听到她的声音，左脚再起，几案晃动，发出咯吱声。比丘沙弥慌乱伏地，叩拜不止。佛像膝盖微曲，踏于地面，交替而行，佛像竟然如同常人行走。烛火暴涨，佛像抹去头顶灰尘，显出绝世容颜。一丝红线从脖颈间悠悠窜起，冰清玉洁的玉雕面孔有了血色，明眸转动如同少女。

"智仙神尼，自你携带佛祖舍利回到中土，时光飞逝三年。"比丘惠成双手合十，称颂佛号，原来这雕像并非死物，而是法号为智仙的尼姑，她本为蒲坂刘氏女，年少出家有戒行，沉静寡言，谈吉凶成败皆验。三年前携佛祖舍利归来中土，供于永宁寺，盘腿静坐，修持佛法，时间久远，比丘沙弥都以为这是一座佛像。

"弹指三年，众生如坠水火。"佛像缓缓睁开眼睛，声音如金石相交。

"葛荣荼毒河北，万俟丑奴祸乱关中，胡氏毒杀亲子，洛阳王公大臣血溅河阴，天下黎民堕入地狱。"比丘惠成本为宗室，与先帝元诩血缘至亲，对胡太后极为不满。

铿锵声音渐渐恢复女声，灰尘落尽，智仙神尼现出原形，竟是二十左右容颜无双的年轻女子，竟是束发披肩的俗家打扮，惠成师太神情惊愕："你，竟脱离佛门？"

阿阇梨展颜一笑，如同少女："既入世，则抱入世之心。"

比丘惠成难以适应如此巨大的转变："为何入世？"

智仙神尼走到佛堂门口，眺望夜色中的皇宫："天下大乱，英雄群起，以猎天下，却有多少百姓将为沙场枯骨？"

"出家人又有什么办法？"比丘惠成看透红尘。

神尼推门而出，扶起跪于地面的小尼："谢谢你每天为我打扫。"

小尼跪倒，向智仙神尼远去的背影口中不停："菩萨显灵，菩萨显灵。"

"我即已入世，不需以智仙称呼，好像我是老尼姑。"她神情仿佛涉世未深的少女，走向九层的永宁寺塔。

"善。"惠成并不执拗："那当如何称呼？"

"我本般若寺的阿阇梨。"她陷入久远的回忆，阿阇梨是导师之意，登上高塔，云朵在脚下掠过："乱世总有结束的一天，一个辉煌灿烂的王朝，将拯救苍生于水火，百姓过上和平快乐的生活，重振濒于毁灭的佛法，佛光永世照耀，滋养万物。"

"你要去哪里？"惠成紧紧跟随，阿阇梨降世出山，必有大事发生。

"葛荣要渡过黄河，进攻洛阳，我要去河北看看，他是不是那个人。"阿阇梨脚步不动，竟似滑行。

"哪个人？"惠成还是不明白。

"未来一统天下的那个人。"阿阇梨消失在黑暗之中。

奔驰的战马，敌军的呐喊声，城墙和吊锁、弓箭射入身体的撕裂，明月拥入怀中的芳香，记忆在杨忠脑海中交替。周围无人，他忍痛爬起想到明月，她好像也中箭，箭伤严重吗？又想到奔驰离去的踏燕，喊道："踏燕，在哪里？"

明月穿着碧绿纱衣坐在槐树下，呆呆看着为她起舞的小鸟，向衣盆中倒入硫黄，棒槌轻轻捣衣，盆中是沾满血迹的衣物，她计算着换药的时间。无数弓箭贯入杨忠铠甲，透甲而入，鲜血浸透全身，他会从此闭上眼睛吗？杨忠声音从堂内传来，明月跳起来，语带哽咽："你终于醒了，踏燕好神奇，进城了。"

杨忠被明月双手抱住，血管爆裂，疼痛刺入脊椎，拥着她柔软有致的身体，手托她盈盈一握的脸蛋："哭还是笑？看着是笑容，声音却是哭声。"

明月扶杨忠坐直，看见他背后渗出的鲜血，从怀抱中挣脱出来："哎呀，又流血了。"

"踏燕怎么会进城？外面不是有葛荣围城吗？"杨忠急于知道军情。

"葛荣退兵了。"明月将这个好消息告诉杨忠。

"退兵？退到哪里？"杨忠消化着这个消息。

"我为何要来邺城？"明月笑着问杨忠。

"为何？"杨忠当时也觉得明月在枋头坞危急时刻，坚持来邺城，有些不通情理。

"唇亡齿寒，一会儿你向甄密求救兵，这是唯一能够守住枋头坞的办法。"明月在枋头坞之时早就看出形势，坞壁力量绝不能抵御葛荣，邺城是魏国朝廷在河北最后的大城，唯有求援才能守住枋头坞。

杨忠恍然大悟，明月竟然一眼看透战局，赶赴邺城求援，拱手拜谢："多谢郡主，我们怎么没想到来邺城求援？"

门帘一响，甄密掀帘而入，没想到在这里遇见明月，慌忙跪地："拜见北海郡主。"

杨忠推开明月，前言不搭后语："不辱使命，将郡主安全送入邺城。"

明月真情流露时和杨忠搂抱的情形被甄密看到，不知怎么解释，走到一边坐下。甄密不以为意，走到杨忠身边："伤怎么样了？"

杨忠被明月碰到背后，痛得要命，心中甜到深处，摇头表示没事。甄密抓起杨忠刀鞘，拉出刀身，寒光一闪。甄密曾在边境与梁国作战，认出梁军制式的百炼钢刀，一拍几案："杨忠，你来自哪里？"

杨忠装作不解："我来自汲郡枋头坞，坞主是我叔叔。"

甄密手握钢环首刀："这是梁军所用，以为我不认识吗？"

明月不想撒谎："行台大人，杨忠确实来自枋头坞，护送我前来邺城。"

杨忠没有诓骗甄密，辩解道："我父亲是武川镇的建远将军，到达河北后重修定州左人城，收拢流民，自给自足。葛荣四年前攻破左人城，我爹战死，我叔父率领百姓向南逃亡，在汲郡枋头坞定居下来。"

甄密关心邺城以外的战况："你既从枋头坞来，那边情形如何？"

杨忠离开枋头坞已月余，也不知道那边近况，只好说道："枋头坞聚集数千户百姓，从中选拔四千士卒，加厚城墙，准备抵御葛荣贼兵。"

甄密低头思索一会儿，告诉杨忠："葛荣从邺城退兵了。"

"去哪里了？"杨忠意识到形势不好。

甄密已探听到军情："葛荣手下大将任褒带领五万人马攻打枋头坞，损兵折将，任褒死于阵中。葛荣尽集大军包围枋头坞，然后渡过黄河，攻打洛阳。"

杨忠手扶墙壁挣扎着从床上站起来："我要回枋头坞。"

甄密摇头："枋头坞根本守不住，我劝你在邺城养伤，不要自投罗网。"

杨闵和梁军都在枋头坞，从小一起长大的朋友也都在那里。明月咳嗽一声，杨忠立即会意，请求道："行台大人，能否派兵协助枋头坞守城？"

甄密当即拒绝："我困守孤城，自顾不暇，敌兵随时掉头反攻邺城，我没有余力。"

"即是如此，郡主已到，我就返回枋头坞。"杨忠拱手要退出房间。

明月突然问道："行台大人，葛荣叛军攻击枋头坞，取道延津渡口渡过黄河，兵进洛阳，难道甄大人坐视不理？"

甄密对朝廷忠心耿耿，沉默不语。杨忠见有转机便问道："可否将城中骑兵借给我驰援枋头坞，当日便可往返，绝不耽误守城。"

甄密走到窗边思考一会儿："邺城只有两千骑兵，即便进驻枋头坞，也无济于事。"

杨忠抓起铠甲，明月拦在门口，盈盈转身，语气已变："行台大人，我令你率领骑兵驰援枋头坞，想方设法阻止葛荣渡过黄河，不得有误。"刹那间，她已经不是那个十七八岁的小姑娘，散发出强烈的王霸之气。

甄密是相州行台，执掌河北军政，明月即便是北海郡主，也不能用这种口吻命令。杨忠正在困惑，却见甄密跪地答道："臣甄密遵旨。"

遵旨？杨忠心神一惊，明月完全是命令口吻，甄密是魏国在河北唯一主将，被她一句话压住，竟不敢反驳，杨忠正在发呆，甄密匆匆起身："我率领骑兵助你。"

杨忠慌忙施礼谢过甄密，邺城距离枋头坞只有百里，葛荣叛军数日就可到达，坞壁危在旦夕，杨忠恨不得插翅飞回去："救兵如救火，请行台大人尽快出发。"

甄密决心阻止葛荣北渡黄河："好，我调集骑兵，傍晚出发。"

杨忠大吃一惊，她看透战局，还有把握命令甄密赴援："你，竟能够命令甄密？"

明月笑着说："既然来邺城求他，便有把握。"

这句话并没有解开杨忠疑惑："你是谁？什么身份？为什么要救枋头坞？"

明月却不回答，笑着说："你在涡阳救我一次，这次在邺城城下，为了救我又身中百箭，我不该帮你一次吗？枋头坞那些百姓都是朝廷子民，在深山躲避乱世，何忍让他们再历劫难？"说完扭头离开，在门前说道："别愣着了，准备出发吧。"

太阳西沉，甄密率领两千骑兵离开邺城，杨忠与明月并骑落在队列最后。明月腰板挺直，随着战马上下起伏，杨忠放缓速度："你很会骑马。"

明月收拢缰绳，等杨忠走近："还有心情看我骑马？"

杨忠不知道能不能活过明天，笑得更加畅快："愁有何用？"

明月露出笑容："你说得对，发愁没有用，祝你一路顺风。"

"怎么祝？"杨忠一脸严肃。

"还要怎样？"明月眯起眼角如同弯弯月牙。

"告诉我你是谁。"杨忠发现了明月的不寻常，再次追问。

"等你回来，我便告诉你。"明月依然拒绝，杨忠只好飞马扬鞭，踏燕腾空而起。明月策马去追，大喊："胆小鬼杨忠，站住。"杨忠夹紧马腹跑出城门，明月望着他的背影："答应我，活下来。"

杨忠拉住战马，回身看着明月，学着甄密的口吻："遵旨。"

辒辌飞楼

　　夕阳洒满小河，营帐漫天遍野，一望无际。葛荣叛军喜欢利用漆黑夜晚偷袭，一入夜便是马佛念最揪心的时刻，他们为什么还不攻城？马佛念没有心存侥幸，因为敌军一旦准备就绪，大战就会爆发。好在坞壁已将粮草和衣物藏入山中，随时可以撤出。杨闶始终抱有希望，打败任褒让他有了信心，不料马佛念毫不留情地打消他的奢望："击败任褒已属奇迹，城外索虏至少三十万，攻破枋头坞易如反掌。夜间并不寒冷，山中还有野果果腹。坞主，下决心撤退吧，如果被葛荣贼兵攻入坞壁，烧杀抢劫，损失无可估量。"

　　坞壁后山有逃亡密道，杨闶点头，马佛念轻松一些，安慰杨闶："我们至少可以抵挡一天，让百姓撤出。"

　　杨闶心里像压着块石头一般，终于忍不住："杨忠音信皆无，会不会出事？"

　　马佛念也极为担心，安慰杨闶："索虏围城，杨忠进不来，我们再等等。"

　　杨闶极为感激马佛念和宋景休："你们真是杨忠的好兄弟啊，没有你们，枋头坞就……唉！"

胡角声响彻云天，营门向两面敞开，叛军士卒鱼贯而出，保护数百推车，漫山遍野向坞壁而来。杨闵抬头看着西沉的太阳，自言自语："天还未黑，索虏要攻城吗？"坞壁鼓声响起，士卒在瓮城中集合列队，登上城墙持弓待命。葛荣叛军来到护城河外数百步，杨闵辨认清楚："推车者不是葛荣士卒，好像是附近百姓。"

"他们要填平护城河。"葛荣叛军进入弓箭射程，百姓当先，坞壁士卒不知所措，垂下弓箭，不忍下手，马佛念举起令旗又放下。

杨闵不想射杀百姓，挣扎不已，宋景休跑上城墙，满面焦急神色："如果葛荣填平护城河，攻城器械就直捣城下。"

葛荣叛军大声呵斥百姓将沙土抛入护城河中。一个精壮农夫突然扔下推车，纵入河水，向对岸游去。葛荣士卒推开百姓，来到护城河边，张弓搭箭射去。农夫速度极快，爬出河面，向城下狂奔一半，肩膀被射中，摇晃几下继续奔跑到城墙下，抓住长锁向上攀爬。又一支长箭射入他的大腿，农夫大叫一声，却更加用力攀登。

弓箭分成两路，一路射向农夫，另一路洒向城上，弓箭由下向上失去力度，射入农夫后背，被他单手揪下扔到地面。坞壁弓箭洒下，压迫敌军退却。农夫在空中左躲右闪，被七手八脚拽上城墙，坞壁士卒各举刀枪，为他的惊险壮举大声呐喊。杨闵观察他的伤口，肩膀、大腿和后背所中三箭透出鲜血，但没有大碍，安排人将他扶下坞壁。葛荣叛军恼羞成怒，一刀砍翻为首农夫，将尸体踢入护城河，呵斥："填河，快。"

宋景休请求杨闵："坞主，射吧。"

杨闵摇头，马佛念垂头看着护城河，毅然命令："放下弓箭，轮流休息，等待攻城。"

一名坞壁士卒气喘吁吁跑上城墙："坞主，索虏将整座山都围了。"

枋头坞坐落太行山余脉，连绵不绝的大山依托黄河，要完全封锁并不容易，但坞壁数万百姓携老扶幼，伤亡必定惨重。拼死一搏，吸引敌军，百姓才能减少损失，马佛念拿好主意，抬头看着升起的月亮，填平护城河之时就是索虏攻城之日。

两条土路在护城河中延伸和加宽，接近对岸合拢，横跨护城河，葛荣叛军命令百姓加阔加宽至三步填满。坞壁士卒更加惶恐，为何修筑这么宽的土径？什么样的攻城器械将出现在城下？完工之后，一个索虏都没有出现，诡异平静的背后将是可怕的攻击，坞壁士卒透不过气来，仿佛看见末日。三百梁兵见惯大阵仗，将铠甲枕在头下，吃饱喝足就倒地呼呼大睡，迎接即将到来的无休无止的厮杀。他们的冷静感染了其他人，他们抽空抱着兵器睡觉，因为战争一旦开始，再没有睡觉、吃饭、喝水的时间，坞壁士卒经过上次的战争历练迅速成熟起来。傍晚来临的时候，坞壁士卒集合在瓮城内待命，今夜将是最危险的一夜。

半个太阳没入地面，葛荣军营中鼓角齐鸣，杨闵全身一震，向城上跑去。城外出现了一眼望不到边的葛荣叛军，宋景休兴奋地搓搓手掌："奶奶的，终于来了，可惜老大不在。"

杨闵愁眉不展，挂念起杨忠。马佛念说道："独孤如愿箭法高超，足可顶上。"

宋景休瞪他："说服宇文泰撤军是幌子，逃跑倒是真的。"

马佛念被噎住，过了半晌才说："他不是那种人。"

"他是匈奴族的胡人，明白吗？"宋景休振振有词。

杨闶无心争辩，指挥士卒登城据守，第一排背靠垛口，第二排坐于对面，三分之一披挂铁甲，手持黑黝黝的战斧，中间是装得满满的箭囊。坞壁缴获一批铠甲，工匠加紧打造，凑出五六百副铁铠，近战士卒小半有了铠甲。六百精兵集结瓮城，披挂银光灿灿的明光重铠，随时出城反击，布置与击败任褒时一模一样。

宋景休趴在垛口间手指敌阵，轻声念叨："一，二，三，四，五……一共二十个方阵，每阵约有万人。奶奶的，葛荣出动二十万人马对付枋头坞，杀鸡用宰牛刀。"

杨闶觉得不吉利，马佛念劝解："大眼打大仗就兴奋，胡言乱语，坞主莫怪。"

葛荣叛军在护城河外列阵，前面阵形中的士卒铠甲不整，不少贼兵布衣布裤，褐色麻布包头，兵器庞杂，短刀、盾牌、弓箭、长槊和棍棒掺杂。他们身后是齐整的步兵方阵，左右两个弓箭方阵压住阵脚，士卒身披皮甲，斜挎腰刀，各持弓箭，背着大大的箭囊。宋景休辨清楚箭囊，每人携带五十支弓箭，共一百五十万支，坞壁士卒每人可以摊到四百支。他的笑声传遍城墙，坞壁士卒忍不住张望。马佛念轻轻责备："大眼，这有什么好高兴的？"

宋景休紧张又激动，声音扯得更高："射得准，一支就能把老子射趴下，射得不准，四百支也没用，看来葛荣叛军射术一般。"

弓箭兵之间还有三个长槊方阵和三个重铠方阵，前者对付骑兵，后者是登城主力。宋景休向阵后指去，隐约有黑影重重，比前面步兵要高出一截："那里还有骑兵？"

马佛念脑中轰然，骑兵根本不能攻城，却可以攻破城池后截杀百姓，看来葛荣不打算为枋头坞百姓留一丝活路。

"那边也有。"宋景休突然喊道。那是葛荣的精锐中军，步骑各半，约有两万。宋景休大大咧咧："怕什么，葛荣也不是三头六臂。"

葛荣亲自上阵绝不是好兆头，意味着一战而胜，不容有失。宋景休收回目光，每个方阵前有一排死囚，率先登城，没有战死就赦免死罪，大大有赏，头目手持大刀压住阵脚，专斩后退士卒。马佛念忧心忡忡："葛荣尽出精锐，全力以赴了。"

城下响起一阵号角，营盘吐出无数队列，每队二十人，身披重甲，手持盾牌，左右两列，提着黑乎乎的攻城云梯，缓慢穿梭在方阵间，来到护城河边。马佛念仔细清点："云梯，至少两百架。"

宋景休的笑声扯得更高："搞那么多有什么用，城墙才几百步。"杨闳知道他的个性，见怪不怪。身边年轻士卒摸摸鼻子紧张地说："云梯搭在城墙上就连成一片了。"

云梯之后是满地的冲车，宋景休认识小个头的尖头轳，涡阳大战时魏兵曾用它攻城。尖头轳是一根巨木，长一丈，直径一尺五寸，前段有尖锐铁锥，左右各三人，推动尖头轳撞击城墙和城门。近百尖头轳之后还有更大攻城器械，宋景休没有见过："大个头是什么？"

马佛念神色严峻，轒辒车有四轮，以绳为脊，犀皮蒙之，内部可藏十人，不惧弓弩巨石，直抵城下。马佛念从来没有遇到过轒辒车。宋景休嘿嘿笑着，手指木材和稻草："有什么难的，一把火烧了。"

马佛念摆手："轒辒车下装水，士卒取水灭火。"

杨闵看着遍地的尖头驴和轒辒车，心中焦急："怎么破？"

马佛念已作防备，加厚城墙："无妨，他们撞倒石墙，已是尸横遍野。"

石墙绝难撞毁，城下云梯排在护城河外，尖头驴和轒辒车抵达，数量极多。宋景休大声说："葛荣真下本钱，进攻洛阳都用不了这么多的攻城战具。"

"糟了，飞楼！"马佛念盯住葛荣军营大门，十座高耸入云的高楼出现，声音颤抖，百年未见的攻城器械将现身枋头坞！

42 黄雀在后

邺城骑兵离开邺城南门，葛荣叛军全部撤去，只剩荒凉景象，难以想象几天前这里还有千军万马。杨忠不顾伤痛，催动战马向枋头坞奔驰。绕开一队队向南行走的葛荣士卒，在汲郡找到树林，队伍隐身其中。趁着天没有全黑，杨忠策马登上山坡，眺望枋头坞。他们在路上得到更多消息，得知任褒战死经过，甄密佩服枋头坞战力："希望枋头坞守久一些，不要让葛荣渡过黄河，否则洛阳危急。"

"你打算如何？"甄密在明月强令下出兵枋头坞，却不愿意将这两千骑兵折损进去。

"行台大人有何高见？"杨忠问道。这支军队是邺城守军，只听甄密调度。

"这两千骑兵杯水车薪，不可入枋头坞。"甄密最怕自己仅存的骑兵入援坞壁，那时被葛荣团团包围，跑都跑不掉。

杨忠知道甄密的私心，这两千骑兵与葛荣的几十万大军相比的确不多，对四千坞壁守军则增加了一半的防守力量，不过他也没打算入援："这是笨办法，是下策。"

"四处游走，骚扰葛荣，让他不能全力攻城？"甄密安心，只要不冲入包围圈，凭借骑兵速度，总能逃脱。

这是骑兵通常战法，葛荣军队数量太多，这种骚扰只是除小患，解除不了坞壁的包围。葛荣军力强盛，随时可能发动攻击，枋头坞绝对抵挡不了三天。杨忠心急如焚，如果马佛念在此，必有计谋，我该怎么办？想了许久也想不出办法，向甄密拱手："能否借我十名斥候，我先去打探葛荣军情？"

甄密点头："这有何难？"

43

广固之战

尖头轳和轒辒车出尽，葛荣军营出现十几座极高的木塔，缓慢行进。宋景休惊了："葛荣弄来这么多木塔放在军营中，比城墙都高出一截。"

马佛念向杨闶说道："坞壁今晚必破，赶快安排百姓逃亡。"

"索虏把后山封住了。"杨闶十分犹豫。

马佛念急惶惶劝说："把士卒调到后山，冲出血路，能逃多少就逃多少。"

枋头坞百姓根本冲不出去，杨闶极不赞同，宋景休不情愿逃跑："老马，你是不是被吓昏了？不敢照面就要跑。"

马佛念手指飞楼，口气惊慌："以大木为床，下置六轮，上立双牙，有桰梯长一丈二尺，有四桄相去三尺，既可竖立窥视城墙，又可弓箭压制城内守兵，上端有两个辘轳可以升降，桰梯搭上垛口，士卒枕城而上，坞壁无力防守飞楼。"

宋景休从没有遇到这样的攻城器具："你既然认出飞楼，一定知道破法。"

马佛念在书中看到过飞楼的名字："飞楼在一百多年前现身战场，我以为是传说，这些飞楼与书中一模一样，肯定不会错了。"

飞楼移动缓慢，马佛念有充足时间讲述："一百二十年前，大晋义熙五年正月，南燕帝慕容超轻启边衅，进击东晋，掠取乐工。刘裕那奸贼四月从建康出发，率领舟师溯淮水入泗水，攻取南燕京城广固。"气吞万里如虎的大英雄刘裕在马佛念口中变成了奸贼，宋景休不解，马佛念咬牙切齿："刘寄奴本是晋臣，废晋建宋，岂不是奸贼？"

宋景休急着听战事发展，不与争辩："刘寄奴这奸贼怎么了？"

马佛念说道："当年五月，刘寄奴进抵下邳，留下战船和辎重，改由陆路进至琅琊。六月经过莒县大岘山。慕容超率步骑五万进据临朐，刘裕以四千辆战车分左右翼，兵车相间，骑兵在后，向前推进。慕容超前后夹击，两军力战，胜负未决，晋军绕至燕军后侧，乘虚攻克临朐。刘裕纵兵进击，大败燕军，慕容超逃还广固，把军队和居民迁入内城，刘裕将广固城围了个水泄不通。"

刘裕北伐的故事在南方流传极广，宋景休有所耳闻，百听不厌："刘裕雄才大略，攻破广固应该易如反掌吧？"

"广固之战异常惨烈，慕容超登上城门，举行朝会，杀战马以飨食将士，升级晋爵，鼓舞士气，派出尚书张纲求援。后秦姚兴在洛阳集结十万铁骑，大张声势，刘裕不为所动，把后秦使者唤来：'你告诉姚兴，我准备灭燕后休息三年再进军长安，如果你们愿意现在送死，就快点儿来吧。'刘裕全力攻城，无奈广固城坚壁厚，久攻不下。当年十月，张纲从后秦返回，在入城途中被晋军拦截，刘裕如获至宝，亲自收降。张纲是兵器大家，精于器械，为晋军造出冲车，覆以版屋，蒙之以皮，设诸奇巧。"

杨闳俯视在城下像虫子般密集的輴辒车，张纲所造冲车就是此物。宋景休极为向往："刘寄奴使用轒辒车，攻下广固了吗？"

马佛念摇头："即便有轒辒车，刘裕还是没有攻下广固，张纲便拿出了看家本领。"

杨闵不解："张纲既然投降刘裕，为何不一开始就拿出看家本领？"

马佛念想到凄惨结局，不由得叹气："你们有所不知，张纲老母还在广固城中，否则慕容超岂能放他出城求援？张纲造出飞楼献给刘裕。飞楼下有四轮，可以四处移动，士卒通过悬梯登顶，弓箭四射，压制城墙守兵，还可以搭上城墙，士卒踏城而入。"

护城河边的十几座高高的木塔，与他描述的一模一样。马佛念继续讲述："慕容超看见飞楼，便知道张纲投降晋军，将张纲老母倒吊于城楼上，当场肢解，血溅城门，张纲跪在城下，泪如雨下。刘裕一声令下，士卒登上飞楼，在木幔配合下直捣城头。刘寄奴这奸贼确是独步天下的军事大家，城中渐渐不支，投降大臣络绎不绝。慕容超率领数十骑冲出城门，被晋军擒拿，刘裕当面审讯，慕容超神色自若，请求刘敬宣照看自己母亲。"

宋景休极喜欢这些典故，遇到不明白的便问："刘敬宣是何人？"

刘敬宣是刘牢之之子，刘牢之是东晋名将，淝水之战的主将，后来被桓玄所杀，刘敬宣逃至南燕，与慕容超有深交。刘裕本是刘牢之部将，击破桓玄后，刘敬宣返回南方，当时也在刘裕军中。慕容超被解送建康闹市斩首，时年二十六岁。刘裕将广固夷为平地，杀鲜卑王公贵族三千多人，留下一万多名妇女儿童，当作战利品赏给军士。鲜卑族妇女高挑白皙，被军士占为妻妾，或转卖给汉族世家做婢妾。刘敬宣没有找到慕容超母亲，不要美女姬妾，向刘裕索要慕容超的一名幼子，护送至姑苏，筑燕子坞自守，可叹慕容氏纵横中原，英雄无敌，独存一系于姑苏。

宋景休想找出飞楼破绽，却毫无头绪，马佛念叹气，唯一办法是出城反击，在飞楼搭上城墙前将其捣毁。可是葛荣叛军看不到边，坞壁只有六百精兵，出城反击，无异于滴水入海。宋景休突然问道："你提起刘裕咬牙切齿，这是为何？"

杨闵摇头："刘裕去世一百多年，怎么会和马将军有仇？"

44

冲天水柱

月光洒落在城墙内外，攻城大军如同从地面冒出的黑暗幽灵，数百架云梯一字排开，三百辆轒辒车和尖头铲散布其间，飞楼高高矗立。葛荣二十万大军一动不动，战场上死一般的寂静，显得十分诡异。宋景休不耐烦，口中嘀咕："要来便来，还等什么？"

马佛念紧张得喘不过气来："挖洞，他们等候隧道挖入坞壁，里应外合一起进攻。"

宋景休终于笑出声来："我们挖了注水长壕，怕他什么？"

马佛念脸色怪异："如果索虏下本钱深挖，从地底绕开深壕，那就麻烦了。"宋景休没想到这一层，马佛念又说："他们还可挖塌城墙。"

宋景休越想越可怕："糟糕，独孤如愿知根知底，如果拱手相告，我们更加不堪一击。"

马佛念却不信，独孤如愿一片丹心，绝非狡诈之人。

独孤如愿跟随宇文泰出了军营，打算混入坞壁。宇文泰手指背后营盘："葛荣在军营中挖掘地洞，就等捅破地皮，一拥而入，外面大军同时攻城，拿下枋头坞。"

独孤如愿望着护城河外满眼的攻城器具："你们准备如此充分？"

宇文泰如实答道："本来用来攻打洛阳，洛阳东西数十里，十三座城门，它们都绰绰有余，枋头坞弹丸之地，岂能螳臂当车？"

独孤如愿注意到眼前山包上骑兵："那是什么？与攻城的方阵不同。"

葛荣习惯率领中军占领高地，指挥作战，宇文泰熟知他的习惯："那是葛荣中军。"

"葛荣也在那里？"独孤如愿冒出一个主意，只要射杀葛荣，天下就此太平，枋头坞也逃离险境。山包不远处是一片森林，便于偷袭后逃生，他取出大箭，策马奔向树林。

宇文泰连忙阻止："你要做什么？"

独孤如愿搭上大箭："射杀葛荣。"

宇文泰反身下马，去抢独孤如愿的弓箭："你不要命了吗？"

突然间，地裂天崩一声巨响，大地晃动，一根银龙柱从地面凌空而起。

枋头坞内外动员，百姓做饭、采石、蓄水，士卒在城墙上列队迎战。六百精锐身披银光灿灿的重铠，手持环首刀和战斧，在城门内列阵，既可出城反击又可登城支援。宋景休在瓮城中等得着急，跑上城墙来到马佛念身边："后半夜了，到底打不打？想困死我们？"

马佛念正要说话，传来闷雷般巨响，壕沟水窝旋转，水位急降，葛荣叛军挖洞挖到壕沟了。宋景休狂笑："哈哈，让你打洞，灌成乌龟王八蛋。"

壕沟积水消失在隧道中，马佛念看着干枯的深壕，地道吃了这么多水？他话音未落，月光下的葛荣军营中洪水喷薄而出，激射到空中，无数黑乎乎的人影被抛上空中，映在洁白的月光中手舞足蹈，景象十分怪异。宋景休张大嘴巴："奇怪了，水里还有人？"枋头坞地处半山，水从高到低，将隧道中准备偷袭的索虏全部冲到空中。

杨忠和甄密立马山腰，一道水柱冲天而起，月光失色，开战了。云梯、尖头轳、轒辒车和飞楼遍地，枋头坞根本守不住。杨忠反复探察，始终找不到支援枋头坞的办法。葛荣兵力充裕，将两个长槊兵方阵摆在两翼，中军骑兵数万坐镇战场后方，甄密的两千骑兵根本接近不了枋头坞。杨忠掉转马头离开，甄密眼疾手快拉住缰绳："去哪里？"

"守城！"杨忠决心与枋头坞同存亡。

"不可！"甄密大声呼喊："来，将杨将军看好，不许他进入战场。"他得了明月命令，一定要守护杨忠安全，立即有几名军士将杨忠团团围住。

水柱喷出，一名叛军身影从空中落下，扑通摔倒，抽动几下没了声息。鼓角声猛然响彻云霄，二十万大军压向枋头坞。攻城器械直抵护城河，枋头坞就要淹没在不可阻挡的大军之中。葛荣中军前行，骑兵奔驰而去，宇文泰松开独孤如愿："葛荣去护城河边指挥攻城了。"

"只要有我命在，绝不坐视葛荣攻破枋头坞。"独孤如愿跳下战马，混入葛荣军中，大步向护城河走去。

跏趺大佛 45

鼓角和喊杀声音冲天而起，穿越层层云雾到达黄河岸边。黎阳城外的大陂山顶，一座数十丈高的大佛跏趺端坐山间悬崖，佛像四方面颊，愁云满面，双眉紧锁怒视前方。云雾中，一位白衣女子站立在大佛顶端，仙姿不容于世间，她拂尘扫去翻腾而来的杀气。

一位四十多岁的中年僧人站立在她身后，两手合十，他法号慧可，俗姓姬，虎牢人，少为儒生，博览群书，通达老庄易学。接触佛学后深感孔老之教只是礼术风规，庄易之书未尽妙理，便来到洛阳龙门香山出家，跟随宝静禅师学佛，不久在永穆寺受具足戒。他后来住持大怌山天宁寺，在河洛间声名赫赫，低声说道："阿阇梨，葛荣烧杀抢掠，如果攻入洛阳，实是苍生不幸。"

阿阇梨来自梵文，是佛家中对导师的称呼，慧可是有名高僧，侧立在这年轻女子身边，执礼恭敬，并以她为导师，实在让人惊讶。阿阇梨望向远处，葛荣拥兵百万，占据河北，俨然与魏梁形成三足鼎立之势，如果横扫洛阳，夺取天下并不难。阿阇梨拂尘指向山下奔腾的黄河："葛荣突袭延津和白马，放弃围城打援之计，南下逐鹿中原。"

慧可问道："成算多大？"

魏国朝廷内斗不止，无心河北战事，阿阇梨答道："如果葛荣渡过黄河，很可能引发朝廷内讧，不战可取洛阳。"

慧可吸一口冷气："天下岂不永无宁日？"

阿阇梨脑海中浮现出葛荣四处烧杀的情景，精神忽然一振："枋头坞将叛军挡在黄河之北，任襃丧身战阵，却让局面扑朔迷离。"

慧可双手合十，希望葛荣不要继续荼毒苍生："阿阇梨，你担负无上使命，如有调遣，天宁寺所有僧人必然竭尽全力。"

笑容浮现在阿阇梨如同凝脂般的嘴角："慧可，将这封信发给建康同泰寺住持波罗什，帮我安排见三个人。"慧可接过信件，阿阇梨说下去："第一人是梁国太子萧统，他沉迷儒术，对佛家有极深偏见，一旦登基称帝，难免发动灭佛。第二人是关中侯陈庆之，他矢志北伐，驱除索虏，我想看看他有没有这个能耐。第三人是陶弘景，道家参与太武帝灭佛，此人心怀芥蒂，我想化去双方心结。"

这三人皆是梁国响当当的人物，旁人听见，一定以为她痴人说梦。慧可轻轻点头："我请波罗什大师妥善安排，相信他们不会推辞不见。"

阿阇梨眉头皱起，露出与年龄不相称的慈悲："葛荣今晚又要在枋头坞造下杀孽。"两人伫立大佛之顶，遥望枋头坞，许久不语，黄河巨浪翻滚激起漫天水雾，层层掩来，在月光下变换成丝丝荧光。阿阇梨注视慧可："你顶骨五峰隆起，想必修炼遇到难题？"

两人议论战局，没有顾及此事。慧可立即回答："我修习禅宗，寻访名师，讨论佛理已八年，无法突破，头疼难忍，如针在刺。"

阿阇梨面露笑容："这非头痛，而是脱胎换骨，你将悟到佛理大道。"

慧可茫然不解："请阿阇梨明示。"

阿阇梨手指西南："三个月后，少室山将有一位法号达摩的法师，你去那里吧。"

46 尸墙血雨

坞壁之下，一名编发叛军手持牛角站上高处，号角响彻云天。军阵齐声呐喊，披头散发的六镇流民兵器各不相同，持刀背枪，扛棍拎斧，服色各异，领头者或戴头盔，或披鳞甲，一般士卒布衣裹体，额头一抹土黄色头巾，还有百姓掺杂其间，奔跑向前，无边无垠。

号角再响，士卒身披皮甲，背弯弓挎箭囊，腰带战刀，步履整齐，缓缓前行，停在杂兵之后。卸下箭囊防御地面，弓箭半张。三个重铠阵形压住阵线，手持半人高大盾，手持战刀，腰间还有可衔在口中的登城刀，一旦云梯搭上城墙，他们将一拥而进。三个方阵的士卒手持长槊，长蛇环绕军营，压住阵脚，防御敌军骑兵偷袭。

号角三响，云梯和冲车驶入阵形之间，尖头铲前有铁锥，专撞城门，轒辒车捣毁城墙，专擅破城墙而入，十座顶天立地的飞楼，缓缓前行。

葛荣大旗出阵，精锐中军扬起遮天烟尘，向前奔行。葛荣拿出全部家底，泰山压顶，准备攻破枋头坞。攻下洛阳不是梦想，这些战士的祖先随魏国太武帝横扫天下，是抵御柔然入侵的最精锐的六镇士卒，在河北屡破朝廷兵马，喊声震动天地，刀枪在火把下闪耀！葛荣猛地勒住战马，望向坞壁，还是四年前左人城那些百姓，只多一面迎风招展的"汉"字大旗，任褒为何惨败，命丧箭下？葛荣眯紧眼睛，手指旗杆怒吼："那是什么？"

四周将领无人敢答，葛荣嗅到异乎寻常的味道，目光逼视众将："嗯？"

终于有人禀报："那是仆射的人头。"

葛荣的愤怒狂吼如同平地的闷雷："攻城，第一个冲上城墙者，加封为仆射。"

号角冲天响起，云梯、尖头轳和轒辒车沿着岸边排开，一辆接一辆通过土径。前排步兵方阵散开队形，一万士卒夹杂其间，前后散开不成阵形，马佛念看出破绽，向宋景休说："有便宜了，渡过护城河的士卒只有几千人，其他都被堵在护城河外。"

宋景休摩拳擦掌："有便宜就要占，我领着兄弟们出去杀一阵。"

马佛念与宋景休搭档许久，不用多说："给他们点儿颜色看看。"

六百坞壁精锐在瓮城内静静等候，宋景休跳上高处命令："索虏又来了，杀一阵。"士卒们闷声答应，齐备长槊和铁锥。杨忠不在，独孤如愿出城去见宇文泰，只能由杨闼指挥枋头坞士卒。宋景休不忍心："坞主，你带领坞壁士卒，抢夺敌军攻城器械，尽集城门。"

六百精锐后排列大约千名坞壁士卒，铠甲不整，有人手持精良的战斧，大多数举着铁戟和粗铁刀，盾牌五花八门，门板、锅盖和床板掺杂。他们要对付渡河的索虏，数量没有优势，也没有近战格杀经验，在城墙上放箭都会紧张，直接面对敌军，恐怕要手脚发软，刀都举不起来。独孤如愿不在坞壁，关键时刻会不会出现纰漏？宋景休没有更好的办法，大声命令："坞壁的兄弟们，我们拦截护城河，你们攻杀过河的索虏。"

宋景休竖起盾牌，抽出环首刀，取下门闩，虚掩城门。马佛念令旗空中一挥，战鼓咚咚响起，压住胡角，坞壁士卒现身垛口，滚木和巨石向下倾泻。渡过护城河的数千葛荣叛军中只有少数摸到城墙下，血浆迸裂，伏尸城下。城墙上令旗变换，弓箭手二话不说，箭雨洒向城下。枋头坞防御设施经过马佛念精心设计，弓箭居高临下正好覆盖护城河两岸，敌军向上弓箭失去力度，无法射杀城墙上的守军。

第一批渡河的葛荣叛军只是杂兵，铠甲不整，兵器各异，大都没有盾牌，挥动兵器格挡长箭。"扑哧"声不停响起，纷纷中箭，剩下的缩头藏脑躲到攻城器具后。马佛念催促坞壁士卒放箭，箭囊渐空，城下已没有站立的叛军士卒。鼓声重新响起，马佛念大喊："出城！"

城上士卒摇动轳辘，铁门缓缓升起，六百重铠精锐一拥而出，分成两路直奔护城河。经过滚木巨石和弓箭清场，沿途敌军早被钉在地面，出兵顺利，六百重铠精锐银甲闪闪，冲到河边，砍倒敌军，掀翻尖头轳和轒辒车封住土径，将葛荣叛军截成两段。对岸敌军箭雨洒来的时候，梁军盾牌竖起，将弓箭没收下来。

葛荣叛军从辕辒车和尖头铲后冒出头来，呼啦啦出来上千叛军，正遇到从城门冲出的坞壁士卒。两军相接，血光迸现，坞壁士卒瞬间被砍翻七八个，他们初次接战又没有头领，见到血光迸现，向城门退去。葛荣叛军大呼小叫，分成两部分，一部分攻取城门，另一部分掉头去攻土径上的坞壁守军。

坞壁士卒如此窝囊，宋景休哇哇大叫，抽不出身来，防守土径的梁军就要腹背受敌。护城河外一名叛军士卒独身冲上土径，大刀向上一挑，横在土径上的尖头铲被挑在空中，翻滚落入水面，引得葛荣叛军轰然叫好。宋景休抽出环首刀，冲到队前，迎头剁下，震得胳膊一颤，听到声音："大眼，让我来。"

宋景休听出独孤如愿的声音，心中感动："好兄弟！"他刀鞘平伸，独孤如愿接住翻上辕辒车，梁兵盾牌一分，让他跃入阵中。独孤如愿看出形势危急，来不及与宋景休寒暄："你守河，我去打。"

独孤如愿在关键时刻现身，宋景休顿时轻松："给你两百人。"

两百名梁兵聚拢一起，向护城河内敌军压来。独孤如愿跳上一辆尖头铲，环首刀向城门上方飘扬的大旗一指，向溃散的坞壁士卒大喊："大家向后看！"

坞壁士卒听见熟悉的声音，停止逃跑，独孤如愿喊道："兄弟们，城墙后面就是你们的父母妻儿，后退一步他们就有死无生，我们此战誓与坞壁共存亡！"独孤如愿将环首刀指向护城河内的葛荣叛军，高声断喝："兄弟们，杀！"

城墙上战鼓再起，两百名梁兵怒吼，盾牌如山，长刀胜雪，银铠逼人，血光迸现，如同恶狼杀入羊群，切入葛荣叛军，如入无人之境。杨闵率领士卒冲出，两相合击。护城河内的葛荣叛军本是布衣流民，顺势时呼号斗勇，落在下风就自谋生路，沿着护城河向两边溃散。坞壁三五人一组，手持铁戟向辎辒车内乱刺，逃不掉的叛军扔下兵器求饶。城墙滑下长索，坞壁士卒将铁钩扣入尖头铲和辎辒车的木脊中，城上扯动长索，将尖头铲和辎辒车向上拉起，顺着城墙吊在半空。

葛荣叛军号角骤起，无数士卒向护城河冲来，被土径上的尖头铲和辎辒车挡住。敌军刀枪并使，长槊乱捅，对上梁军盾牌。两军在土路僵持，短刀砍不过去，长矛被盾牌压住。无数葛荣叛军人多势众，大声呐喊，竟要硬生生将人墙挤向对岸。

宋景休哈哈大笑："早知此时，铁锤！"

梁军早准备了上百个大铁锤，他们轮起铁锤猛砸，铁戟洞穿盾牌，摧肠破肚地刺入敌军身体，顿时一片鬼哭狼嚎。梁军铁锤轮流砸下，穿破盾牌，敌军被钉成一串，前几排葛荣叛军伤亡殆尽，血水流入护城河，盾墙外又贴一道尸墙，被梁军死死压住，动弹不得。

护城河内，枋头坞前后夹击，葛荣叛军无处可逃，扔掉兵器跳入护城河，狗刨着向对岸逃命。坞壁士卒毫不留情，一箭一个将逃跑敌军射沉护城河底。坞壁士卒知道铠甲珍贵，专门寻找铠甲精良的葛荣头目，剥了铠甲穿上。马佛念不禁叹气，坞壁士卒根本不懂军纪，幸好有梁军守住护城河，要不然一个反攻，就要吃大亏。铠甲剥尽，城墙上金锣响起，宋景休也不恋战，带领精锐梁军，倒拖盾牌撤回坞壁。

葛荣叛军推开尸体，挑开尖头铲，清出道路，坞壁城门紧闭，第一轮攻城失利，号角变换节奏，葛荣叛军潮水般向后退去。马佛念跑下城墙清点缴获，内坞城门大开，百姓川流不息将食物送入瓮城，刘离挤到宋景休身边，取出两个鸡蛋，往他手中一塞，转身跑开，去帮助伤兵包扎伤口。宋景休心中温暖，自从砍下任褒脑袋，被刘离奉若神明，他很喜欢这种感觉。

杨忠眼看葛荣围攻枋头坞，自己毫无办法，心里上火，冲到甄密面前："行台大人，我的叔父和好兄弟都在坞壁，还有数万百姓，我们总要做些什么吧？"

"我们行军打仗，不是拼命，如果你有好计谋，我自当遵守，让邺城的兄弟们送死，恕不奉陪！"甄密也找不到好对策，外表极为冷静。

杨忠策马来到高处，向战场望去，黑漆漆的什么也看不见。如果马佛念在此，会如何？顾不上这么多，哪怕一人一马冲入枋头坞，也不能这样眼睁睁看着坞壁被攻灭："行台大人，你既然见死不救，我自己回坞壁，死也要和他们死在一起。"

唉，甄密叹气一声，向杨忠拱手："将军，不是我见死不救，是实在救不了，我派五百骑兵和你一起接近坞壁，如果能救自然要救，如果救不了，将军不要折损了我的兄弟。"

五百骑兵？我要带领这些陌生的军队，直接冲入葛荣数十万大军？可能冲了一半，他们就掉头跑了，就算他们舍生忘死，也断不能解围。

昆仑发威

宇文泰身负独孤如愿所托，到达护城河边，向葛荣禀报："陛下，我军在延津渡口搜寻到上百船只，大军可以随时渡河。"

葛荣大笑："黑獭，动作真快。"

宇文泰趁葛荣心情大好，继续奉劝："何不渡过黄河，进攻洛阳。"

葛荣望向坞壁，盯着悬挂在大旗下的任褒的人头，怒吼一声："枋头坞射杀任褒，岂能不报仇？区区弹丸之地，岂敢顽抗？全力攻城，天亮前拿下坞壁，再渡黄河。"

战场的寂静被划破，葛荣叛军发动第二轮攻击，他们吸取教训，让重铠步兵打头阵，先渡过护城河，尖头轳和轒辒车才依次过河，一溜排开，三座飞楼缓缓渡过，高高屹立，攻城大军黑压压齐集城下。马佛念、宋景休和独孤如愿并肩站立城墙，马佛念叹气一声："飞楼终于来了，所有重铠士卒登城，准备近战。"

宋景休不甘心被动挨打："出城毁掉飞楼吧，不能让他们登上城墙。"

马佛念无奈，敌军戒备森严，无机可乘："出城徒增伤亡，无济于事。"

独孤如愿将从宇文泰那里得到的消息讲出来："这些攻城器械用来攻打洛阳，被葛荣用在枋头坞了。"马佛念对北方战局心中有数，洛阳雄踞三川八关之险，这些攻城器械都绰绰有余，用来攻击一个小小坞壁，确实大材小用了。

"真他奶奶的倒霉。"宋景休嘟囔一句，手指城墙上倒吊着的尖头铲和轒辒车："一把火烧了吧，免得他们夺回去。"

马佛念神秘笑笑："还有用，大眼，把坞主请来商议。"

杨闵急登城墙，连连称赞独孤如愿忠信无双。马佛念侧身指着墙外："敌军有云梯、尖头铲、轒辒车和飞楼四种攻城器具。尖头铲和轒辒车撞击城门和城墙，不用担心，飞楼与云梯搭配十分厉害，要重点防御。"独孤如愿和杨闵点头。马佛念说下去："飞楼容纳数十敌兵，后续士卒源源不断从悬梯爬上，先居高临下射杀守城士卒，压制城墙防御，云梯上的索虏就将蜂拥而入。飞楼搭板一落，索虏冲上城墙，占据垛口，掩护云梯上的索虏登城。"

飞楼弓箭压制守军，云梯趁机攻城，配合确实厉害。马佛念手指城墙上的木板："一物降一物，独孤郎，你指挥坞壁士卒，架起木幔挡住飞楼上弓箭。其余士卒在木幔后专心对付云梯，绝不能让索虏攻上城墙。飞楼靠上垛口时最为凶险，如果他们夺下垛口作为凭据，云梯就会连成一片，贼兵蜂拥而入。"

宋景休急不可耐，连声询问自己怎么打。马佛念说道："大眼，你率领最精锐士卒，盯紧三座飞楼，一旦搭上城墙，用最短的时间将他们斩尽杀绝，不能让他们在垛口上集结。"

宋景休摩拳擦掌，要大开杀戒。马佛念朝向杨闵："飞楼靠近城墙时最为凶险，却也是破去飞楼的唯一时机。坞主，准备稻草、硝石和火把，飞楼靠近后全部抛下，燃起大火，百姓还要源源不断将石头和弓箭运上城墙，绝不能断档。"

三个重铠步兵方阵携带攻城器械渡过护城河，数万士卒一字排开，挤得满满当当。号角响彻天地，飞楼上弓箭如同云彩，向城墙罩去。云梯冲向城墙，搭在垛口，如同鱼网，敌军手扶云梯飞速攀登。尖头轳和轒辒车砰砰撞击城墙，面盆大小的土石从墙上剥落。马佛念俯身垛口，看得清楚，大声命令："架木幔。"

坞壁士卒手持竹竿挑起木幔，挡住箭雨，其余士卒现身城头，滚木和巨石飞向云梯，敌军一串串坠落。葛荣看出形势，号角再起，果然如同马佛念预料，飞楼强行靠拢城墙。马佛念大喊："大眼，准备！"

城墙狭窄，人多没用，全靠强兵，宋景休将六百精锐分成三队，大声答应："放心，两百人对付一座飞楼，绰绰有余。"

飞楼靠近城墙，踏板搭上，十名索虏狂呼而上，砍翻守军，占领垛口。为首敌将膀大腰圆，身穿铁铠，手握大刀，一支铁角立于兜鍪正中，形状与独角兽相仿。他夺下垛口，守住方圆三步地方，瞬间七八架云梯搭在此处，索虏狂呼而入，从云梯上冒头翻入城墙。

宋景休环首刀一举，梁兵聚拢一起向垛口杀去。他用盾牌撞翻一名敌兵，身体一拱将他从城墙上凌空掀出，正对独角兽。比宋景休高出一头的独角兽力大无穷，大刀迎面劈下。宋景休将虎头狮子盾向前格挡，"咔嚓"一声被劈成两片，他惊出一身冷汗，向后急退。宋景休身经百战，第一次看见盾牌被劈开。转眼间，又有十几名敌兵攀入城墙，城下见登城成功，号角响成一片，叛军受到鼓舞，云梯上的敌军从缺口狂拥入城。

杨闵看到情景不妙，弓箭和巨石飞向登城叛军，封住云梯，大喊："老马，放火吧。"

两座飞楼还在半途，马佛念止住杨闵："再等等。"

宋景休被独角兽震倒，仍要拼命向前，一个瓮声瓮气的声音从背后传来："看我的。"

全身赤黑的昆仑双手各拿一柄怪异兵器，奔到面前，披着一副奇形铠甲，仅有两截钢板护住前胸和后背要害，胳膊和大腿都暴露在外，他身材巨大，如同地面冒出的恶灵，向前一挺，拦在敌将面前。独角兽没见过如此高大乌黑的身材，心里有怯："你不是汉人，为什么帮他们守城？"

昆仑一愣，猛然停住脚步："你说啥？"

独角兽紧紧盯着他手中奇异的兵器，鸭蛋粗细的铁棍上端顶了个西瓜大小带着棱角的红彤彤的铜球："手里什么兵器？"他多说一句话，背后便有叛军跳入垛口。

铁戟和环首刀就像小孩玩具一般，小猴子苦思很久，将铜器熔化铸造，正好发挥昆仑身高力大的优势。昆仑不知道这兵器的名字，耐心解释："环首刀，重量轻，小猴子，铜西瓜。"

宋景休急得大喊："啰唆什么！"

独角兽高大的身躯在昆仑面前突然缩去一半，不畏不惧迎头而上，大刀横劈。昆仑左手一舞，铜球砸在长刀上。两人铆足力气，一击之下，火星四溅，声音压过鼓角争鸣，独角兽大刀脱手飞舞而去，他反应极快，从旁边士卒手里夺来盾牌和战刀，琢磨如何破去铜西瓜。昆仑不给他喘气的机会，左脚踏进，向铜西瓜全力砸去。独角兽来不及躲闪，盾牌向上格挡，一声巨响，灰飞烟灭，独角兽呆呆望着消失不见的盾牌，铜西瓜摧枯拉朽砸在他前胸的铠甲上。独角兽被砸得倒退十几步，撞在垛口上，胸口被砸出一块凹陷。他难以置信地看着消失的胸膛，心脏挂在肩胛骨下方，怦怦跳动，五脏六腑移了位置。独角兽大吼一声，喷出一口鲜血，颓然倒地。葛荣叛军被黑塔般的昆仑吓破胆子，宋景休上前一步："还不投降？"

攻上城墙的都是屡经战阵的葛荣老兵，仍然不肯投降。昆仑向前一步，一名敌兵退到垛口，退无可退，迎头刺来。昆仑用铜球一迎，长矛断成两截，右手铜球就要砸下，这名士卒两腿一弯，跪地求饶。昆仑不解跪地含义，还要砸下，宋景休大声阻止："昆仑，别杀。"

昆仑手腕一转，铜西瓜掉转方向，砸在垛口，垛口从中折断，带着泥沙跌落城墙。昆仑聚集全身力气，大声喝道："投降杀！"

喊声如同霹雳，敌军被震得耳朵发麻，没有胆量对抗昆仑，抛下兵器跪倒，却不明白昆仑的意思，投降怎么还要杀？宋景休赶忙纠正："投降不杀。"

葛荣叛军扔下武器，跪倒垛口，昆仑冲到，砸断飞楼踏板，断去援兵后路。坞壁士卒收拢兵器，押着俘虏走向瓮城一角，将其看押起来。剩余两座飞楼聚拢在一起，撞开木幔接近城墙，踏板搭在墙头，葛荣叛军冲出，占据两个相连垛口，云梯搭上，敌军像蚂蚁一样攀附云梯向上猛冲。宋景休和昆仑分头率领梁军精锐，截杀跃入城墙的葛荣叛军。两千坞壁士卒和登城敌军在狭窄的城墙上挤成一团，喊杀声冲天。

两座飞楼终于靠到城边，马佛念举起令旗："来，将干草和硝石抛到城下。"

杨闿早率领坞壁士卒夹着稻草和硝石待命。他们冲上城墙，不顾四周厮杀，将稻草和硝石扔下城墙。宋景休正在开弓放箭，突然看见身穿皮甲的刘离笑呵呵地抛下一抱树枝，向墙下跑去。宋景休射出弓箭，抹抹汗水，看见刘离对自己笑顿时力气倍增，瞄准一名就要攀上垛口的敌兵，一箭将其射倒。

木材、干草和硝石转眼间淹没到葛荣叛军膝盖，马佛念抓过火把猛地扔下："起火！"

葛荣叛军准备十足，冲车下挂水桶，零星落下的火把迅即被扑灭，火焰没有腾起，更多敌军沿着云梯和飞楼登上城墙，与坞壁士卒杀在一起。杨闿急得冒汗："老马，没有火把了。"

号角连天，索虏攀城而上，马佛念一身冷汗："打开内坞城门，让百姓上城。"

杨闿掉头下城，片刻间内坞城门大开，百姓蜂拥而入，老人、小孩和妇女高举火把，吼叫着登上城墙，为首正是屠户老苏，大喊："父老乡亲们，烧死这些王八蛋！"

老苏火把脱手而出，想起新婚之夜战死的大苏，嗓音嘶哑："儿子，这是你的。"眼前又浮现身披红霞的林林面容，那是未过门的儿媳妇，大喊一声："林林，这是你的。"

数千支火把空中飞舞，如同满天繁星照亮城墙，映射出飞射的弓箭。葛荣叛军惊恐地睁大眼睛望着，枯草和木材燃烧，火焰呼哧蹿起，葛荣士卒抛下攻城器具，相争着逃出火焰。云梯底部冒出火苗，从中折断，敌军惨叫跌入火海。喊杀声响成一片，火光越烧越旺，点燃倒挂的尖头轳和轒辒车，火苗四处冒出，城墙亮如白昼，葛荣叛军全部退到护城河边，远远望着大火，无计可施。

　　火海断去援兵，城墙上敌军孤立无援，坞壁全力围剿。宋景休将六百精锐分成数组，身披刀枪不入的明光铠，盾牌连接，像小墙般在狭窄的城墙密集冲杀，绝望的葛荣士卒抛去兵器，跪地求降。

　　葛荣立马于护城河，心痛得要呕吐出来。他积攒攻城器具，用于攻取洛阳，没想到近半毁于大火。宇文泰催马来到其身前拱手禀报："皇上，经此一战，枋头坞元气大伤，绝不会威胁我们渡过黄河，大军应尽快南下，趁魏国大军未集，一举扫平洛阳，这是当务之急。"葛荣咬牙切齿仰望坞壁。宇文泰继续劝说："洛阳城高壁厚，必须用攻城器械才能攻取，飞楼打造起来十分不易，何必消耗在枋头坞下？"

　　葛荣点头："飞楼撤下来，尖头轳和轒辒车不能半途而废，城墙坍塌，就蜂拥而入。"

　　宇文泰再三劝说："我军一个晚上被打残数万士卒，不值啊，陛下！"

　　"枋头坞损失惨重，再冲击几次，就无人守城。"葛荣发出军令："出动营中大军，拿下枋头坞，我亲自督战！"

坞壁城墙燃起大火，像一条巨龙横亘旷野，葛荣军队向前压去，大营中燃起火把，号角响彻天空，葛荣要拿出血本了。杨忠整好五百骑兵，他久经战阵，此时距离敌军尚远，绝不能浪费马力冲锋，遂率领骑兵缓缓下了山坡，打算绕开葛荣大营，直奔前线。忽然火光一闪，军营闪现出数十座圆顶大篷的轮廓，那是什么？杨忠大喜，挥手命令："停止进军！"五百骑兵和枋头坞百姓无亲无故，本就不情愿送死，停住战马。

　　城下残留少许红光，护城河内一片狼藉，城墙残缺不全，
"汉"字大旗被穿出无数窟窿，右下角被火箭引燃，凌空飘扬。
坞壁经过两轮攻击，损失惨重，待命士卒早已上了城墙，数百士
卒身受重伤，失去再战之力，能战士卒一半带伤，坚持在城墙上
防御。士卒搏杀大半夜，倒地休息，只有坞壁百姓抓紧空当，把
巨石和滚木再次将城墙堆满。胡角连天而起，独孤如愿身体轻轻
一抖，手扶垛口俯瞰，葛荣叛军倾巢出动，攻城器具在重铠士卒
的保护下，第三次渡过护城河。

　　枋头坞战鼓骤起，杨闵大步走来，马佛念问道："坞壁中壮
年男子还有多少？"

　　杨闵计算一番答道："还有四五千。"

　　马佛念已有谋划："分发铁戟，掀翻敌军云梯即可，坚持到
天亮，再做打算。"

　　杨闵摆着空荡荡的袖子跑下城墙，将兵器和铠甲堆放在校场
中间，鸣钟召集百姓。鼓角和喊杀声震天，百姓惦记城墙上抗敌
的子弟，根本没有入睡，聚集在校场，看到残破的"汉"字大旗，
便猜到半夜间战况的惨烈。

杨闵眼中布满血丝，将怒火释放出来，用沙哑的嗓音喊道："父老兄弟们，我们今晚击退索虏的两次攻击，烧毁近半攻城器械，数万索虏丧生。他们仍不罢休，卷土重来。只有死战，杀死索虏，烧毁攻城器械，让他们丧魂失魄，再也不敢仰望我们的战旗。"

白须皓首老林将拐杖向空中一举："坞主，你吩咐吧。"

杨闵实在不忍心："您年纪大了，和刘离照料伤兵吧。"

老林怒冲冲地跺脚吼道："我一把老骨头，死了就死了，还让孩子们送死吗？坞主，你怎么这么糊涂！"杨闵为握着铁戟的老林披上铠甲，跟在颤巍巍的老林身后登上城墙，眼泪缓缓流出。

葛荣将残兵败将调到营后，弓箭方阵渡过护城河，向上嗖嗖放箭，压制坞壁守军，两个铁铠步兵方阵保护攻城器械渡过护城河。葛荣亲率两万中军精锐渡河，狭窄的护城河内挤入数万敌军。坞壁士卒居高临下回射，叮叮当当被盾牌没收，马佛念不想浪费，高举令旗大声命令："停止放箭！"

胡角悠然而起，尖头铲和轒辒车踏着燃烧的灰烬开向城墙，咚咚撞击。云梯停在护城河边原地未动，等待尖头铲和轒辒车撞毁城墙。坞壁的弓箭巨石再次倾泻，独孤如愿要再扔火把，被马佛念拦住："敌军早有戒备，城墙加厚，等他们撞到石墙，先歇息一下。"

独孤如愿背靠垛口坐下，对马佛念说："飞楼好厉害。"

马佛念早盼望打一场守城战，在枋头坞如愿以偿，还看到传说中的飞楼，不虚此行："真是万幸，葛荣要攻打洛阳，舍不得飞楼了。"

独孤如愿沉默一阵，终于开口："杨忠还没有消息吗？"

马佛念忧心忡忡："这边战事结束，就派出斥候骑兵，去邺城附近搜寻。"

独孤如愿不想惹马佛念忧心，四周察看，找不到宋景休："大眼哪儿去了？"

马佛念露出笑容："受了箭伤，找刘离去了。"

独孤如愿颇有些担心："伤得重吗？"

自从斩杀任褒之后，刘离认准了宋景休，也不避讳众人，马佛念很为他们高兴："我看大眼是故意受伤，他面对城下，弓箭怎么能转弯绕到屁股？"

尖头铲和轒辒车像鸡头叨米一样在墙壁上拼命啄着，土砖剥落，露出夯土，城墙千疮百孔的时候，尖头铲和轒辒车停顿下来。马佛念大笑："哈，撞到石墙了。"

一名敌军头目从轒辒车中钻出，在盾牌掩护下跑到城墙缺口仔细观察，独孤如愿正要开弓，马佛念笑说："别射，让他去见葛荣，看他退不退兵。"

叛军头目跑到葛荣身边，禀告："内有巨石加厚城墙，撞不进去了。"

葛荣勃然大怒，一个晚上这样折腾掉，仰望枋头坞正中战旗，攻城还是北渡黄河？叛军纷纷望向自己的皇帝，等候命令。

宋景休快步跑上城墙，被马佛念一眼看见："你屁股中箭，却跑得像兔子一样快？"

宋景休也不答话："不碍事，喂，葛荣不攻城了？"

宋景休撅着屁股察看城下，独孤如愿绕到他身后，向他屁股左右猛拍几下，宋景休吓了一跳，回头瞪着他："哇塞，你怎么有这爱好？"

独孤如愿看着马佛念摇头："没事儿。"

马佛念伸手去摸，宋景休跳开："别乱摸。"

"是不是疗伤就可以随便摸？"马佛念有所指地说。

"疗伤当然可以摸。"宋景休理直气壮。

独孤如愿被吓了一跳："刘离摸你屁股了？"

宋景休脸"唰"地红到脖子："和刘离有什么关系？"

独孤如愿莫名其妙："谁给大眼疗伤？不是刘离吗？"

马佛念挖苦宋景休："刘离懂得疗伤啊。"

宋景休着急起来："谁都没有。"

独孤如愿指指马佛念："既然谁都没有，我没有，老马也没有，你乱喊什么？"

宋景休被绕晕了，还要分辩，马佛念声音突变："索虏又开始攻城了。"

葛荣数日攻城，撞到石墙半途而废，望着大旗上悬挂的任褒头颅，不甘心铩羽而归，大声下令："城墙撞不动，就撞城门。"

葛荣留下十几辆尖头轳和韅辒车，轮流向城门撞去，鼓角又起，督促数万叛军渡过护城河，盾牌挡住弓箭，等候撞开城门。坞壁士卒集中城门上方，抽空冷射，其他士卒推动巨石翻滚，砸毁韅辒车。这次攻城反不如前三次声势浩大，攻防仅限于城门。城门第一层用巨木拼成，第二层是碗口粗的铁条打制的铁门。

五六辆轒辒车被撞毁之后，木门松散破裂，葛荣叛军兴奋叫嚷，索虏钻入轒辒车的犀牛皮下，大吼一声撞去，木屑飞溅，露出洞口。索虏终于望见瓮城内的坞壁士卒和百姓，弓箭射入，传出中箭惨叫的声音。轒辒车将洞口越撞越大，叛军齐声叫好，士气更盛，转眼间木门已被撞碎。金属撞击的声音传出，铁门极薄，很容易撞出洞来。

城门一旦被撞毁，坞壁就破了。马佛念召集众人商议："大眼，带着南边的兄弟们出城逆战，打掉索虏气焰。"

独孤如愿望着城下黑压压的大军："太危险，护城河内至少有五万敌军。"

宋景休见惯大阵仗，并不担心："怕个鸟，我毁了冲车，修好木门，再包肉包子给你吃。"

马佛念命令杨闵："坞主，将巨石和滚木运至城墙正中，越重越好。"

马佛念最后下令给独孤如愿："独孤郎，你随大眼出城反击。"

独孤如愿和宋景休纠集六百名精锐跑下瓮城，钻进藏兵洞中，外侧只有一层墙皮，从外却看不出异样。宋景休蹲在洞口位置，梁军手持盾牌和环首刀，密布藏兵洞中，呼吸声清晰可闻。宋景休悄悄捅开墙砖向外看去，十几名叛军藏身在轒辒车下，向城门猛撞，他轻声传令："击鼓！"

消息传到城墙，马佛念令旗一挥大喝："击鼓！"

战鼓响起，巨石和滚木向下砸去，叛军士卒被砸得东倒西歪，轒辒车的犀牛皮吸收巨石力量，不弃不舍地向城门撞去。鼓声猛停，两朵诡异的鲜花盛开在乌黑的城墙，雪白花蕊突然暴开，烟尘弥漫中，银甲白袍的梁兵一跃而下，环首刀上下飞舞。附近的葛荣叛军早被巨石和滚木清理一遍，他们目瞪口呆，头颅和断肢像水花般四处飞溅。宋景休和独孤如愿各率领一支队伍从两侧藏兵洞越出，夹击杀向城门。轒辒车还在不知疲倦地撞击铁门，宋景休用环首刀划破犀牛皮，撞墙的叛军头目大喊："别捣乱，就要撞开了。"

话音未落，雪亮的刀片已到脖颈，他依稀看见刀片处反射出惊恐的脸孔，红光迸现，他才觉得脖间一凉，头颅冲天而起。梁军杀散敌军，将尖头轳和轒辒车拦在城门两端，结成圆弧，盾牌竖起，六百精锐守住城门。"咣当"一声，内坞城门打开，百姓拥出来，用厚木板加固城门。

胡角萦绕战场，索虏兴奋地叫嚷向城门杀来，被尖头轳和轒辒车挡住，就用长槊猛刺。马佛念等的就是此时，大喊："坞壁的兄弟们，看我们的！"

杨闶单臂撑地站起，右臂宽袖迎风飘摆，将铁戟向空中一横："乡亲们，拼了！"

鼓声大作，压住索虏号角，出城逆战的坞壁精锐与百倍敌军搏杀，坞壁士卒精神倍增，城上巨石和滚木如雨，向下倾泻，敌军盾牌和铠甲无法抵挡，瞬间被砸倒一片。

独孤如愿与宋景休并肩站在防线内，坞壁百姓叮叮当当修补木门。宋景休从容地说："好戏才开始，要把城池变成地狱。"

滚木和巨石是杀敌主力，独孤如愿抬起弓箭，瞄准护城河旁，冷射而出，偷袭正在指挥攻城的葛荣。葛荣宝剑一挡，弓箭变换方向，贴着肩膀滑落一边，独孤如愿连说可惜。这一箭惹恼了葛荣，坞壁竟敢用弓箭偷袭，他向空中怒吼："冲上去，夺下城门！"

葛荣叛军向城门拥来，将坞壁弧形阵地团团围住。梁军重铠士卒半蹲在地，盾牌结成一片，挡住敌军长槊，后排士卒手持弓箭射杀外围敌军，防线就像大海中的一叶小舟。马佛念不顾飞射的弓箭，手指城下："兄弟们，地面是肉板，索虏是肉馅，滚木和飞石就是砍刀。要把索虏砸成肉酱，砸得他们血流如河，血肉翻飞，尸横遍野，要让他们胆战心惊，不敢正视我们的战旗。"一支长箭由下而上，贯穿马佛念右臂，他伸手一扯，将血箭扯出，簇头倒挂几缕肌肉，在火光下熠熠闪烁。马佛念行动癫狂，将长箭向下一抛："坞壁的兄弟们，砸！"

马佛念疯狂的举动像火中泼油一样，激起坞壁士气，他们甩开盾牌，跳上垛口，奋不顾身将巨石和滚木向下抛去，城下血海狂潮。索虏聚集城门，是杀伤敌人的最好时机。

葛荣看得心寒，士卒包围城门却攻不进去，成为巨石和滚木的标靶，尸体堆积成小山。宇文泰上来劝说："他们都是跟随您的精锐，最勇猛善战的士兵，他们还要活下来，帮陛下打江山。"

葛荣望着战旗下的任褒头颅，举右手止住宇文泰，深吸口气冷静下来。他号称拥兵百万，其实多是六镇百姓，能征善战的就是这三十万士卒，三轮攻城损失数万，心痛不已："你说得对，不能再损失精锐军队了。"宇文泰长吁一口气，葛荣眼珠红光暴现，命令："调五万大军轮番进攻，杀不过去，就人挤人硬生生挤进去。"

牛角声中，督战将领挥动大刀将护城河外的杂牌士卒赶上土径，他们手持棍棒，布衣布裤，一窝蜂拥向城门，葛荣精锐退到护城河边，层层密集环绕，就等攻破城门一拥而入。

宋景休和独孤如愿背靠背射杀敌兵，忽见敌军退去，面前现出尸体堆积的高坡，一具尸体滚到独孤如愿脚下，头颅被砸扁，陷入脖颈，被城墙上投下的巨石砸中，当场丧命，黑乎乎的血浆和奇怪的液体凝固在额头，惊恐睁圆眼睛。独孤如愿将他眼皮合拢："唉，这样互相残杀的日子，什么时候才能到头？"

宋景休抹一把汗水："他们不攻枋头坞，岂能丧命这里？"

胡角声音再起，鬼哭狼嚎声中，无数人影头顶盾牌，翻越尸墙重新拥上，在摇曳的火把下露出狰狞面孔。宋景休听到喘气声音，估计距离已近，大喝一声："挺槊！"

士卒备好长槊，槊尖伸出尖头铲和辒辌车罩向敌军，将猝不及防的敌兵密密麻麻穿透。叛军士卒不明状况，蜂拥而入，挤入尸体中。长槊转眼间挂满尸体，葛荣叛军前赴后继拥到城门，与六百梁兵隔着尖头铲和辒辌车撞在一起。

胡角骤然一停，喊杀声冲破天空，猛然间胡角吹响，划出震撼天地的凄厉声音。葛荣叛军凭着人数优势，随着胡角声音，齐声向前，排山倒海，将防线向城门内压缩。胡角声音突然收敛，葛荣叛军休息蓄力，又是一阵长鸣。葛荣叛军呐喊一声，向城门就挤进一步。守军数量远不及敌军，被撞得连连后退，弧形防线变形。葛荣中军见城门几乎冲破，再次杀来。

49 粮草先行

"粮仓！"这是葛荣为南下洛阳储存的军粮，杨忠奔驰到甄密马前，葛荣军粮囤积在大营后方，与甄密藏兵的地方不远。

"天赐良机，让我们刚好出现在他身后。"甄密双掌一击，邺城被围攻一年，早就断粮，上回他冒死出城收粮，遇到明月和杨忠，颗粒无获，如果这次能够抢来葛荣的粮草，那便是意外之喜。再一转念，这是葛荣攻打洛阳的军粮，如果能够毁掉，他还拿什么攻打洛阳？这简直是大功一件！想到这里，再不犹豫："偷袭！"

"且慢，我先去看看。"杨忠率领几名骑兵，黑色斗篷罩住全身，缓缓接近敌营，在深林边缘跳下战马，留下士卒守护，其余几人悄悄绕到葛荣军营背后，一座座粮仓排列在军营正中，军帐环绕，空中月亮将营盘照得十分清晰。

杨忠不敢大意，吩咐士卒围拢一圈，解开斗篷，遮住光亮，点燃火箭，划过黑夜射在粮垛上，火光窜起。营盘顿时喧闹，灯笼亮成一片，全副武装的叛军士卒提着水桶攀上粮垛，浇灭火箭。大队士卒倾巢而出，散开寻找敌踪。杨忠埋伏在深草中，等葛荣叛军折腾一阵安静下来，带着士卒从荒草中爬回树林，翻身上马绕个大圈，向甄密藏兵之处奔驰而去。杨忠向甄密拱手禀报："葛荣在屯粮之地驻满贼兵，少说也有数万。"

甄密暗自后怕，幸亏杨忠侦察，否则这两千骑兵烧毁粮草，一定吃大亏。此时，喊杀声停止，枋头坞挡住了又一轮攻城。甄密连连称赞："枋头坞居然能抵抗到现在，难得。"

敌军藏兵粮仓，杨忠偷袭不成，遣返密林，心急如焚地注视葛荣攻城，万分矛盾。如果硬攻，不但烧不了粮草，反而打草惊蛇。坞壁火光渐渐熄灭，葛荣二十万大军轮番攻城，源源不断，坞壁经不起消耗，用不了几轮，城内将无兵可守，邺城两千骑兵也无济于事。杨忠暗暗祈祷："老马、大眼，你们狠狠打，只有把葛荣大营中的军队都调上去，我才能从后面揍他。"杨忠仰望天空，月亮周围浮起数圈五彩云朵，心中火燎一般："糟糕，天文不利。"甄密看异样，杨忠手指浮云："月旁飘出五彩云朵，凌晨必有大雾，弓箭手无法瞄准，不利守城。"

鼓角齐鸣，叛军变换阵形，飞楼撤回军营。营中叛军列阵而出，增援前线，甄密猜出葛荣心思："葛荣将飞楼调回营中，保留实力，攻击洛阳。"

葛荣从营中调出军队，不分日夜围攻坞壁，还有多少人马看守粮草？"杀吧，兄弟们！"

50 英雄无敌

　　枋头坞士卒被出城反击刺激得狂叫，聚集在城门上方，大石纷纷坠落，城下已经没有完整的尸体，血水向城门汹涌倒灌，血海浮尸。杨闵瞠目结舌，可怜，他们也是父母所养。马佛念没有慈悲心肠，大喊："兄弟们，索房冲入城门，就死无葬身之地，扔掉盾牌，砸！"

　　马佛念甩开盾牌，将大石向城下扔去，砸中一名叛军，血水四溅，叛军稍向后退，反复拥上，石头消失在盾牌之下。

　　葛荣令旗一挥，督战将领砍翻退后士卒，逼着他们穿越石雨，将防线向城门挤压。坞壁守军无法抗拒敌军的压力，防线收到城门内侧，再退一步叛军就将冲进瓮城。独孤如愿满头冒汗："大眼，撤到内门防守吧。"

　　瓮城中有甬道通往城墙，坞壁兵力更加不够。宋景休眨眨眼睛，在满脸血迹中只能看见两排牙齿："有办法，别担心。"

　　马佛念的守城本领层出不穷，独孤如愿稍稍安心，宋景休猛地退后一步，大喊："放铁门。"城墙上砍断绳索，铁门凌空落下，手腕粗细的锋利铁尖，呼啸着落在叛军头顶，"咣当"一声巨响，牢牢钉在地面，穿透数十名叛军士卒的身体，尸体如同菜刀下的萝卜，四处滚动。连续两道铁门向下滑落，将敌军分成两截。冲进城门的葛荣叛军抬头向瓮城看去，正前方有上千名坞壁士卒，城墙上冒出无数弓箭。

马佛念在城头居中而立："放下武器，放你们一条生路。"

一名叛军将领挥刀大喊："老子亲手斩杀章武王元融，小小坞壁也敢叫我投降，守住！轒辒车很快就撞破铁门。"

五六辆轒辒车移到城门，砰砰撞击，入城叛军受到鼓舞，收缩在门洞，结成防线，使坞壁不能合上沉重木门。独孤如愿排开众人，将环首刀指向敌将："你叫什么名字？"

这名将领将刀一横："我是柔玄镇卫可豹。"

独孤如愿点头："单打一场，你若赢了，就放你们出去。"

卫可豹手提大刀全身掼甲，头戴铁盔像座小山一样："你们就要城破人亡，说什么大话！"

城门外的轒辒车后退几步，向前猛冲，巨大铁锥砸向铁门，"咣当"一声将手腕粗细的铁条砸弯，露出巨大缝隙。城门内外叛军齐声狂呼，轒辒车再向后退，积攒力量加速撞到。马佛念叫停坞壁士卒，指着一块巨石，十几名坞壁士卒拥到巨石背后，肩扛手推，巨石纹丝不动，城下又传来撞门声音，巨石竟被卡在一道台阶之下。马佛念满头冒汗，在城门观战的小猴子跳出，手持胳膊粗的木棍，插入台阶和巨石之间，小猴子跳后喊道："我数数，大家一起使劲。"

马佛念将肩膀靠在巨石上，听到小猴子高声喊道："一，二，三，动手。"

巨石向上一颤爬上台阶，"咔嚓"一声，木棍断成两截，坞壁士卒毫不停歇，巨石滚过早已拆下的垛口，呼啸而下，正中辒辌车，将其砸得粉碎，叛军士卒来不及躲闪，血光四溅，被压成肉酱。卫可豹正好回头，目睹这一幕，向前一步叫嚣："好，咱俩就较量一下。"

卫可豹怀抱大刀走出战阵，大叫一声，右腿蹬地，蹿起半人高，向独孤如愿冲来。独孤如愿不慌不忙将刀盾置于腿边，抓起反背弓，抽出三支利箭张弓搭箭，屏息瞄准。卫可豹冲到三十步距离，独孤如愿弓箭下指，一箭发出，卫可豹腿上中箭，大吼一声，仍然大步踉跄冲来。第二支长箭贯入卫可豹右腿，他差点跌倒，仍然勉强向前，到达独孤如愿面前十步，大刀凌空举起，一个黑点由远及近，越来越大，嗡嗡箭羽颤动空气。卫可豹来不及躲闪，挥舞大刀，试图荡开，箭头大如黑卵，"扑哧"贯入脑门。卫可豹脑前一凉，鲜血猛溅遮住双眼，独孤如愿的银盔银甲在他眼中变成赤红，栽倒在独孤如愿面前。

独孤如愿踏在尸体上，将带着血丝的长箭从卫可豹脑后拔出，大吼一声："放下兵器！"

坞壁士卒把弓箭抬起，将黑黝黝的箭头瞄准敌军，一名重伤叛军士卒支持不住，将长矛向地上一扔："我是附近百姓，常来枋头坞走动，老苏认识我。"

叛军纷纷扔下兵器，坞壁士卒收缴兵器，将俘虏押至瓮城角落，那里已经集中上千手脚被捆的敌军俘虏。坞壁士卒迅速清理尸体，木门重新合上，落下门闩。独孤如愿打扫完瓮城，冲上城墙，胡角再起，敌军退出护城河，离开弓箭射程。宋景休大笑：

"数万索虏浮尸城下，葛荣还敢来吗？"

坞壁也损失惨重，当初训练的四千士卒，没有带伤的不到一千。只要再攻几轮，守军就要消耗殆尽，他们极为困乏，靠在城墙上已经睡去。宋景休忽然惊觉："不好，起雾了！"

大雾遮住月色，地面雾气蒸腾，护城河对面的葛荣叛军影影绰绰。此时大雾发作，很快就要伸手不见五指，敌军脑袋伸到眼前都看不见，极难防守。马佛念唤来杨闵："坞主，率领精锐士卒，护送百姓从后山冲出去吧，能跑多少跑多少，我在这里掩护。"

宋景休仍在亢奋："还能再顶一轮。"

坞壁百姓大都是妇孺老人，撤退速度极慢。杨闵担心马佛念等人："老马，一起撤。"

马佛念拒绝："必须有人断后，百姓才能逃远。"

杨闵伸手扯住马佛念："我留在这里。"

马佛念双目圆睁："索虏攻城在即，哪有时间推让？我主持战事，何须啰唆？"

宋景休深知他作战习性，转身下城："听老马的，召集百姓撤退。"

51 天下英雄

　　"天下大乱,英雄凋零,短短数年,叱咤风云的英雄十去其七。"阿阇梨仁立大伫山跏趺怒佛山顶,阳光照射山头,雾气被大风驱散,阿阇梨凝神静气,一夜之间分寸未动,将雾气沉积于身侧,阳光照射下泛出五彩光芒,如同腾云驾雾的仙子。

　　慧可睁开眼睛,双手合十:"魏国广阳王元深有先祖遗风,与柔然可汗阿那瑰两路夹攻,阵斩敌军大将孔雀,击破六韩拔陵,被朝廷设计,被剥夺兵权逃出军营,在博野被葛荣擒获,大英雄竟被斩杀于营。"

　　阿阇梨为魏国的国运叹气:"魏国仅剩北海王元颢硕果仅存,他投奔梁国之后,魏国再也没有能征善战的将领,军权旁落,干弱枝强已成定局,让人怀疑其国运将去。"

　　慧可不完全赞同:"魏国开基百年,仍有可能一统天下。"

　　阿阇梨深以为然:"魏帝元攸身兼胡汉,是最理想的天下之主,他登基后正要册立皇后,我已委托惠成料理此事。一旦皇后有喜,诞下太子,惠成必能效法前人,妥善抚养,使他皈依佛家。"惠成便是永宁寺住持,与阿阇梨极为密切。

　　惠成当不负此托,慧可又问:"若魏失其鹿,又当如何?"

阿阇梨到达河北，看出魏国危如累卵："破六韩拔陵率先起兵，是响当当的英雄豪杰，却早早败亡。鲜于修礼率领河北六镇流民，死于身边叛将元洪业。杜洛周被葛荣埋伏所杀，叛军中的三名顶尖英雄都已身死神灭。"

慧可十分了解战局，叙说河北的情形："源子邕和裴衍是继广阳王元深后平叛的大将，被葛荣击败身亡，竟有四名英雄豪杰亡于葛荣，岂非天意？"

阿阇梨感慨人间的杀戮："这是乱世，英雄遍地。"

慧可远望着阿阇梨长长的睫毛，这年纪轻轻的女子胸怀天下，具有预见未来的能力："葛荣会不会是未来一统天下的雄主？"

阿阇梨望着渐渐消散的雾气："我本看好葛荣，可他败于枋头坞，连主将任褒都战死阵前，不能南渡黄河，形势衰矣。"她忽然问道："何人率领百姓抗拒葛荣大军？枋头坞竟然藏龙卧虎！"

慧可茫然不知："枋头坞中只是寻常百姓，怎有如此战力？我稍晚走访，探寻原委。"

第七章

驰援邺城

天下，
是天下人的天下

雾中偷袭

　　杨忠在沉重的雾色中奔驰到甄密身边，禀告："行台大人，葛荣叛军出营去攻枋头坞，粮仓附近的士卒都撤走了。"

　　笑容浮现在甄密脸上："天助我也！"战马不耐烦地刨着地面的沙土，甄密来到骑兵队前，沉声命令："战马衔枚，接近敌军大营，先取粮，然后一把火烧了，不得恋战。"

　　邺城骑兵掀开战马面帘，将衔枚放入战马口中，两端皮带穿越面帘系在马脖。骑兵牵马步行，战马踩在草地，无声无息，偷偷摸向葛荣大营。雾色越来越重，鼓角声音和厮杀停息下来，黑漆漆一片，这种大雾天气极适合偷袭。囤积粮草的营地只有数里，两千骑兵大胆向前，来到数百步距离。甄密翻身上马，抽出长槊，将骑兵分成前中后三路，如同黑夜中的鬼魅，在寂静中准备就绪。甄密将长槊向空中一挥，骑兵分散成扇面形状，向营地包抄而来。

　　甄密拉满弓弦，弓弦清脆，葛荣士卒应声而倒。大地晃动，骑兵冲入军营，四处砍杀，前军五百骑兵驱逐敌军，中军一千抢粮，后军五百燃起火把，掷向粮草堆，火苗缓缓升起，零星叛军士卒被战马震飞地面，战马嘶叫和喊杀声响成一片。葛荣倾巢而出进攻坞壁，看守粮草的只剩数千士卒，慌张跑到帐外，挑灯东张西望，在大雾中分不清楚敌军数量，也不知道攻来方向，惊慌失措，无力反击，无心恋战。

杨忠心系枋头坞，坞壁再也抵抗不住葛荣全力猛攻，驱马上前请命："行台大人，我们偷袭得手，再将敌军大营折腾个天翻地覆。"

粮仓燃起熊熊大火，大功告成，甄密面色一沉："我们只有两千人马，稍有不慎，便死无葬身之地。"

杨忠挂念坞壁，心急如焚："请行台大人救人救到底。"

甄密转念一想："我给你八百骑兵，助你冲营。"

"感激不尽。"杨忠不及多说，将环首刀高高举起，向聚拢身边的骑兵大喊："天降大雾，虚实难辨，大家大张旗鼓，扇面分开，只管点火杀敌，冲！"

百姓聚集在校场，死一般沉闷，马佛念擦擦脸上灰烬，忍住钻心的箭伤疼痛，望着老弱百姓，声音嘶哑："天降大雾，不利守城，青壮在这里挡住敌军，老幼往后山躲避，大家早些动身。"

百姓们静静站立，杨闵语气急促："攻城在即，时间不多，千万不要耽搁啊！"

小猴子领着一帮铁匠挤在人群中："我们撤走，你们怎么办？"

老林经过一夜厮杀，恢复往昔神采，怀抱铁戟："逃到天涯海角，索虏也要追来，既然躲不过，还不如登上城墙，拼死守住枋头坞。"

屠户老苏登城搏杀，被弓箭射中小腹，挣扎着站起来，喘口气压住疼痛："我们决不独自逃生。死，也要与孩子们死在一起。"

小猴子带头大喊："太阳驱散浓雾，坞壁就守住了。"

万一索虏攻破城墙，士卒保护妇孺，无法冲杀逃生。杨闵耐着性子解释："你们先走，我们才能逃命。"

坞壁百姓沉默下来，老林在私塾教出无数孩子，深受百姓爱戴："坞主，煮好的麦粥就在校场，临走之前，无论如何要让他们吃饱。"

马佛念点头答应："快送上去吧，他们一夜没有吃东西了。"

经过数日多番攻击，枋头坞倾尽全力战斗，损失惨重，独孤如愿臂上一处箭伤，腿上被长矛刺入，双手用力过度，轻轻颤抖，胳膊夹着环首刀，靠在垛口。葛荣叛军在坞壁城外抛下数万尸体，横七竖八摞在一起，护城河对岸黑影重重，敌军正在筹划下一次攻城。人影晃动，老人和妇女登上城墙，提着粥桶，拿着面饼，揣着鸡蛋，捧着米汤。不吃完就要留给敌军，百姓便将最丰盛的食物都拿了出来。老林拎着大桶走到近前，花白胡须被雾水打湿，捞出半干的麦粥放在一片荷叶中，颤颤巍巍递给独孤如愿："独孤郎，你拼死保护我们坞壁，唉，不说了，多吃几口吧。"

独孤如愿抓过一根木棍折成两截，几口将麦粥吞进腹中，老林又递来一包。百姓洒泪看着亲人吃完，独孤如愿率领八百士卒开路，宋景休带着两百士卒殿后，将百姓护在中间，离开城墙向后山撤去。马佛念拍拍身上尘土，向城外望去，浓雾夹杂着浓重的烟灰和血腥味道，罩住视线，连护城河都看不见。大雾卸去屏障，给葛荣叛军创造出最好的攻城时机，他们将能逃过坞壁士卒的视线，潜到城墙下搭梯攻城，坞壁的防御力量不堪一击。士卒们激战一夜，大半带伤，但仍然披挂铠甲，系上兜鍪，紧握战斧，准备迎战从雾中突然冒出的敌兵。马佛念只希望多抵挡一阵，多给百姓留些撤退时间。还好，宋景休和独孤如愿能够逃出去，他们已经为坞壁流了鲜血，不应该把性命也留在这里。

百姓撤走，马佛念看不见任何攻城迹象，为何没有一点声响？

战场上只有寂静。城墙上传来铠甲相撞的声音，马佛念抬头一看，独孤如愿带着几百士卒去而复返。马佛念挂念撤退情形："独孤郎，怎么回来了？"

"大眼护着百姓撤出去了，我助你守城。"独孤如愿望一眼城外，坐在马佛念身边。

马佛念心里热腾："应该把大眼和刘离促成一对儿，可惜没时间，唉，我这当大哥的不称职啊。"

独孤如愿感动，马佛念冒死断后，还惦记着兄弟，拍拍他，抓起半碗米汤喝了。马佛念隐隐觉得情形不对："这么久了，索虏为何还没有攻上城墙？"

天色放亮，雾气快速浮掠，咚咚咚的脚步声响起，宋景休返回城墙，哈哈笑着说："生死好兄弟，怎么把我一个人打发走了？"

马佛念苦笑一声："刘离呢？"

宋景休不理马佛念，走到独孤如愿面前："我原先多有得罪，今日凶多吉少，何不结义于枋头坞？"

马佛念跳起来赞同："好主意，如果逃出枋头坞，咱们互相帮持，做出一番轰轰烈烈的大事。"

独孤如愿放下环首刀："大眼，你去而复返，情深义重，理当结为生死之交。"

宋景休没有漏掉杨忠："杨忠生死未卜，结拜也不能少了他。"

马佛念和独孤如愿赞成，三人准备香火，各自报出生辰八字，四人之中马佛念居长，杨忠为第二，宋景休第三，独孤如愿最小，跪地祷告结为兄弟。

独孤如愿和宋景休爽快喊道："大哥。"

马佛念高兴答应："哎，好兄弟。"

宋景休和独孤如愿一齐答应："在。"

炽热的手掌紧紧握在一起，马佛念大声说出誓言："生死不渝，不背不弃。"

宋景休胸口热气腾腾："有难同当，有福共享。"

独孤如愿露出笑容，手掌握得更紧："兄弟齐心，力可断金。"

独孤如愿、马佛念和宋景休三人结拜完毕，抱必死决心，以兄弟相称，叙述各人经历和家世。宋景休等独孤如愿讲完，拍拍马佛念肩膀："该你说了。"

独孤如愿看出他的犹豫神情："大哥，如果不方便就暂时……"

马佛念身世绝密，但结成生死兄弟，能不能活过今天都不知道，还有什么不能讲？他正要开口述说，一阵马蹄声从坞壁内传来，宋景休眼尖耳利："我们的斥候回来了。"

独孤如愿也听了出来："糟了，坞主他们没有冲出去吗？"宋景休和独孤如愿都返回城墙防守，数万百姓只有杨闵统领，一旦遇敌就无人可以抵挡。

千骑突营

葛荣骑在乌黑战马上，回想四年前左人城的情景，他那时还是鲜于修礼手下的战将，安排伏兵瞒过守兵，一鼓攻上城墙。他依靠夺取的粮草度过寒冬，第二年举旗造反。鲜于修礼旋即被叛，命葛荣杀死元洪业，葛荣屡破官军，实力越来越大。他摸索出一个道理：有粮食就有一切。造反后的那个春天是最困难的时刻，青黄不接，吃完余粮，夏粮还没有收获，数十万流民啃完树皮，吃尽田鼠。葛荣带着六镇军民攻击村庄和坞壁，打开粮仓，把粮食摊在阳光下，就会有流民前来吃饭。他振臂一呼，流民就会跟随他攻取下一个村镇，去抢更多的粮食。凭借越来越多的军队，攻击更大的州郡，抢到更多的粮食，组建军队，循环往复。

一切都建立在粮食的基础上，必须不断攻击，势力才会越来越大，如果喂不饱士卒，他们就会四处散开。枪杆里面出政权，粮食里面出枪杆，粮食决定一切。河北战乱多年，该攻破的城池都已攻破，该抢的粮食也都抢完。冬季转眼就到，怎么办？

击败朝廷各路大军后，葛荣野心膨胀。在不知不觉中，流民变成一支能征善战的大军，魏国朝廷军马被一次次击溃，天下就在股掌之中。只要攻下枋头坞，渡过黄河，数日就可以到达洛阳。

那个乳臭未干的皇帝坐在宫殿中，将他揪下宝座，便可以坐享天下。这一切易如反掌，这个国家烂透了，朝廷只顾享乐，百姓民不聊生。

可是他想不明白，他损失四五万人马，枋头坞壁竟未被攻破？看来任褒战死坞壁并非偶然，他吸口冷气，是我错了吗？应该听从宇文泰的劝告，南渡黄河！

"报，后山发现坞壁百姓！"忽然一名斥候打马飞奔禀报。

"哈哈，他们还是顶不住了，逃？你们杀死任褒，我岂能不为他报仇！你们小小坞壁，竟敢顽抗我三十万大军？如果传出去，岂不让天下人笑话我葛荣？"葛荣放声大喊："全体出击，追击枋头坞百姓，绝不放他们一人逃出坞壁！"

"陛下，全体出击，谁来守护大营中的粮草！"宇文泰再也看不下去了，葛荣实在没有争雄天下的王霸之气，为了一个小小坞壁损兵折将，还白白浪费了进军洛阳的时间。

"哼，敌军溃逃，谁还敢打军粮的主意？全体追击！"葛荣不想在众将面前失了面子，断然下令。他嘿嘿冷笑，天遂人愿，突降大雾，坞壁卸去全部防御，护城河失去效用，弓箭和巨石也找不到目标。他调集大军再次渡过护城河，只要轻轻一推，枋头坞就要轰然倒地，灰飞烟灭，葛荣催马向前，准备督促大军发动最后一次攻城。

"不好，葛荣将整个坞壁包围了。"一名斥候冲到城下，向上大喊。

"坞主他们在哪里？"马佛念顿时一惊，葛荣已经杀红眼了。

"我们在这里。"浓雾之中人声此起彼伏，杨闵率领百姓回到校场。

"马将军、宋将军，我有一事相求，你们可以答应吗？"老林奔波一夜，早已累得再也走不动，忽然跪倒，向马佛念喊道："我们这些人都老了，死就死了，只求将孩子们带出去，我们为你们断后，死而无憾！"老林在回来的路上和杨闵商量过，凭借梁军战力带着数千坞壁精壮，仍有冲出包围圈的可能。

"从来都是我们为百姓断后，哪有你们打仗，我们逃跑的道理？"宋景休以往在边境作战，常常遇到这样的情形。

杨闵走到高处，向周围的百姓大喊："索虏把坞壁包围了，今天要么我们这些老不死的逃走，要么让孩子们逃走，咱们怎么办？"

老林仍然跪着，喊道："我这老不死的，逃也逃不掉，你们带着孩子们还能冲出去，如果你们不走，就全要死在这里！"

老苏虽然半百，杀猪屠牛，一把力气，手握杀牛刀猛然跪倒："马将军不要犹豫了，我们死活都逃不走了，你们救救孩子们吧！把他们带走吧。"

小苏挤出人群，跪倒在老苏旁边："爹爹，我们一起杀出去！"

坞壁百姓一起跪倒，就连杨闵也拉着刘离跪下："我们拼死抵御索虏，求求你，带孩子们杀出去！"

马佛念本打算冒死掩护百姓突围，可是枋头坞百姓去而复返，他们都是老幼妇孺，的确难以突出重围，自己率领数千坞壁士卒，的确有可能杀出去，真要让这些连刀枪都举不起来的老弱百姓为自己殿后吗？

葛荣亲自带队来到枋头坞护城河边，正要攻城，忽然间，军营杀声大作，一名士卒策马狂奔，禀报："敌军偷袭后营，粮仓起火。"后方火舌蹿起，火光在雾中摇曳，葛荣心脏"突"地一跳，那是费尽千辛万苦积攒下来用于围攻洛阳的军粮！葛荣压住惊慌，任褒头颅还悬挂在大旗上，放弃吗？将领们交头接耳，葛荣仰头看着天空，浓雾在阳光下消散，大声询问："偷袭的敌军有多少人马？"

士卒躬身禀报："大雾中看不清楚，四处都是敌军骑兵。"

葛荣舍不得放弃大雾攻破枋头坞的机会，横下心命令："宇文泰，率领手下人马，即刻返回大营，保护粮草，不得有误。"

宇文泰策马而出，拱手禀报："陛下，枋头坞弹丸之地，取之无大益，弃之无大碍。我军鏖战一夜，何不收兵回营护住粮草，谋取攻夺洛阳大计。"

浓雾消散，暴露出坞壁的轮廓，葛荣拒绝承认失败，用马鞭遥指坞壁："城墙被撞得七零八落，士卒死伤殆尽，没有再战之力，岂能半途而废？吹响号角，我亲自上阵，一口气攻破枋头坞为仆射报仇。"宇文泰还要再劝，葛荣马鞭一挥斥责："还不回营保护粮草？"

宇文泰屡次劝说放弃枋头坞，并非完全为独孤如愿所托，也为葛荣着想。可是葛荣一意孤行，因小失大，他默然掉转马头，带着数千骑兵朝后营奔驰而去。葛荣看着他们远去的背影，心中像马蹄声乱成一片，剩下的粮草能不能支撑到攻下洛阳？

杨忠纵马冲营，趁着葛荣的军队调到前线，大张旗鼓，一路烧杀，军营中腾起火海。杨忠从后营杀到前营，在辕门勒住战马，数十万敌军聚集在城河外。他马头一拐，沿着敌军右翼向枋头坞包抄，触敌即走，时不时用弓箭射向敌军后背。掠过一个敌阵，冲入叛军方阵间的缝隙。敌阵衣裳不整，布衣布裤，惊慌失措，这些流民本属乌合之众，没有铠甲和盾牌抵御弓箭，就想逃跑。杨忠又射出一轮弓箭，纵马冲入，驱赶叛军。冲出这片敌军，面前葛荣的精锐掉转阵形，盾墙连成小墙。杨忠掉转马头，不发一箭，绕开敌军，枋头坞黑黝黝的城墙已在眼前。敌军难以逾越，杨忠停住战马，取出三支浸过火油的长箭，点燃，瞄准坞壁城墙正中，一齐射出。

马佛念左右为难，让他抛下这些百姓逃跑，他实在做不出来，杨忠把坞壁交给自己防守，自己怎么能如此？宋景休和独孤如愿也没了主意，怔怔地看着城墙下的百姓。坞壁上的两千士卒突然爆发出呐喊："和他们拼了！"

几个年幼的孩子"哇"地哭出声来，老林和杨闵不知所措，登上城墙安抚。老苏冲到小苏面前，看见他身受好几处箭伤，心疼得要命："你大哥已经战死了，你要活下来，为我们苏家留些血脉啊。"

小苏双眼通红，握着铁戟向城墙下大喊："我想活，可是他们不让我们活，来吧，我已经杀了五六个了，你们都来吧！大不了，咱们一家人在九泉下团聚。"

三支火箭从侧面升起，这是梁军惯常联络手法。那边翻江倒海，喊杀声冲面而来，马佛念猜到大概，惊喜万分："杨忠来了。"

宋景休纠正："你是大哥,是二哥来了。"

马佛念改口："二弟从哪里带来这么多骑兵?将葛荣军营冲得乱七八糟。"

独孤如愿突然醒悟："坞壁百姓要撤离吗?"

马佛念赞同："二弟趁雾奇袭敌营,尽遣坞壁士卒和百姓登城,吓吓葛荣。"

宋景休惦记刘离,向城下跑去："我让百姓登城。"

葛荣停在护城河边,命宇文泰调兵遣将防御粮草,喊杀声渐渐停息,偷袭敌军销声匿迹。城墙防御薄弱,葛荣舍不得失去攻城最佳时机,下令攻城,无数的云梯在步卒保护下到达城下。城墙上面空无一人,葛荣举起令旗,正要猛攻。忽然,战鼓惊天响起,银盔银甲的坞壁士卒从垛口站起,弓箭笼罩城垣,垛口间塞满巨石,铁戟像田地里的麦穗一样密密麻麻,刀枪熠熠发光。寒气掠过葛荣心肺,城墙上还有近万士卒,固若泰山,绝不可侮。

城墙上火光一动,马佛念居中,独孤如愿和宋景休侧立两旁,全体百姓登上城墙,重铠士卒排列前方,后面是虚张声势的老人和妇女,大家挤满城墙。马佛念举手,止住士卒和百姓,向下喊道:"枋头坞收拢流民,偷生于乱世,葛荣,你为何屡次三番率兵攻打?坞壁为保家园上下一心,坚如磐石,任褒丧身坞壁,难道你要重蹈覆辙?这就是你的前车之鉴。"

枋头坞城墙上还有这么多战力惊人的士卒,几轮才能攻破?要折损多少人马?葛荣望着满地的尸首,突生怯意。"扑通"一声,一个黑乎乎的东西从城上跌落,士卒跑过去拾到马前。葛荣马鞭拨开布包，任褒龇牙咧嘴，眉心正中横贯长箭，显见是当场射杀。葛荣急怒攻心又胆战心寒，指向城墙马佛念，却鼓不起勇气喊出"攻城"两字。

一名骑兵飞速赶来，土径上挤满云梯和士卒，骑兵高声断喝："军情急报，速速让路。"

马鞭声音清晰，葛荣停住空中右臂，拉住战马。骑兵到达护城河，不由分说举起马鞭凌空抽出道路，大喝："军情急报，还不闪开？"叛军士卒认出报信骑兵，忙不迭跳入护城河，骑兵直趋葛荣马前："禀报陛下，魏国太原王、大将军尔朱荣率领七万兵马驰援邺城，主力进入太行山，前军出现在邺城之北。"

围城打援在河北决战是上策，渡过黄河攻击洛阳是下策，葛荣大喜过望："尔朱荣敢驰援邺城？"

斥候骑兵拱手对答："魏帝元子攸聚集数十万大军，上党王元天穆率军八万已经到达黄河对岸的朝歌，想必要与尔朱荣两面夹击。"

糟了！朝歌就在黄河北岸，自己在枋头坞耽搁这么多天，对方已经夺占渡口，自己再难渡过黄河。葛荣最后一次望向坞壁，任褒的头颅消失不见，只能听到大旗在风中抖动，朝廷两面夹击，攻打洛阳还是回军邺城？葛荣犹豫不定。无论如何，攻打枋头坞都没有任何意义，掉转马头大声下令："收兵回营。"

葛荣撤回军营，到大帐正中一屁股坐下，头脑异常清晰，粮草被烧掉多少？还能支持几日？片刻工夫，宇文泰进入大帐禀报："皇上，敌军骑兵见到我军，立即退兵。"

葛荣最关心粮草，追问："粮草怎么样？"

宇文泰据实回答："三十座粮仓，二十二座被全部烧毁，八座中还有粮食。"

葛荣向后靠去，沉思一会儿，厉声命令："谁看管粮食？给我带来。"

倒霉的守粮将领被押在帐外，被推进来跪倒，觉得事情不妙，忘记葛荣称帝，大声求饶："大将军，大营中的人马都去攻城和追击枋头坞百姓，我只有五百人马，对方有数万骑兵，我们尽力防守了。"

葛荣不满被称作大将军，慢吞吞问道："他们是哪里人马？"

守粮将领认得魏军铠甲和旗帜，打包票说："来自邺城。"

葛荣挥手命令道："拖下去，重打四十军棍。"

守粮将领能够逃命，跪地就拜："多谢大将军不杀之恩。"

葛荣恼怒他口口声称大将军："再加四十。"守粮将领不知道犯了葛荣忌讳，被拖下大帐按在地面，噼啪声起，血肉横飞。葛荣环顾众将："尔朱荣将出太行山驰援邺城，大家有何对策？"众将左顾右盼，葛荣手指身边韩楼："你说。"韩楼本是冲锋陷阵的武将，哼哈半天也说不出所以然。葛荣不耐烦地摇摇头，看见后排宇文泰："黑獭，你说。"

葛荣刚愎自用，如果指明对策，他反而弃之不用，宇文泰灵机一动，指出三条对策让他来选："为今之计，臣有三策，其一强攻枋头坞，获取粮草。"

"粮草？"葛荣心中一跳，他粮草被烧，继续补充："枋头坞有多少粮草？"

宇文泰猜度着，枋头坞数万百姓，应留粮到明年收割，估计够三十万大军吃几天的，他转念一想说了谎话："打了这么久，坞壁肯定将粮食藏在山中，就怕一点儿都抢不到。"

葛荣皱起眉头："你不是有三策吗？继续说。"

宇文泰放心下来，葛荣看来改了主意，不想继续打了，说道："其二是舍弃枋头坞，渡过黄河攻取洛阳；其三是继续围城打援，将尔朱荣阻于城外，击败他后伺机南下。"

葛荣想想反问："何为上策？"

宇文泰不想暴露想法，沉吟道："强攻枋头坞是下策，我军在此处耗费月余，河北坞壁数千，一个小小枋头坞无关紧要。现在朝廷南北并进，与邺城守军三路夹击，必须尽快击败一路，不能消耗时间。"

葛荣同意他的判断："是南下攻取洛阳，还是先击败尔朱荣？"

本来粮草充足可以稳扎稳打，现在只能速战速决，宇文泰答道："尔朱荣穿越太行山而来，洛阳空虚，我军还有余粮，应破釜沉舟，直捣洛阳，奠定胜局。"

"魏国调集上党王元天穆、司徒杨椿和司空穆绍齐集洛阳，羽林虎贲塞满虎牢关和荥阳，洛阳岂是空虚？"葛荣仿佛不问宇文泰而问自己："我们在邺城围城打援，朝廷做了缩头乌龟，不得不南下黄河，现在朝廷出兵，应即刻启程北返，将尔朱荣消灭在邺城之外。"

宇文泰劝了也没有用，默然退回。葛荣走到大帐中间，招呼众将围拢上来，抽出宝剑在地上划出一道长线表示太行山脉，两边各划两个小圈："这是太行山，东是邺城，西是上党郡。"他用宝剑在图中的太行山脉上划出几道横线："尔朱荣翻越太行山，会走哪条路？"

宇文泰目光越过前面将领看着地图，尔朱荣一年前北捍马邑，东塞井径，占据太行山通往河北的关口，进退自如。葛荣却在邺城与黄河间进退失据，仓促北返，重新包围邺城，尔朱荣和元天穆前后夹击，未战先失锐气。他对葛荣失望，闭口不发一言。

葛荣扫了宇文泰一眼，本想让他说话，话不投机，将目光转回，自言自语："无论他从哪里出来，大军都从邺城出发，箕张而行，拦住进入邺城道路。一旦斥候骑兵侦探到尔朱荣军情，便收拢长蛇阵与他决战，洛阳唾手可得，定鼎天下。"葛荣返回座位，为自己找回面子，干笑说道："围攻枋头坞，引来魏国军队，只要将魏国主力消灭于河北，实在划算。"

宇文泰失望已极，暗叹一声，随着众将离开葛荣大营，收拾军队重返邺城。

天空放亮，雾气消散，葛荣叛军从护城河潮水般倒退而去，城外静悄悄。百姓在城头欢呼，士卒搏杀一夜，倒在地面呼呼大睡，坞壁百姓静下来，寻找亲人，端水送饭，穿梭不停。宋景休不敢相信："葛荣退兵了？"

马佛念不知道葛荣的盘算，也许白天休息，天黑继续攻城。宋景休依稀望见空空荡荡的葛荣大营，一个人影也没有，不像休整再战。城墙外传来战马嘶鸣，宋景休手扶垛口望去，一队骑兵踏破清晨平静，穿过护城河的土径，为首将领掀开兜鍪，正是杨忠！

甄密偷袭葛荣粮仓，士卒战马驮着粮食，返回邺城。杨忠率领十几名骑兵留在枋头坞附近，不等葛荣叛军退走，便踏着满地的尸体，来到被攻城器械撞得斑驳不堪的坞壁城下。城门烧成黑色，木门撞烂，铁门现出大洞，可以想象到防御的残酷。杨忠战马盘旋一圈，向城上喊道："索虏退兵了。"

消息传到城上，士卒和百姓忘记伤痛和劳累，尽情呼叫呐喊，一片欢腾。城门打开，杨忠策马入城，百姓夹道欢迎，坞壁士卒被战火熏得满面黝黑，神情憔悴。杨闵将杨忠揽入怀中："太好了，终于回来了。"

"我就说老大不会忘记咱们！"宋景休十分开心，从始到终他都没有怀疑过杨忠。

"其实，要谢的是明月。"杨忠知道杨闿当时对明月执意前往邺城起了芥蒂，"当时明月看出来我们守不住坞壁，前往邺城求援，我劝不动行台甄密，也是她命令他出兵。"

"是这样？"杨闿以为明月要从坞壁逃跑，现在看来是自己误会了。

马佛念、独孤如愿和宋景休站立在杨闿身后，杨忠向前一步将三人拥在怀中："好兄弟，有没有受伤？"

马佛念把受伤的胳膊藏在身后，将宋景休和独孤如愿拉来，四人一肚子话要说，肩膀用力相搭，目光传递着感激之情。马佛念急于知道军情："外面形势如何？"他松开杨忠肩膀，将他推向校场正中的高台："给大家讲讲。"

杨忠的目光从风中飘扬的大旗转向坞壁百姓："葛荣三十多万大军，携带云梯、尖头铲、轒辒车和飞楼，攻打枋头坞，南下洛阳夺取天下，栽了个大跟头，仓促北返邺城，迎战魏国大将军尔朱荣。我们必须加固城池，训练士卒，储备粮食，准备再战，但我们要先做另外一件事。"

杨忠穿越人群走到附近，一名老妇正抱着失去生命的儿子啜泣，杨忠双膝跪地，含着泪水将战死的士卒搂在怀中："我们不能忘记这些为保护坞壁丧生的勇士们，一定赡养你们的父母，替你们尽孝，把你们的孩子养育长大成人。"

欢声笑语顷刻消失，士卒和百姓一起向老妇跪倒，老妇放声痛哭，空气凝结。杨闶搀扶起老妇："你儿子虽死犹生，你就是我们的父母，他的子弟就是我们的子弟。"

杨忠与马佛念离开校场，来到瓮城角落："带来的兄弟怎么样？有没有伤亡？"

马佛念满脸欣慰："都是百战老兵，最懂得保护自己，三十几人受伤，其他安然无恙。"

杨忠放心下来："集合，带足粮草，准备出发。"大战结束，士卒们都在休息，杨忠透过门洞，看着校场中庆祝的百姓："葛荣退兵，全赖邺城守军偷袭，他重新包围邺城，我们不能见死不救，而且明月还在邺城。"

马佛念疑惑顿生：这个明月是什么身份，似乎还在北海王元颢之上。按照元颢所说，她只是北海王妃的幼妹，她怎么能调动邺城守军？

"甄密见到她下马跪拜，而且明月让他出兵时，他口称遵旨。"杨忠早就起了疑心，明月即便被封北海郡主，甄密也不需要跪拜遵旨。

"她口中的那个子攸，是魏国皇帝元子攸。"马佛念冷冷地说了一句，便去校场集合梁国士卒，留下杨忠发呆。杨闶急匆匆走入瓮城："你要去邺城？"

杨忠承认，反问杨闶："叔父，坞壁中还有余粮吗？"

"有，马上就是秋收季节，庄稼长势正好。"杨闶知道侄儿痴爱明月："你们三百人去邺城有什么用？"杨忠低头不语，杨闶直接挑明："去保护明月？"杨闶叹气一声："不要异想天开，她是什么身份，你比我清楚。"

杨忠也不知道明月是什么身份，但是总之与她天上地下，毫无希望，杨闵指指瓮城内的梁军："不能为了一个女人，拿兄弟们的性命冒险。"杨忠沉默，杨闵没有停下来的意思："邺城救了坞壁，我们理当出兵相救，但是你答应我一件事。"

"何事？"杨忠抬起头来。

"无论何时，都不能为了女人，害了好兄弟。"杨闵大声说出。

杨忠毅然点头："我宁可牺牲自己性命，也不牺牲兄弟。"

杨闵带着杨忠来到瓮城，走到马佛念和宋景休面前："我这段时间与老马日日相处，虽然他军职低于你，见识、经验和阅历都远胜于你，你应将他当成大哥，谦虚受教。"

杨忠心服口服，笑着说："叔父，我们同时加入军中，每有战功，他都推到我身上，让我不断高升，自己甘于原地踏步，若论功行赏，他军职应该在我之上。"

马佛念淡然一笑："我只求追随关中侯，完成平生夙愿，军职对我如浮云，无足轻重。"

刘离像小鸟一样贴在宋景休身边，马佛念有心多给两人一些时间，说道："大眼，你带领受伤的兄弟留守坞壁，防止葛荣余寇来袭。"

宋景休抗议："你们去邺城打仗，为何不带我？"

杨忠不答反问："我们去邺城守城，论守城，你强还是老马强？"

宋景休不得不服："我不如，你也不如，你留下，我去。"

杨忠板起面孔："你不认识邺城守军，城门都不会给你打开，到处都是葛荣乱军，留守坞壁责任重大，绝不轻松。"

宋景休无语，杨忠命令梁兵晚餐，明天北上邺城。梁兵解散，纷纷侧头张望，七八百坞壁士卒牵着战马，马背上搭着粮草，正在整军。杨闵走到杨忠面前："没有邺城守军，坞壁已被葛荣攻破，怎能知恩不报？"

独孤如愿走来说道："坞壁中还有三千士卒，足可自守，我们随你去吧。"

小猴子和数十个铁匠在旁边看热闹，跳出来说："我们在半山中打造兵器，连索房的毛都没有摸到，我也要去杀几个葛荣贼兵。"

"此战，侯先生为首功。"马佛念向小猴子躬身施礼，不认同他的说法："你们打造铠甲兵器，劳苦功高，不下于在阵前杀敌。"小猴子拉着昆仑绕出人群藏身在坞壁士卒中，昆仑蹲在地面上仍然高出一头，鹤立鸡群般露出黑黝黝的面孔，小猴子使劲拉昆仑，坐在地上将头埋在两腿间，才显不出来。

坞壁抵御葛荣四轮攻城，又困又饿，士卒大多带伤，杨忠看见一个大腿受伤、靠在战马上勉力支撑的小伙子，正是小苏，便过去为他查看伤口。小苏将胸脯挺得更直："被砍了一刀，走路有点吃力，骑马没问题。"

杨忠想想问道："你今年十七岁，家里只有两个妹妹，对否？"小苏点头，杨忠走回杨闵身边，说道："坞壁士卒可以去邺城，但要依我三条。"

杨闵替大家答应："说吧，大家听你的。"

杨忠望着校场中的百姓和士卒说道："第一条，带伤者留下，伤好后守卫坞壁；第二条，年龄不及十八者留下；第三条，家里没有兄弟者留下，否则如有三长两短，谁来奉养父母？"

坞壁百姓不出声反对，杨闳命令坞壁士卒："符合三条者，退出去。"

小苏很不情愿："我下月就十八，我爹身体壮，说不准明年我就有兄弟了。"

百姓哄堂大笑，屠户老苏脸色通红，老林排开众人揪住小苏："坞主的话都不听了吗？"

百姓轰然散去，只剩杨忠、马佛念、宋景休和独孤如愿四人。马佛念说道："你不在的时候，独孤如愿指挥坞壁士卒，还亲手射杀任褒，为你爹爹复仇。"

任褒率先攻下左人城，是杨忠心中的仇人，杨忠感激地望向独孤如愿。宋景休接着说："他不顾生死从葛荣军中返回枋头坞，情深义重。"

马佛念大声宣布："历经危难见真情，我已和独孤如愿结成生死兄弟。"

杨忠心里有遗憾："好啊，怎能漏下我？"

独孤如愿走上一步，四人肩膀再次搭在一起："放心，将你算进去了。"

杨忠左边搭着宋景休，右边搭着独孤如愿："老马比我大，大眼比我小，独孤郎呢？"

独孤如愿笑着说："我们叙过生辰，我年龄最小。"

杨忠欣喜看着对面的马佛念："大哥好！"

马佛念拖长声音答应："哎！"

杨忠左右拍着宋景休和独孤如愿，问候："兄弟们好。"独孤如愿和宋景休齐声答应，四人肩膀靠拢，脚步不停在校场中开心地四处旋转，头昏眼花才放手靠在地上。

刘离端来装满清水的大碗："你们高兴得跟那小猴子一样。"

杨忠一口气喝完，向独孤如愿说道："去梁国吧，大家每天喝酒吃肉。"

独孤如愿脸色一黯，低头沉吟，马佛念看出他的心事："虽然你不是汉人，大家生死与共，何必介意。"

杨忠手指天空："我们既然结成生死兄弟，岂会介意你是不是汉人。"

独孤如愿主意已定："无论身处何处，我们都是同生共死的好兄弟。"

马佛念追问："你留在枋头坞吗？"

独孤如愿将计划和盘托出："天下大乱，不如从死路中创出一番事业。贺拔允、贺拔岳和贺拔胜都是武川镇的成名豪杰，投往尔朱荣，我想去那里看看。"

杨忠在武川镇时就识得贺拔兄弟，人各有志，杨忠和马佛念不再劝说。太阳西沉，月色皎洁，几人肩并肩伫立在城墙。护城河内一片狼藉，远处小河潺潺，绕着青山向东边流去，越过山冈和田野，就是被葛荣叛军重重包围的邺城，那里人烟稀少，尸骨遍地，能够挡住蚂蚁般的葛荣叛军吗？

刘离靠在宋景休的肩膀上，身体轻得好似没有重量，她仿佛找到一辈子的归宿，感到从未有过的安全和平静。乱世中相逢于枋头坞，幸运无比，宋景休缓缓闭上眼睛，憧憬未来和她在一起的日子。黑暗渐渐袭来，吞没大地和城墙，将五人的身影渐渐覆盖。杨忠脑海中浮现出明月的无双容颜，就像地面的小草恋着空中的月亮，只能仰望她的皎洁，永远无法企及，渴望和绝望将他搅得不能平静。

英雄豪杰

大伾山山巅，踟跸怒佛，浮云飞掠。

慧可恭立阿阇梨身旁，喃喃自语，豪杰辈出，谁才是真英雄？儒道两家携手，推动太武帝灭佛，佛门深受重创，如今儒家进入皇家宫廷，全力辅助元子攸，一旦得势，往日惨象将再临佛门。阿阇梨出山，既为拯救苍生，又为重振佛法，她前来河北，就为考察英雄豪杰。

"葛荣欲渡黄河，以猎天下，为何在枋头坞蹉跎时间？"阿阇梨细思战局，枋头坞之战将是葛荣败亡的开始。

"枋头坞弹丸之地，仅有数千户百姓，听说三百梁军驰援才守住坞壁。"慧可与坞壁走动甚多，知之甚详，"为首者为梁军游骑校尉杨忠，当时不在坞壁，主持枋头坞之战的是他结义兄弟马佛念。"

杨忠军职不高，竟有如此本领！北方英雄辈出，南方也藏龙卧虎，阿阇梨问道："马佛念是何身份？"

"仅是普通士卒，口音仿佛河洛人士。"慧可取出画像，正是杨忠和马佛念。

阿阇梨展开细看："马佛念既是河洛人士，便将这幅肖像带入洛阳，找人询问。"日光穿透云层，照耀着坞壁，露出葛荣退兵的痕迹。阿阇梨感叹："风起云涌，英雄豪杰迭出，葛荣、万俟丑奴和萧宝寅这些昨日英豪还能叱咤风云吗？"她转身面向南方，奔流不息的黄河激拍脚下山崖，发出隆隆声响："梁国关中侯陈庆之志在北伐，收复汉家江山，我将前往建康，看看此人如何。"

"听说尔朱荣出兵河北，要进入邺城赴援，不看看河北战局吗？"慧可极为挂念，尔朱荣兵出太行山，大战一触即发。

"不用看了，葛荣暴虐杀戮，大失人心，左支右绌，败象已露。"阿阇梨走下佛顶，准备动身前往建康。

57 雪中送炭

　　甄密袭破粮仓，驮着粮食撤回，葛荣叛军就源源不断从南边返回，将邺城重新包围。他陪明月登上城墙，苦着脸说："我们捅了蜂窝，葛荣贼兵漫天遍野地杀回来了。"

　　北海郡主抱拳恭喜，为他打气："恭贺大人立了大功，如果不是您烧毁葛荣粮草，他们已经攻破枋头坞渡过黄河，出现在洛阳城外了。"

　　甄密不敢想那么多，只求守住邺城，望着北边连绵不绝的太行山："尔朱荣大将军驰援邺城，我们有希望了。"他不敢太乐观，尔朱荣从晋阳出发，数月才能到达邺城，幸好从葛荣军营中抢出粮草，能坚持个把月，万一尔朱荣也进入邺城，就更缺粮了。

　　一名传令士卒跑到城墙上禀报："行台大人，南门来了一队士卒，要进入邺城。"

　　甄密兴奋起来，会不会是尔朱荣的先头队伍？他和明月下城，挥鞭向南门奔去，登上城墙向下望去，护城河外果然有一队银甲白袍的骑兵，战马驮着鼓鼓囊囊的麻袋，甄密已经辨认出铠甲，手扶垛口向下喊道："城外是杨忠吗？"

　　杨忠催马向前，解下兜鍪："我是杨忠，带粮入城，助行台大人守城。"

城门大开,甄密飞奔而出,兴奋说道:"太好了,你们驰援邺城,雪中送炭。"

杨忠向他身后眺望,和明月相视一笑,拱手说道:"行台大人烧毁葛荣粮草,枋头坞与行台大人唇亡齿寒,岂能坐视邺城被围?"

甄密与杨忠并骑入城,邺城军民越聚越多,露出兴奋神色。甄密感慨说道:"你知恩图报,带粮入城,同生共死,果然是忠义双全的勇士。"

杨忠刚入城,又有骑兵疾奔而来,向甄密禀报:"行台大人,尔朱荣大将军遣使入城!"

甄密喜出望外,这边迎来枋头坞援兵,尔朱荣的消息就到,他侧身吩咐杨忠:"一起来见使节,你是枋头坞的少主,与他人无关。"

梁国与魏国本是敌对,经过枋头坞一战,杨忠与甄密化敌为友,二人策马穿越邺城街巷,去北门迎接使节。两人出了城门,五六名骑兵簇拥一名身披乌黑铠甲、脸庞与身材一样细长的将领,甄密下马连走几步:"子如兄,你来了。"

此人正是司马子如,字遵业,晋乱时祖先出奔凉州。北魏平灭凉州,被迁徙于代北云中,后举家迁徙怀朔镇。他好交游豪杰,与高欢、侯景和刘贵等人交好,互相帮扶,情义甚深。六镇叛乱后投奔尔朱荣,随即招纳刘贵、侯景和高欢等人,此时已是持节、建兴太守、当郡都督、假平南将军、监前军。他轻飘飘跃下战马，抱拳施礼："行台大人在河北独撑大局，尔朱荣大将军极为钦佩。"

甄密本是勋贵子弟，性情直爽，示意司马子如进入城楼坐下，也不沏茶倒水，开门见山问道："尔朱荣大将军带来多少人马？何时能到？"

司马子如向甄密身后的杨忠扫了一眼，被他铠甲吸引，略微迟疑："尔朱荣大将军领军七万，驰援邺城。"

甄密暂时松了口气："何时能到？"

尔朱荣率领骑兵先期出发，倍道兼程，司马子如附耳说道："尔朱荣大将军已到滏口。"

甄密难以置信："这么快？"

司马子如压低声音，轻轻透露："尔朱荣大将军只带骑兵。"

甄密两眼瞪圆："多少？"

司马子如据实回答："七千。"

甄密绕着司马子如转了一圈："军中岂能戏言？"

司马子如点头微笑："只有七千。"

甄密仰天长笑："你进城，是让我给大将军收尸吗？葛荣三十万大军在河北，尔朱荣只有七千骑兵，真是和送死无异。"

　　杨忠每日盼望见到明月，借口去甄密府邸，提着从枋头坞带出的酒壶绕了数圈，直到月影西移，无精打采地回到驻军的寺庙之中，却看不到马佛念，于是绕出禅房。寺庙后古树参天，隐约有个小亭，他提着烈酒自酌一口，醉醺醺在林间向小亭摸去赏月。一幅诡谲的画面映入眼帘：冷月下，小亭旁，司马子如右膝半跪于地，神色激动，压低声音向一个背影细语。杨忠无法看清另一人的脸面，凭着背影却一眼认出，马佛念！

　　司马子如是魏国肆州太守、平南将军，马佛念仅是梁军普通校尉，两人相差甚远，司马子如竟在无人的深夜向马佛念行半跪之礼！马佛念的背影近在眼前却又远在天边，既熟悉又陌生。每在关键时刻，他都能应对无误，事后从不居功，悄然而退，他不提及过去，不念过往，对身世讳莫如深，守口如瓶，他信不过自己吗？亲若兄弟，同生共死，一起在死人堆里摸爬，性命都在对方手中，还有什么信不过？杨忠紧皱眉头，在齐膝的长草中退回寺庙，望一眼空中明月，默默进入禅房，和衣而眠。

　　夜深人静之时，一道黑影轻轻拍醒杨忠，压低声音："二弟，记得关中侯的命令吗？"

杨忠惊醒，定了一会儿神："护送北海郡主到北方，然后打探魏国军情，尤其是魏国大将军尔朱荣和葛荣的军情。"

杨忠率领梁军在枋头坞与葛荣大战，熟知葛荣战法，却对尔朱荣一无所知。马佛念刚见了司马子如，打探到军情："何不偷偷出城观战，了解尔朱荣战法？"

杨忠极为喜欢这个想法："潜出邺城前往滏口，坐山观虎斗。"

马佛念点头："即刻出发，我们并非作战，人越少越好。"杨忠立即酒醒，挑着灯笼蹑手蹑脚来到马房，解开战马缰绳，不经意问道："老马，刚才我回来之后，怎么到处找不到你？"

马佛念突然站住，猜测到实情："二弟，我们是生死的好兄弟，不应该有所隐瞒，我却有不得已的苦衷，无法坦诚相告，不过总有一日，我会托盘而出。"

杨忠心中一宽："大哥，我们生死与共，不管你是何人，做过何事，我们都是好兄弟。"

马佛念和杨忠正要策马扬鞭，小猴子蹦颠颠地跑入马房："去哪里？不能把我丢下。"

杨忠正要劝阻小猴子回去，马佛念开口说道："请侯先生同去吧。"

"大哥，为何带他？"杨忠和马佛念结拜之后，从不违逆，悄声问道。

"侯先生大才，是此次北上最大收获，关中侯北伐中原，还需借助侯先生所学。"马佛念虽然常与小猴子嘻嘻哈哈，私下极为尊重。

四人策马出城，昆仑曾是波斯国使节，很会骑马，一马当先。杨忠心里惦记明月，落在后面，马佛念看出他的愁苦，忽然问道："你知道明月是谁吗？"

他们拼死抵抗，守住枋头坞，大半功劳要记在明月身上，如果不是她到邺城求援，再多十倍兵力，枋头坞也要被葛荣攻下。杨忠更是困惑不已，甄密是大行台，是魏国在河北独当一面的大将，对明月唯命是从，她是多么贵重的身份。马佛念吃了一口干粮："这要从那个子攸说起。"

杨忠北上打探军情，对魏国知道不少："难道便是魏国新近登基的皇帝，元子攸？"他早已猜到，只是不愿意承认。

北魏与南朝对峙百年，南朝宋皇帝刘义隆元嘉年间草草北伐，欲封狼居胥，赢得仓皇北顾。望中犹记，烽火扬州路，可堪回首，北魏太武帝拓跋焘的佛狸祠下，一片神鸦社鼓。如果元子攸是北魏的皇帝，明月和他有什么渊源？小猴子吃了一惊，停下战马："魏国最近乱得紧，详细说说。"

马佛念抬头望着星空，缓缓说道："三国归晋，八王相杀，永嘉之乱，晋室东迁，五胡十六国，王与马共天下。"马佛念用了短短六段话讲述了那个纷乱和杀戮的时代："魏国定都平城，强盛百世。孝文帝迁都洛阳，经营中原，推行汉化，可惜天不假寿，只活到三十三岁，便驾鹤西去。"马佛念身在梁军，却对孝文帝十分推崇，"他的儿子魏宣武帝元恪立即登基，他是魏国的第八位皇帝，母亲出自渤海高氏的文昭皇后高照容，身兼胡汉血脉。他扩建洛阳城，继续巩固汉化根基，向南朝发动战争，夺取汉中和益州，向北攻打柔然，魏国疆域大大拓展，国势盛极一时。巧的是，他在魏国延昌四年驾崩于洛阳式乾殿，终年也是三十三岁，与父亲同样年纪去世，庙号世宗，谥号宣武皇帝，葬于景陵。"

魏国两位精明强干的皇帝都在三十三岁去世，为国运平添了变数，杨忠和小猴子都有耳闻。马佛念继续说道："元恪的儿子元诩五岁继位，母亲是宣武灵皇后胡氏。"

"胡太后！"杨忠早就听说了这个女人："她骄奢淫逸，擅权乱政，大失人心，引发了六镇叛乱，魏国国势日衰。"

"今年二月，元诩不满胡太后专权，密诏岳父尔朱荣进京勤王，被胡灵太后毒杀，时年十九岁，谥号为明，庙号肃宗，葬于定陵。"马佛念讲述了孝文帝之后的三位魏国皇帝，终于提到了元子攸："尔朱荣闻讯，追查孝明帝的死因，拥立长乐王元子攸为帝，兴兵攻入洛阳，杀死胡太后和宗室大臣，这便是河阴之变，形势一发不可收拾。"

"小歌便是尔朱荣的女儿，她和高大哥情投意合，如果留在草原，不会年纪轻轻成了寡妇。"小猴子、尔朱歌和高欢三人共游大漠后停留在突厥部落两年多，后来东返中原，路过秀容，只见到了高欢，再没有见到尔朱歌，得知她入宫成为元诩之嫔，将自己在大漠的经历向马佛念和杨忠详细讲了一遍。

马佛念从未听说这段秘史，怔怔许久，直到小猴子催促，继续说起元子攸："孝文帝共有兄弟六人，他的五弟为彭城王元勰，六弟便是北海王元详。"

元颢身份竟然这么尊贵！杨忠曾在涡阳酒馆和元颢共饮，不禁有攀龙附凤的感觉。马佛念撇开元颢说道："彭城王元勰很有才华，曾奉兄长孝文帝之命，十步作成一首诗《问松林》：问松林，松林经几冬？山川何如昔，风云与古同。"这首小诗透露出岁月沧桑之感，马佛念开始详细说起元子攸的家世："孝文帝要求弟弟们与汉族高门通婚，元勰遵循旨意娶陇西李媛华为妻，她是北魏名臣李冲的第四个女儿，李冲是五胡十六国中西凉武昭王李暠的曾孙，李暠自称李广之后，陇西李氏是北魏期间有名的汉人大族。"

杨忠想起来茅山陶弘景所说，血缘可以相融，元子攸身兼胡汉，不是纯粹的胡人，想到这里更加敬佩孝文帝。马佛念又说下去："李冲是孝文帝改革的主要策划人，提出三长制摧毁了拓跋氏的蛮族部落，主持营建新都洛阳。元子攸父亲来自鲜卑拓跋氏，母亲一系来自陇西李氏，在宫廷中接受儒家熏陶，姿貌俊美，身有勇力，少时为元诩的宫中伴读，两人颇为友爱。尔朱荣年轻时曾经在洛阳担任直殿将军，守护在两个少年身边，看着他们嬉闹，想必留下了极佳的印象，在发动河阴之变后，奉立元子攸称帝登基。"

"他和明月又是什么关系？"杨忠最关心的还是明月。

马佛念将干粮吃完，抬头看看天空，时间还早，路程还远："按照魏国祖制，明月作为北海王妃的幼妹，是不能被封为郡主的，除非另有原因。"

"什么原因？"小猴子被吊起了胃口。

"我在涡阳见到元颢和明月，托人前往洛阳打听，元子攸在长乐王藩邸时曾经定亲，我猜，这就是明月，也是她被封为北海郡主的原因。"马佛念说完伸了个懒腰，他看出杨忠痴迷于明月，今晚说出这番话，也是为了打消他毫无希望的相思，"元子攸登基之后要册立皇后，于是给元颢写了一封信。"马佛念从贴身处取出一封信，展现在两人眼前。

杨忠一眼认出："这就是北海王元颢在老侯酒馆拿出的那封信。"

马佛念笑着说："咱们这次离开梁国之际，我和元颢喝酒，说他人在曹营心在汉，与魏国暗中勾结，那封信便是明证。"马佛念连吓带骗，说元颢留着魏国皇帝的信件，便是谋逆，只有交出信件，才与魏国一刀两断，元颢人在屋檐下不得不低头，乖乖交出了密信。杨忠展开信件，果然元子攸说自己登基，劝说元颢北返，仍可官居太傅，共同平定天下。如果元颢不愿意回去，他已和明月行六礼，若非河阴之变，早已共牢而食，合卺而酳，夫妻一体，请将明月送返北方。

信件确凿无疑，马佛念收好信件，向杨忠说："人生不如意，十之八九，不要和自己过不去。"说完策马向黑暗中奔驰而去，追上了昆仑。杨忠心情落寞，他与明月的相遇是在涡阳战场，从敌兵刀下将她救出，这在战场上十分寻常，只要同属一方，不管认识不认识，都会互相救援，杨忠从没觉得明月因此欠了自己。后来杨忠率领三百梁军护送她北上，一路行军，明月乖巧懂事，与梁军士卒相处融洽，到了枋头坞执意前往邺城，甚至怀疑她在危急关头跑路，实际上她前往邺城求援，枋头坞百姓才能够保全。在邺城，我们被吊篮拉上城墙，将她紧紧压在墙壁，为她挡住箭雨，口鼻相闻，她是那么的无瑕，那么的美好，我怎能不动心？可是她不属于我，她属于魏国的皇帝，只能仰望，而不能亵渎。

太
行
八
陉

　　葛荣在河北屡败官军，重铠步兵和攻城器械搭配便于攻城，配合长槊兵防御敌方骑兵，步战方阵可攻可守，从来没有在野战中失手。尽管在枋头坞遇到顽强抵抗，葛荣并不承认失败，他认为坞壁越来越薄弱，继续进攻就可以攻破。朝廷大军驰援邺城，正中他谋划已久的围城打援之计，实在是划算的买卖。葛荣调集大军重新将邺城里三层外三层紧紧包围，尔朱荣插翅也难以飞入，便不得不在野外决战。邺城四周平坦是最理想的战场，葛荣十拿九稳，只有唯一的问题：尔朱荣的军队从哪里出太行，井陉？太白陉？还是滏口陉？

　　为防万一，葛荣派出斥候骑兵进入太行山侦察，只要找到尔朱荣的踪迹，大军就北上，形成一道长蛇阵将其阻拦在邺城和太行山之间，两翼齐飞，将敌军紧紧包围，彻底击败尔朱荣。然后回师枋头坞，压垮那个让他尽失颜面的小小坞壁，再渡过黄河与驻守朝歌的朝廷军队决战。葛荣既兴奋又恼怒，尔朱荣胆敢踏入河北？他到底走哪条路来邺城？葛荣从早到晚只想这个问题，太行山八陉之中，滏口陉正对邺城。尔朱荣有胆量从这里出来吗？他半年前抢占井陉天井关，囤积粮草，会不会走井陉？葛荣叫来帐外的令兵，加派游骑深入井陉、滏口陉、太行陉和白陉孟门关。忽然一名骑兵策马冲入军营，送来葛荣最关心的消息："皇上，邺城中冲出一小队骑兵，向北奔向滏口陉。"

葛荣再派斥候骑兵深入滏口陉百里："尔朱荣藏在草底，也要给我翻出来。"

大将韩楼望着在帐中来回走动的葛荣："皇上，尔朱荣从晋阳出发，到邺城千里，步骑七万要走一个月，您太着急了。"

葛荣停下脚步扳起指头："呵呵，刚好养精蓄锐，以逸待劳。"

时间仿佛停滞，葛荣仿佛度过了一生中最漫长的等待，为防止尔朱荣的军队突入邺城，他放松了包围，将大量军队调到邺城以北，他真的会大摇大摆地从滏口出来吗？马蹄声从帐外传来，除了斥候骑兵，没有任何战马敢于踏入中军大营。斥候跳下战马跑入大帐，跪地禀告："皇上，在滏口发现魏国军队。"

众将难以置信，尔朱荣到达滏口？葛荣坐直身体，命令斥候："详细报来。"

斥候骑兵禀告："我们六人进入滏口陉探察敌情，前三人中箭被俘，我们三人在丛林中步行探路，深入滏口陉五十里发现敌军大营。我们抓获他军中士卒，得知尔朱荣五日前离开晋阳，仅率领数千骑兵，倍夜兼程到达滏口陉。"

葛荣站起来走到斥候身边："尔朱荣五天前离开晋阳？"

斥候十分肯定："没错。"

葛荣目光注视："仅有骑兵？"

这名斥候探得清楚："我们曾在远处察看敌营，确实人数不多。"

葛荣心中失望，围城打援仅引来数千骑兵："你们找到尔朱荣大营，记下首功，再探再报。"他猛地转身，手指滏口："尔朱荣契胡小酋，岂能对抗百万大军？居然还把步兵留在后面，率领几千骑兵来送死。"

渔阳王袁肆周拍着桌子："尔朱荣太不把老子放眼里了，奔驰五天五夜，紧赶慢赶来送死，真是死催。"

韩楼站起抽出宝剑："尔朱荣敢来？必叫他有去无回！"

葛荣懊悔，仅需一员大将便可抵御尔朱荣，何须数十万大军来回奔波，还不如渡过黄河直捣洛阳，他怒气冲冲发令："大军箕张而行，封堵滏口陉，只要尔朱荣军冲出来，大军包抄，务必将他剿灭在邺城之外。"

葛荣调集大军从邺城箕张而行，迎战尔朱荣之时，四匹战马从邺城出发，在茫茫夜色中穿插奔驰。葛荣叛军一窝蜂拥向太行山，必有军情。"大哥，战局如何？"杨忠父亲战死于左人城，杨忠到达河北后与邺城守军配合与葛荣打了几仗，心里开始偏向魏国。

"尔朱荣不该这么快。"马佛念知道葛荣实力，尔朱荣从晋阳出发，肯定还在路上，葛荣挥军北上，难道尔朱荣轻骑突入？

如果尔朱荣败了，邺城必然不守，枋头坞绝难幸免，杨忠说道："如果魏国失利，即刻返回邺城，劝甄密突围，否则玉石俱碎，城破人亡。"

小猴子忽然低声喊道："看那边山包。"

杨忠和马佛念收拢缰绳望去，黑黝黝的军营隐藏在山坡侧面，幸亏小猴子眼尖发现，否则四人就要冲入敌营中，杨忠惊出冷汗："光顾说话，差点冲到葛荣大营。"

马佛念仔细观看，数万步骑居高临下，位于长蛇阵之后："这里是葛荣指挥作战的所在。"

"快到那边树林躲起来。"小猴子惊慌失措向另一侧冲去。

小猴子根本没有想到，自己危在旦夕，密林中数十支簇头，隐藏在枝叶之间，契胡骑兵闭紧单眼，箭羽夹在脸颊。在他们身后，大将军尔朱荣举起右手，只要小猴子闯入森林，弓箭就将直取其命。他突然收起旌节："等等，黑袍下银光灿灿，不像葛荣军中乌黑铠甲。"

他的士卒仍然搭着弓箭："不管是谁，都不能让他们引来葛荣中军。"

尔朱荣按下弓箭："用槊，进入树林再动手，不要惊扰葛荣中军。"

十几名契胡骑兵轻抖缰绳，潜伏大树背后，就等小猴子策马进入。

小猴子慌不择路向树林中奔驰，杨忠、马佛念和昆仑三人贴着树林，向滏口前进，他停住战马嘀咕几句，策马追下去。葛荣驻军的山包消失在视线外，马佛念勒住战马长吁口气，葛荣真会选地方，在这里调兵遣将。杨忠瞭望地势，恋恋不舍望着那边绝佳的偷袭地点："如果尔朱荣派遣伏兵潜入密林，从背后偷袭，定可收到奇效。"

马佛念觉得这是异想天开，斥候必须深入敌军后方才能发现这个地点，实属不易。即便找到这里，还须神不知鬼不觉地埋伏在这里，即使偷袭得手，葛荣也可以退入大军，纵兵反击，偷袭绝无可能。小猴子追上，远离那座山包才敢说话："尔朱荣冲出滏口正好落入葛荣口袋，他要是聪明，早就跑回上党郡了。"

马佛念手指滏口陉山口："看这架势，天亮就要打起来了，快占个好去处，坐山观虎斗。"

天不亮时，四人来到滏口陉，寻找一处小山，悄悄潜进，牵马登到半山，正好俯瞰战场。天色漆黑，小猴子掏出火石就要点火做饭，被杨忠按住："这是战场，点火就是找死。"这是葛荣和朝廷两军相接的战场，此时双方的斥候必定开始了侦察，一旦相遇，必然在黑暗中搏杀，一旦点火，必然引来无数冷箭和暗刃。

小猴子悻悻坐下，见杨忠和马佛念坐在树下，掏出干粮，从战马包裹中取出牛肉和"千里香"，奔过去盘腿坐下："干粮有什么嚼头，吃肉喝酒。"

杨忠瞪了一眼："军中不许饮酒。"

小猴子慨然长叹："诓我，你在涡阳我爹爹的酒馆天天吃肉喝酒，为啥不许我喝？"他误会了杨忠的意思，陈庆之军纪极严，行军打仗不能饮酒，回到城中却可以开怀畅饮。说完吃口喷香的卤牛肉，故意馋杨忠："不能喝酒，可以吃肉吧？这是我在枋头坞亲手卤的，老苏新鲜宰杀的黄牛，我挑了最好的腱子肉，切成大块，烧锅开水放进去，用笊篱搅匀，用旺火烧开，撇净浮沫。"

杨忠得知明月身份，心情落寞。马佛念故意和小猴子斗嘴："这么煮有什么味道？"

"刘离是我下了聘礼的，杀了任褒就能抢走吗？我俩是青梅竹马，知根知底。"小猴子向来颠三倒四，向杨忠说道："三年前你在左人城都知道，你给我做证。"

杨忠当时去了邺城，不知道宋景休和刘离之间有了牵连，一边是好兄弟，一边是神通广大的小猴子，马佛念哪边都不肯得罪，笑着说道："你这牛肉就用清水煮出来？我看也没什么味道。"

杨忠吃一口干粮，小猴子狠狠咬一口牛肉，说道："闻闻，这是清水煮的吗？把牛肉捞出来控干，把锅烧热，加油烧到六成熟，配以各种不传的调料，淋上半碗好酒，配以鸡汤，按照牛肉老嫩分别下锅，大块放底层，小块放上层，再用大火猛炖。"肉香绕鼻，小猴子还在唠叨："煮小半天时间，加入老汤，文火焖煮，味道绝了。"小猴子把卤牛肉送到杨忠眼前晃荡，笃定他不敢违反军纪，"再来一口'千里香'，唉，神仙啊。"

马佛念说道："他既然诚意相邀，你就尝尝，这不是军营，有我在，但饮无妨。"

杨忠军职最高，在枋头坞结义后马佛念为大哥，只要不在军中，都听马佛念的。杨忠从小猴子手中抓来牛肉大大咬了一口，拎起酒袋喝一口，竖起大拇指。马佛念稍稍尝了："你刚回坞壁的时候，拿着那小刀，我瞧不上，没想到你打造的战斧和明光铠，锋利不亚于我们梁军，真心佩服。你爹爹在涡阳酒馆的牛肉和烈酒，也远远比不上这'千里香'和卤牛肉，这都是我平生未尝的美味，我马佛念佩服的人不多，一是关中侯，第二个就是你。"

"那你给我做主，宋大眼要抢刘离，这大眼贼！"小猴子听不进去恭维，哭丧着脸说道："请你们先回梁国，让我和刘离平平静静地在枋头坞待着，阿弥陀佛，早走早超生。"

马佛念从战马上解下包裹，找了柔软的草地搭起铺盖，准备睡觉，偷偷看一眼正在低头发呆的杨忠，"早些歇息吧，一场决定天下命运的大战就要开始了。"

四人在大树下席地而眠，从树枝向空中望去，月光无瑕，谁都没有心情，唯有昆仑很快睡着。"葛荣三十万大军，司马子如说，尔朱荣只有七千人马，天亮这场仗会打成什么样？我真的很好奇。"马佛念忽然向空中说道。

"这个尔朱荣到底是什么人？"杨忠将思绪转到了战事，暂时放下了对明月的不舍。

"他人很好，在沙漠里给了我一袋水。"小猴子也没睡着。

"他在河阴之变一天杀了两千多王公大臣，魏国精英毁于一旦，杀人不眨眼。"马佛念用不可辩驳的事实驳斥了小猴子。

这次陈庆之的将令是在探察魏国军情，杨忠等人在边境与魏国朝廷人马作战数年，又在枋头坞与葛荣大战，唯独不了解的就是尔朱荣。杨忠立即问道："大哥，你说说，这个尔朱荣到底是什么人，有人说他仅是契胡小酋，胆敢率领七千骑兵与葛荣决战，要么是疯了，要么就是不世出的名将。"

马佛念对魏国朝廷了如指掌，无所不知："尔朱荣绝非契胡小酋，他的家族和魏国渊源不一般，十六国后期，魏国道武帝拓跋珪崛起，与后燕争雄，尔朱荣的高祖尔朱羽健为部落酋长，率领一千七百名士兵跟随拓跋珪四处征讨，曾经攻入晋阳和后燕都城中山，受封得到秀容川方圆三百里的领地，部族以牧猎为生。"

尔朱荣竟与魏国有百年的渊源，马佛念还没说完："尔朱荣的父亲尔朱新兴继承祖业，担任秀容第一领民酋长，处事公道，有一次外出打猎，部族有人发箭射虎，误中他大腿，他把箭拔出来，丝毫没有怪罪那人，部族对他心悦诚服。尔朱新兴在秀容放牧，牛、羊、骆驼和马实在太多，数不胜数。魏国出兵时，尔朱新兴便献上战马军资，毫不吝啬，屡屡得到孝文帝夸奖，获封梁郡公。

孝文帝迁都，要求王公贵族必须前往洛阳，连太子元询要奔回平城，都被他处死，另立次子元恪，唯独准许尔朱新兴居住秀容。他也很识趣，每年都来到洛阳，为王公大臣送来名贵的战马，与朝廷关系密切。秀容山中有一座深不可测的湖泊，名为祁连池，尔朱新兴带着儿子在湖中游览，忽闻箫鼓之音，便对尔朱荣说：'古老相传，听到这个美妙音乐都能位列公辅，我已衰暮，当为汝耳，让尔朱荣统领部族，拥众八千余家，牛羊驼马，色别为群，弥漫山谷，不可胜数。'"马佛念歇了口气说道："尔朱新兴还为尔朱荣娶了魏国景穆皇帝拓跋晃的孙女，文成帝拓跋珪侄女，北乡郡长公主，与皇室亲上加亲，尔朱荣的长子尔朱菩提便是北乡郡长公主亲生。"

"不止这些，你少说一件。"小猴子插嘴说道，"尔朱新兴临终时还将尔朱荣的大女儿嫁给了皇帝元诩，尔朱荣碍于父亲，只好照办。"

"还有这么一回事儿？"马佛念吃惊地翻身望着小猴子，这件事牵连极大，引发后来元诩向尔朱荣求援，导致河阴之变，带来了无数的变数。

"小歌亲口说的。"小猴子和尔朱歌游历大漠半年，无话不谈，只有高欢向来沉默。

"小歌？尔朱荣的女儿，先帝元诩之嫔？"马佛念吃惊于小猴子的称呼，自从他打制出锋利的兵器，马佛念对他毫不怀疑，吹牛很可怕，能够把吹的牛兑现，就更可怕。在杨忠的催促下继续说起尔朱荣："尔朱荣不是大腹便便的粗人，他洁白美貌，幼而神机明决，他年轻时承袭父亲爵位，来到洛阳，担任直寝将军，守护在小皇帝元诩寝殿，他们不是普通的君臣，而是玩伴和守护者。元诩幼年发生多起宫廷事变，当时掌权的元叉是道武帝拓跋珪的五世孙，太师江阳王元继长子，初为散骑侍郎，迎娶胡灵太后之妹冯翊郡君，权势日盛。正光元年，元叉诬告清河王元怿，连哄带骗把小皇帝拥进前殿，将胡太后幽禁在后宫，封锁与前殿的通道，当场杀死元怿。尔朱荣作为直寝将军，护在小皇帝身边，挡住刀光剑影。"

一幅画像渐渐出现在杨忠脑海，尔朱荣再不是粗鲁和莽撞的部落酋长，而是一个雄健威武与朝廷关系深厚的郡王。马佛念继续说下去："宣武帝元恪驾崩，胡太后专权之后，沃野镇匈奴破六韩拔陵、怀柔镇杜洛周、怀朔镇鲜于修礼纷纷起兵，六镇兵起，朝廷军队节节败退。尔朱荣尚武好兵，志大才雄，见天下方乱，豪强蜂起，离开朝堂返回秀容，不待朝廷诏命，尽散畜牧，出钱出粮，召集义勇，配发兵器战马，剿灭并州反叛势力，出兵平灭步落坚胡刘阿如、敕勒叱列步若，被授爵安平县开国侯，封邑一千户，都督并肆汾广恒云六州诸军事，大都督、紫金光禄大夫、仪同三司，直到河阴之变爆发，谁也没想到他竟如此疯狂。"

"你和尔朱荣很熟吗？"小猴子冷不丁问了一句，眼神中仿佛看穿一切。

马佛念极为尴尬，小猴子看似癫狂，其实心思缜密，绝非普通："哦，我曾在铜驼街上少年狂，和尔朱荣有数面之缘。"

"铜驼街？你长在洛阳？"小猴子没有去过洛阳，却知道这条贯穿皇宫和阊阖门的大街。

"是啊。"马佛念低头，仿佛回忆那段时光，然后向杨忠说道：

"尔朱荣与魏国有百年家世渊源，女儿嫁给皇帝元诩，自己曾在洛阳担任宫中宿卫，在战场上与六镇叛军交战，不是鲁莽之人，应该不会带着七千骑兵与葛荣大军鏖战，看来明天的大战必有玄虚。"

杨忠越发好奇："河阴之变是怎么回事儿？"

马佛念张开口却没有发出声音，想想说道："河阴之变太过血腥和奇异，至今人们都不知道尔朱荣是怎么想的。"

杨忠兴致勃勃，盘腿坐起："那你就原原本本给我们说说。"

马佛念胳膊垫在脑后，遗憾地摇头："那时我已经来到关中侯军中，道听途说，不说也罢。到底发生了什么，让尔朱荣如此疯狂，他不像这样的人啊！"

黑夜漫长，有足够时间，小猴子忽然开口："这要从半年前说起，尔朱荣还不是太原王、大丞相，还是肆州刺史、车骑大将军、仪同三司、六州讨虏大都督，驻扎晋阳，厉兵秣马，准备出兵河北，攻打葛荣，忽然收到了一封来自洛阳的密信，这封信来自洛阳。元诩，他是魏国的皇帝，也是歌嫔的夫君，请尔朱荣出兵洛阳，诛除胡太后。"

马佛念猛然坐起，难以置信，小猴子神通广大，连这么机密的事情都知道。小猴子笑笑说道："当时我从大漠回来，高大哥在秀容草原养马，念在尔朱荣在沙漠送我一袋水的情谊，托侯景和刘贵带我见他，送他一把千牛刀，他爱不释手。不过，我却能看出他心神不定，一打听，才知道他收到了那封信，这封信导致了元诩和歌嫔的大祸。"

预告

大将军尔朱荣率领七千契胡铁骑，倍道兼程，穿越太行山，埋伏在葛荣背后，打算表里合击，偷袭葛荣号称百万的大军。他能否击败葛荣，完成中国历史上一次传奇的骑兵突击？

高欢身上流淌着渤海高氏的高贵血统，幼年丧母，寄居在姐夫鲜卑人尉迟景家中，沾染塞外习俗，自幼舞刀弄棍，与胡人没有区别。他梦中踏星而行，得到上天眷顾，欲成大事，在尔朱荣军中暗蓄实力，内心却挣扎在汉人和胡人间。高欢能否统率群胡，扫平宇内？汉人和胡人，他将选择哪个身份？

关中侯陈庆之立志北伐，收复汉室江山，能否冲破层层阻挠？从涡阳到魏国都城洛阳，途中密布三十二座城池，数十万拦截。陈庆之能否率领七千白袍勇士完成夙愿？这场令人叹为观止的传奇北伐将一个年轻将领送入中原，他历经坎坷，将孕育出一个辉煌万丈的王朝，彻底改变中国的历史轨迹。

宇文泰的父兄起兵讨伐叛军时战死沙场，他屡经磨难，少年老成，与高欢都是一时豪杰，任何一人皆可横扫天下，却生不逢时地出现在同一个时代，两个不世出的英雄被两股巨大的势力推到敌对的位置，谁胜谁负？

北海郡主脚踩芒星，将孕育未来天下之主，是佛家千方百计寻找和保护的目标，她与年轻魏国皇帝元子攸早早定亲，梁国年轻校尉杨忠对她一见钟情。怎样化解元子攸、北海郡主和杨忠之间错综复杂的爱情纠葛？谁将成为未来一统天下的一代雄主？

从西域传来的佛教在胡人推动下深入中原腹地，儒家和道家式微。儒士为捍卫华夏正统，不畏生死，不懈努力，促使北魏太武帝对佛教痛下杀手，胡人皈依儒家，开始汉化进程。但儒、道、佛三教的斗争刚刚揭开序幕，白衣儒士温子升不惜性命潜入宫廷深处，他们能否教化凶猛狠辣的胡人？佛家表面不动声色，却派出阿阇梨寻访未来天下共主，奉养于寺庙，以图在浩浩荡荡的灭佛运动后东山再起。儒、道、佛三教斗法，鹿死谁手？

（敬请关注《猎天下第 2 部：河阴之变》）